Isabel Beto

Im Land des Wassermondes

Isabel Beto

Im LAND des WASSER MONDES

Ravensburger Buchverlag

Bibliografische Information der Deutschen Nationalbibliothek:

Die Deutsche Nationalbibliothek verzeichnet diese Publikation in der Deutschen Nationalbibliografie. Detaillierte bibliografische Daten sind im Internet auf www.dnb.d-nb.de abrufbar.

MIX
Aus verantwortungsvollen Quellen
FSC® C114500
FSC
www.fsc.org

Das für dieses Buch verwendete FSC®-zertifizierte Papier liefert Arctic Paper Mochenwangen GmbH

1 2 3 4 5 E D C B A

Originalausgabe

Umschlaggestaltung: bürosüd°, München
Verwendete Fotos von © Westend61/Gettyimages und © Buffy Cooper/arcangel

Printed in Germany

ISBN 978-3-473-40132-1

www.ravensburger.de

I.

Das Donnern ist überwältigend. Wie tausend Gewitter. Als zürnten alle Götter der Welt. Aber es sind nicht die Götter, das weiß sie. Es sind die weißen Männer. Sie lassen die Welt einstürzen.

Ein Felsbrocken trifft sie am Kopf. Ihr wird schwarz vor Augen. Ist sie bewusstlos, gar tot? Nein, sie kann spüren, wie ein Steinregen ihre Haut aufreißt. Sie hört das Tosen des Wassers und ihre eigenen Schreie.

Alles ist dunkel. Doch sie ist wach, und sie ist im Wasser, tief unten im Fluss. Sie muss fort von hier. Aus ihrer Nase quillt Blut, das sich in eine rote Wolke verwandelt. Rot? Sie kann wieder sehen; ein Sonnenstrahl dringt zu ihr herab und offenbart einen Berg aus eingestürzten Felsbrocken.

Sie hält nach dem goldenen Mann Ausschau.

Wo bist du? Wo bist du?

Ihr geschundener Körper durchpflügt die Tiefen, getrieben von den letzten Kräften und der Angst um ihren Geliebten.

1.

»Nein, nein, so nicht. So – nicht! Mach das noch mal. Und noch mal und noch mal, so oft ich es sage. Verstanden?«

Ayré senkte den Kopf, damit Senhor Schmidt nicht sah, wie sie mit den Augen rollte. Tief beugte sie sich über den Waschzuber, vor dem sie kniete. Schmidt nahm seinen Tropenhelm ab und wischte sich mit dem Ärmel über das stets schweißnasse Gesicht. Es war so rot und warzig wie die Haut eines Pfeilgiftfrosches. Er langte in die Seifenlauge und zog eines der Hemden heraus.

»Da, dieser Fleck muss raus … und der da auch.« Wegen seines enormen Bauches schnaufte er immer, wenn er sich bückte. Als er sich wieder aufgerichtet hatte, keuchte er wie nach einem langen Lauf. »Blütenweiß müssen die Hemden sein. Blütenweiß. Und jetzt macht weiter.«

Er stapfte zur Tür, wo er sich noch einmal umwandte. »Ayré?«

»Ja, Senhor Schmidt?«

»Hör auf zu grinsen.«

Hastig senkte sie wieder den Kopf, sodass ihre Haare einen schützenden Vorhang vor ihrem Gesicht bildeten. Die Tür der Hütte fiel zu, und Ayré warf ihr blauschwarzes Haar trotzig zurück.

»Schreihals«, murmelte Cocina, die auf der anderen Seite des Zubers kauerte. »Ochse. Piranha.«

»Ach, eigentlich ist er ganz nett. Nur nicht zur Mittagszeit, wenn die Sonne herunterbrennt. Von allen weißen Männern verträgt er sie am schlechtesten. Wo er herkommt, ist der Himmel manchmal wochenlang von Wolken bedeckt, und es ist so kalt, dass Wasser zu Eis gefriert.«

»Wirklich?«

»Dort kann man sogar an der Kälte sterben.«

Cocina krauste die Stirn und sah Ayré zweifelnd an. »Ich verstehe einfach nicht, warum diese Leute ihre Kleidung unbedingt weiß haben wollen.«

Ayré griff in die trübe Seifenbrühe, hob das beanstandete Hemd heraus und begann – noch mal und noch mal und noch mal – an dem Fleck zu rubbeln. Der war wirklich hartnäckig. Schwer seufzend holte Cocina eines der anderen Wäschestücke aus dem Zuber, ein baumwollenes Ding mit zwei Röhren. Sie hielt es hoch. »Was soll das überhaupt sein?«

»Man nennt es Unterhose. Das tragen die Männer unter ihren Hosen. Normalerweise reichen die Röhren bis zu den Knöcheln, aber wegen der Hitze schneiden sie sie an den Oberschenkeln ab.«

Cocina betrachtete die Knöpfe und schüttelte den Kopf. »Dass diese Leute sich so einpacken, kann ich nicht begreifen. Sie verschandeln sich damit selbst. Geradezu beschämend. Findest du nicht auch?«

»Ich habe lange gebraucht, mich an diesen Anblick zu gewöhnen.« Ein Körper war etwas, auf das man stolz sein sollte und den man gern zeigte – so war es bei den Ojanimete, Ayrés und Cocinas Stamm. Wer sich bedeckte, wollte Hässlichkeit verbergen, etwa eine Bissnarbe oder einen Insektenstich. Als Ayré die Weißen zum ersten Mal gesehen hatte, hatte sie geglaubt, sie müssten von Eiterbeulen und Bissen übersät sein. Bei einigen war es auch so, denn die Moskitos liebten helle Haut. Doch manchmal, wenn ein Mann sich das Hemd über den Kopf zog, konnte Ayré glatte, schöne Muskeln und Makellosigkeit bestaunen. »Diese Leute sind eben anders.«

»Allerdings.« Cocina hob einen Kragen hoch. »Und was ist das hier?«

»Das befestigen die Weißen an ihren Hemden. Darum legen sie dunkle Bänder. Schau, so.« Aus einem Korb mit Schmutzwäsche zog Ayré eine Krawatte und wickelte sie sich um den Hals.

Cocinas Augen weiteten sich. »Sie schnüren sich damit die Luft ab? Mit Absicht?«

»Nein, nein, atmen können sie schon noch. Gerade so.«

»Du willst mich hereinlegen, stimmt's? Ich habe noch keinen der Weißen damit gesehen.«

»Weil nur Senhor Keller, der Häuptling, und die Senhores Young und Reed welche tragen, und dann nur zu bestimmten Gelegenheiten. Gestern Abend, als sie Senhor Kellers Geburtstag feierten, warst du ja nicht da.«

Cocina runzelte die Stirn; vermutlich würde sie gleich fragen, welch seltsame Sitte denn nun das Feiern der eigenen Geburt sein sollte. Da flog die Tür der Waschhütte wieder auf. Schmidt stapfte herein. »Lasst alles stehen und liegen und kommt mit!«

Während Ayré ihre Hände bereitwillig abtrocknete und sich eifrig erhob, tat Cocina es ihr mit sichtlichem Widerwillen gleich. Sie folgten Schmidt hinaus. Die Waschhütte lag an einem Bachlauf, und man musste das ganze Dorf durchqueren, um zum Haus des weißen Häuptlings zu gelangen. Die Fläche für das Dorf war dem Urwald abgerungen worden: Ungefähr zwanzig Hütten und Häuser befanden sich hier, umgeben von kleinen Pflanzungen, auf denen Mais und Maniok in vollem Saft standen. Da es den ganzen Tag geregnet hatte, schmatzte und gluckerte der aufgeweichte Boden bei jedem Schritt.

Vor zwanzig Mondumläufen hatten die weißen Männer das Dorf errichtet. Sie nannten es schlicht *die Siedlung*. Vier hellhäutige Männer waren aus Europa gekommen, einem Land, das sich in viele Stämme unterteilte, wie etwa das *Vereinigte Königreich* und das *Deutsche Reich*. Menschen aus Brasilien und Bolivien waren später hinzugekommen, und auch sie bezeichnete man als Weiße. Dabei war ihre Haut kaum heller als die kupferfarbene der Ava, der Waldbewohner, zu denen Ayré und Cocina gehörten.

Franz Keller-Leuzinger nannte sich Wissenschaftler und Ingenieur, Gotthilf Schmidt Buchhalter. Ayré verstand diese Begriffe nicht. Was die beiden Engländer John Nicolas Young und Anthony Reed hier taten, erst recht nicht.

Sie sagten, jemand ihres Volkes könne es nicht begreifen. Sie hielten die Ava für dumm. Darin irrten sie sich natürlich. Ayré begriff sehr wohl, was die Fremden vorhatten: Sie wollten zwischen dem Amazonas im Nordosten und dem Rio Mamoré im Südwesten einen Weg schaffen. Dazwischen gab es den Rio Madeira, der beide Flüsse miteinander verband, jedoch wegen seiner Stromschnellen nicht durchgängig schiffbar war. Entlang dieses Flusses sollte es eines Tages einen neuen Weg geben. Nicht für Füße, nicht für Hufe und nicht für Karrenräder. Sondern für ein riesiges Ding namens Eisenbahn.

Ob ich es jemals sehen werde?, fragte sie sich, während sie hinter Schmidt herlief. *Und wird es sich als etwas Gutes erweisen? Oder als etwas Schlechtes?*

Anders als in Ayrés Heimatdorf standen die aus Holz, Stroh und Palmwedeln errichteten Pfahlhütten in strenger Linie. Sie flankierten eine breite Fläche, Straße genannt, an deren Ende das größte Gebäude stand. Es war um einen Mangobaum errichtet worden, besaß mit Gaze verhängte Fenster und eine umlaufende Plattform, eine sogenannte Veranda. Zwei farbenprächtige Aras turnten auf dem Geländer herum, als Schmidt hinaufstiefelte.

»Senhor Keller sagte mir, dass mit den Lieferungen aus dem Norden ein Neuzugang ankommt. Ist wohl ein Student, irgendein Nichtstuer, der hier was lernen soll. Sein Vater ist mit Kellers Vater bekannt, und die Herren haben diesen Besuch arrangiert. Ist ja auch egal. Jedenfalls muss das Haus auf Vordermann gebracht werden – der hohe Besuch wird hier bei Keller logieren. Soweit alles verstanden? Putzzeug steht hinter der Tür bereit.«

Ayré übersetzte die portugiesischen Sätze für Cocina in die Sprache ihres Volkes. Ihre Freundin keuchte erschrocken auf. »Keller – das ist doch der Häuptling der Weißen? Großer Tupan, mächtigster aller Götter! Du willst allen Ernstes das Haus ihres Häuptlings putzen?«

»Ja, schon, aber …«

Cocina stemmte die Fäuste in die Seiten. Ihr Mund verzog sich empört. »Haben dir die Fremden den Kopf vernebelt?«

»Cocina«, Ayré hob beschwichtigend die Hände. »Es ist alles ganz anders hier …«

»Da hast du vollkommen Recht!«

»Aber nicht so, wie du denkst! Bitte, lass mich erklären.«

»Was gibt's da zu erklären?« Cocina stürzte an ihr vorbei und riss sich im Fortlaufen die Schürze vom Leib. Sie warf sie zu Boden und verschwand hinter den Hütten im Wald.

»Was hat sie denn?«, fragte Schmidt.

Ayré wusste nicht, wie sie ihm das erklären sollte. Cocina verstand die Welt der Weißen nicht, und Senhor Schmidt würde Cocina nicht verstehen. »Sie wollte weg«, sagte Ayré nur.

Er warf die Hände hoch. »Da sieht man es wieder: Die meisten Indios sind launisch, unberechenbar und hoffnungslos faul. Aber du bleibst hoffentlich?«

Ayré schluckte eine wütende Erwiderung hinunter und nickte. Anders als Cocina und die anderen Oja-nimete wollte sie diese fremden Menschen verstehen. Auch wenn es ihr manchmal unmöglich erschien. Aber es war wichtig. *Einer muss es schließlich versuchen*, dachte sie.

Denn dass sie hier sind, ist ja nicht zu leugnen. Und ich glaube nicht, dass sie so schnell wieder verschwinden.

»Dann komm«, Schmidt öffnete die Tür. »Aber du klaust nichts, ja?« Auf ihren fragenden Blick hin zuckte er mit den Achseln. »Jeder glaubt, dass ihr Indianer klaut wie die Raben. Aber eigentlich weiß ich doch, dass du es nicht tust, entschuldige.« Verlegen wischte er sich über den Nacken. »Du hast zwei Stunden, dann wird Keller von der Baustelle zurück sein und seine Ruhe haben wollen. Drinnen ist eine Uhr. Kannst du die lesen?«

»Ja, Senhor.«

»Schön. Seinen Schreibtisch lass in Ruhe, der ist sein Heiligtum. Ich lasse dich jetzt allein. Ich habe auch noch zu tun.«

Senhor Gotthilf Schmidts Aufgabe bestand darin, zu zählen. Er zählte alles, wirklich alles, was sich in der Siedlung befand, von den Kaffeebohnen bis zu den kleinen Eisenkegeln, die die Waffen der Weißen so gefährlich machten. Und wenn er einen der zutraulichen Papageien streichelte, zählte er womöglich dessen Federn. Alles schrieb er auf, und sobald etwas zur Neige ging, beschaffte er Nachschub. Jetzt trat er aus dem Schatten der Veranda, blickte missmutig in den leuchtend blauen Himmel und ging, mit dem Halstuch Moskitos verscheuchend, in Richtung seiner Hütte.

Ayré schlüpfte ins Haus. Hier war sie bisher erst einmal gewesen – als sie vor Senhor Keller hatte treten müssen. Ganz klein hatte sie sich gefühlt. Die meisten der weißen Männer überragten die Ava deutlich, und Franz Keller-Leuzinger war der Größte unter ihnen, fast ein Riese.

Man nannte die Weißen auch die *Anderen*. Sie besaßen keine Geister. Auch nicht die Geister von Schutztieren, den Totemtieren, mit denen die Ava verbunden waren. Auch in ihren Häusern gäbe es keine, behaupteten sie. Trotzdem betrat Ayré die Hütte von Senhor Keller sehr vorsichtig. Ihr Blick huschte zuerst in die Ecken des Zimmers und dann zu dem riesigen Schreibtisch, der den Raum beherrschte. Über den geschnitzten Stuhl dahinter. Über die Regale und Zeichnungen an den aus Baumstämmen errichteten Wänden. Und über all die Körbe und Kisten, Kästchen und Lederbeutelchen.

Die Bilder an den Wänden zeigten Männer mit Flinten, die ihre Füße auf erlegte Raubtiere stellten. Ava, die einen großen Alligator umzingelten. Riesige Bäume und Stromschnellen. Einen Mann, Senhor Young, am Bug eines Kanus stehend – all dies hatte Senhor Keller gezeichnet. Die Instrumente in den Regalen bestanden aus glänzendem Metall und vollkommen durchsichtigem Glas, mit filigranen Beschriftungen und allerlei seltsamen Details. Diese durfte Ayré keinesfalls putzen, denn sie waren so kostbar wie Gold und so empfindlich wie eine Tukanfeder.

An die tickende Wanduhr hatte sie sich bereits gewöhnt, auch wenn Cocina bestimmt gesagt hätte, dass ein Geist in dem Ding wohnte. Auch Ayré fand einige Gegenstände unheimlich, aber sie würde sie einfach nicht berühren. Den Eimer schon. Den Besen auch, mit dem sie zunächst Laub, Spinnen und Käfer hinauskehrte. Aus dem Bach hinter dem Haus holte sie Wasser und begann, auf den Knien den Bretterboden zu schrubben.

Cocina war davongelaufen, weil sie das Haus des Oberhaupts der Weißen nicht reinigen wollte. In den Hütten der Häuptlinge gab es besonders viele Geister und die hatte sie mit ihrer Anwesenheit nicht erzürnen wollen.

Cocina war Ayrés beste Freundin und nur ihr zuliebe mit in die Siedlung gekommen. Sie war der einzige Mensch, der wissen wollte, was Ayré hier so trieb. *Und wenn sie Upiramé erzählt, dass ich gerade das Haus des weißen Häuptlings putze, wird er mich erst recht aus der Dorfgemeinschaft verstoßen.*

Ayré seufzte. Ihre Stellung im Dorf konnte ohnehin nicht mehr schwieriger werden.

Ja, Ayré war neugierig auf die fremden Menschen. Aber hauptsächlich arbeitete sie für die *Anderen*, um zu überleben.

2.

»Nun, Herr von Dornheim, was haben Sie dazu zu sagen?« Ein wuchtiger Franz Keller-Leuzinger stand hinter seinem ebenfalls wuchtigen Schreibtisch und hielt die Hände hinter dem Rücken verschränkt. Er wippte auf den Stiefelspitzen wie ein Lehrer, der einen Schüler tadelte. *Würde mich nicht wundern, wenn er hinterm Rücken einen Rohrstock versteckt*, dachte Hardo. Er hatte vor nichts und niemandem Angst – doch dieser Mann war Respekt einflößend. Unter Kellers Leitung hatte man bei Rio de Janeiro eine Straße ins Gebirge gesprengt, in Paraíba Brücken gebaut und halb Brasilien vermessen. Der Kerl war eine Legende.

Keller überragte Hardo, der selbst nicht klein war, um eine Handbreite. Ein Wald von einem Bart bedeckte seine untere Gesichtshälfte. Krabbelte darin etwa ein Käfer? Hardo unterdrückte den Wunsch, sich am Kopf zu kratzen. *Ist bloß der Schweiß*, beruhigte er sich. In seinem ganzen Leben hatte er noch nicht so geschwitzt wie in den letzten Wochen.

»Herr von Dornheim, wo sind Ihre Gedanken? Ich fragte Sie, was Sie dazu sagen!«

Hardo bemühte sich um Haltung. Wozu? Er hatte nicht richtig zugehört. Diese unglaubliche Reise steckte ihm noch in den Knochen. Strapazen, wie er sie nicht einmal in seiner militärischen Grundausbildung kennengelernt hatte. Die mehrwöchige Reise über den Atlantik hatte ihm alles abverlangt. Sein alter Herr hatte dafür gesorgt, dass er auf einem Segelschulschiff schuftete, statt bequem per Dampfschiff zu reisen. Ein rostiges, stinkendes Ding, das den Namen Kutter kaum verdiente, hatte ihn, wiederum über mehrere Wochen hinweg, von einem brasilianischen Küstenkaff tief ins Innere des Kontinents gebracht, erst über den Amazonas und dann den Rio Madeira entlang. In irgendeinem Dorf war die Besatzung auf mehrere Kanus übergewechselt. Was ihn auf den letzten Kilometern erwartet hatte, war die Krönung der Reise gewesen: Wegen der Stromschnellen hatte die Mannschaft, bestehend aus Indios, sämtliche Kanus ausgeladen und über Land getragen. Es folgte ein mehrtägiger Marsch über felsiges, rutschiges Gelände. Am Rande des Dschungels, einer grünen, flirrenden, summenden, stechenden, giftigen, verdammten Hölle.

»Nichts, Herr Keller«, sagte er. Vor Erschöpfung war seine Stimme rau. »Vielleicht fällt mir mehr ein, wenn ich geschlafen habe. Ich habe seit dem Hamburger Hafen keine drei Stunden am Stück gepennt.«

Keller hob eine buschige Braue. »Es ist drei Uhr, jetzt wird nicht … gepennt. Zapfenstreich ist etwa um sieben Uhr, wenn die Sonne untergeht. Morgens ungefähr zur gleichen Zeit geht sie auf, und zwar das ganze Jahr über. Das ist so, weil wir uns nah am Äquator befinden. Ich sag's nur, falls Sie die lange Reisezeit nicht dazu genutzt haben, sich über den Ort, an dem Sie die nächsten zwei Jahre leben werden, ausreichend zu informieren. Denn diesen Unterlagen hier durfte ich entnehmen, dass Sie ein Nichtsnutz sind, Herr von Dornheim.«

Der *Nichtsnutz* prallte an Hardo ab. Es waren die *zwei Jahre,* die zu ihm durchdrangen und ihm den Hals zuschnürten. Er hatte bisher erfolgreich verdrängt, wie lange sein Exil dauern sollte. Er hatte sich eingeredet, hier einen zivilisierten Ort vorzufinden. Doch jetzt, da er die Siedlung gesehen hatte, war er bis ins Mark erschüttert. Wie sollte er es so lange hier aushalten? Das war wie die Teufelsinsel lebenslänglich! Und er hatte sich selbst in diesen Berg von einem Misthaufen hineingeritten.

»Sie schweigen? Anscheinend wissen Sie nicht mehr, wessen Sie sich schuldig gemacht haben. Aber ich helfe

Ihrem Gedächtnis gerne auf die Sprünge.« Keller schnürte eine dicke Akte auf und schlug den Pappdeckel zurück. Zuoberst lag ein ziemlich umfangreicher Brief, verfasst in der Handschrift von Hardos Vater, Oberstudienrat Wilhelm von Dornheim.

Keller blätterte mit seinen schwieligen Fingern eine Seite um. »Hardo von Dornheim, geboren vor neunzehn Jahren anno 1854 in Frankfurt am Main. Den Schulzeugnissen nach intelligent, wissbegierig, mit einem Hang zu Stubenarresten. Zweijährige Militärgrundausbildung, mit sechzehn Jahren an der Schlacht bei Sedan teilgenommen. Beginn eines Studiums der Rechtswissenschaften in Göttingen. Mehr als Herumtreiber und Duellant in einer schlagenden Studentenverbindung aufgefallen denn als fleißiger Student.« Keller hob fragend die Brauen, doch Hardo schwieg und rieb sich über das Gesicht. Seit er diesen verfluchten Kontinent betreten hatte, suchten ihn in den unpassendsten Momenten Schwindelgefühle heim.

»Sie haben sich auch als Boxer betätigt. Und zwar sehr erfolgreich – die Rede ist von über fünfzig Talern Preisgeld.«

Hardo schlug nach einem Moskito, der über seinem Kopf herumsurrte. Über Insekten aller Art hatte er unterwegs die übelsten Dinge gehört. Am schlimmsten waren die ohne Beine. *Die kriechen dir dahin, wo die Sonne nicht hinscheint*, hatte der Kapitän des Haufen Rosts, der ihn hergebracht hatte, gemeint.

»Dann kam es zu dem Ereignis, das Sie hierher geführt hat«, fuhr Keller fort. »Hierbei machten Sie drei Fehler.«

Überall, wo man hinsah, war Wasser und Feuchtigkeit. Mit Grausen dachte Hardo an sein unfreiwilliges Bad im Rio Madeira zurück. Er hatte nie herausgefunden, welcher der Männer ihm den Stoß verpasst hatte. Bei der Erinnerung ballte er die Hand zur Faust.

»Der erste: Sie kämpften mit den Fäusten um eine Frau.«

Stille und Dunkelheit. Das modrige Wasser war ihm vorgekommen wie ein Grab. Und er hätte schwören können, dass ihn dort unten etwas gebissen hatte. Jedenfalls hatte er eine schöne Wunde vorzuweisen. Was Giftschlangen anrichten konnten, hatte er gesehen, als es drei Lastenträger erwischt hatte.

»Der zweite: Ihr Gegner war kein Student, sondern ein adliger Offizier. Der Zukünftige jener jungen Dame.«

Indios waren nicht weniger gefährlich. Es gab Stämme, die hatten sich mit der Anwesenheit der Weißen arrangiert und profitierten vom spärlichen Maß an Zivilisation, das es hier gab. Andere waren völlig wild. Und verschossen ihre Giftpfeile willkürlich. Auch hieran waren drei Männer gestorben.

»Der dritte: Sie brachen seinen Kiefer.«

Ein Wunder, dass er es unbeschadet bis an sein Ziel geschafft hatte.

Keller ließ das Papier sinken. »Ihr Vater schreibt, dass der Mann zeit seines Lebens von diesem Hieb gezeichnet sein wird. Die Familie seiner Versprochenen löste das Verlöbnis. Seine militärische Karriere ist zerstört. Er kann nie mehr etwas Festes zu sich nehmen. Ihnen drohten zehn Jahre Zuchthaus, doch es kam zu keiner Anklage, dank einer kolossalen Summe, die Ihr Vater ihm bot. Dazu das Versprechen, dass Sie dennoch büßen werden. Nämlich mit Ihrem hiesigen Aufenthalt. Was sagen Sie zu alldem?«

Hardo hatte kaum mehr als den letzten Satz gehört. »Da Sie informiert sind – nichts.«

»Herrgott noch mal, Dornheim!« Auf die Fäuste gestützt, neigte sich Keller vor. »Werden Sie erwachsen! Sie kommen hier um, wenn Sie's nicht tun!«

Hardo unterdrückte den Wunsch, sich demonstrativ mit dem Ärmel über das Gesicht zu wischen, so als hätte Keller ihn bespuckt. »Mit Tieren und Wilden werde ich schon fertig.«

Mit einem schweren Seufzen richtete sich Keller wieder auf. »Na schön. Ich habe nun die undankbare Aufgabe, Sie als geläuterten Burschen zurückzuschicken, als vorbildlichen Studenten und anständigen Untertan Kaiser Wilhelms. Ich werde streng mit Ihnen sein. Und nicht nur die feindliche Natur, sondern auch die Arbeit wird alles von Ihnen fordern. Wollen Sie mir dabei helfen?«

Ein Friedensangebot. Nun gut. Hardo blickte in die scharfen Augen seines Gegenübers. »Ich werde es versuchen, Herr Keller. Aber, in Gottes Namen, lassen Sie mich erst etwas schlafen.«

Langsam und mit einem Nicken schloss Keller die Mappe. »Ich bin kein Unmensch, Dornheim. Sie haben anderthalb Stunden, sich in Ihrem Logis auszuruhen. Danach erwarte ich Sie im Teehaus zum Rapport. Sie werden es finden – an der Tür ist ein leerer Teesack angenagelt. Zwei meiner Mitarbeiter sind Engländer, daher hat sich die Tea Time um halb fünf eingebürgert. Ein sehr netter Brauch, will ich meinen.«

Hardo staunte. Der Kerl konnte ja lächeln.

Das Logis erwies sich als kleiner Anbau an der rückwärtigen Seite des Hauses. Hardo lief durch eine Kammer, von der zwei Türen abgingen: eine zum Schlafzimmer Kellers, die andere in einen Durchgangsraum, der zu seiner Schlafkammer führte. Er würde praktisch mit Keller Bett an Bett schlafen. Und er hatte noch nicht einmal eine eigene Eingangstür! *Er scheint entschlossen, mit Argus-*

augen über mich zu wachen, dachte Hardo verdrossen. Wenigstens gab es eine Tür, die diesen Bereich vom Rest des Hauses trennte. Der Durchgangsraum war winzig; eine Truhe und ein Regal fanden so eben Platz. Misstrauisch äugte Hardo in alle Ecken. Kein Viehzeug. Alles war ordentlich gefegt.

Der Eingang zum Schlafzimmer bestand lediglich aus einem Jutevorhang. Er hob ihn an – und erstarrte.

Auf seiner Pritsche saß ein Mädchen. Bronzefarbene Haut, langes blauschwarzes Haar. Eine Indianerin!

Und eine Diebin.

Neben ihr lag sein Seesack, aus dem sie offenbar ein paar seiner Kleidungsstücke gezogen hatte. Auf ihren angezogenen Knien lag sein Klappspiegel. Ihr glattes Haar verdeckte ihr Gesicht. Mit den Fingerspitzen strich sie über die Schneide seines Rasiermessers. Sehr vorsichtig, dennoch geschah das Unvermeidliche. Sie tat einen keuchenden Laut und steckte den blutenden Finger in den Mund.

»Was haben wir denn da? Eine kleine Elster?« Hardo warf den Vorhang gänzlich zur Seite und betrat die Kammer.

Mit einem leisen Aufschrei sprang sie hoch. Nun, da sie stand, sah er ihr Gesicht. Während der Reise hatte er festgestellt, dass die Indios kaum zu unterscheiden waren, und das galt erst recht für die Frauen. Auch die Züge dieses Mädchens waren weich und glatt, ihre schwarzen Augen groß, der Mund voll, die Wangenknochen deutlich. Trotzdem war ihr Anblick einzigartig. Vielleicht lag es an ihrem Kleid aus einstmals rotem, jetzt verwaschenem Tuch mit weißem Blütenmuster. Es reichte ihr nur bis zu den Knien.

Seltsam – die Nacktheit der Wilden hatte ihn gleichgültig gelassen. Der Anblick dieser bloßen Unterschenkel irritierte ihn.

»Das … das lag alles so da«, stotterte sie. »Ich wollte nur gucken.«

Er musste sich einen Augenblick sammeln. Sein alter Herr hatte ihm an die hundert Privatstunden bei einem Portugiesischlehrer aufs Auge gedrückt. Und ihm den Rat gegeben, sich an dem Gelehrten Heinrich Schliemann ein Beispiel zu nehmen: Der pflegte sich angeblich eine neue Sprache in sechs Wochen einzuhämmern. Hardo hatte sechs Monate gebraucht.

Er machte einen Schritt ins Zimmer. »Was hast du hier zu suchen?«

Sie zog die Schultern hoch und wich zurück. »Ich habe geputzt. Und ich soll das Moskitonetz aufhängen und die Füße des Bettgestells in Eimer mit Wasser stecken, damit keine Ameisen ins Bettzeug kriechen.«

Sie hatte so schnell und leise gesprochen, dass er nicht alles verstanden hatte. »Du wolltest klauen, oder?«

»Nein!«

»Indianer klauen immer.« So stand es schließlich in seinem Reiseführer. »Leg meine Sachen hin.«

Mit ausgestrecktem Arm ging er auf sie zu. Sie blickte auf den Spiegel und das Messer und erschrak, als hätte sie nicht bemerkt, dass sie die Sachen an sich genommen hatte.

»Leg sie hin!«

Sie warf beides auf die Pritsche. Geduckt wich sie zu einem kleinen Fenster zurück. Blanke Furcht stand in ihren weit aufgerissenen Augen. Doch weshalb erwiderte sie nicht seinen Blick, sondern starrte auf seine Haare? War da irgendetwas, das dort nicht hingehörte? Etwas Giftiges gar? Er wischte sich über den Kopf. Da war nichts.

Er wollte sie beruhigen, doch sie wirbelte auf der nackten Ferse herum und machte einen geschickten Satz auf die Fensterbrüstung. Schlangengleich wand sie sich durch die schmale Öffnung. Er eilte ihr hinterher, doch mit seinen breiten Schultern konnte er kaum mehr als den Kopf hinausstrecken. In der Nähe erhob sich die sattgrüne Wand des Urwaldes. Von dem flinken Indiomädchen war nichts zu sehen.

3.

Vorsichtig teilte Ayré die verschlungenen Lianen und bückte sich. Ein Wasserlauf gluckerte vor ihren Knien. Mit einem raschen Blick schloss sie alle Gefahren aus: keine Piranhas, keine Wasserschlangen. Am anderen Ufer glitt der dicke Leib einer jungen Anakonda durchs Geäst. Die weißen Männer fürchteten sie wie sonst nichts. Dabei waren einige der kleinen Schlangen viel gefährlicher. Ayré musste nur warten, ob die Anakonda in den Bach wollte – einen Badeplatz sollte man mit ihr nicht teilen. Doch der gefleckte Leib verschwand im Wald.

Ayré beugte sich vor, um zu trinken. Das Wasser war so klar, dass es wie nicht vorhanden schien. Sie hielt inne und betrachtete ihr Spiegelbild. Vorhin hatte sie ihr Gesicht zum ersten Mal in ihrem Leben in völliger Klarheit gesehen. Zwar besaßen auch die anderen weißen Männer *Spiegel,* aber das waren nur halb blinde, dreckige Scherben. Das Exemplar des jungen Mannes war unbeschädigt gewesen.

Sie hatte geglaubt, in die Augen einer Fremden zu blicken. Und stimmte das nicht sogar? *In der Siedlung bin ich fremd*, dachte Ayré. *Und in meinem Dorf auch. Ich bin nirgendwo richtig daheim.* Und alles nur, weil ihre Mutter ... O nein, an diese Geschichte wollte sie jetzt nicht denken, die alte Last, die seit ihrer Geburt auf ihren Schultern lag.

Ablenkung half.

Lieber dachte sie über diesen jungen Mann nach. Er hatte sie so fürchterlich erschreckt! Er hatte geglaubt, sie sei eine Diebin. Dabei hatten die Sachen schon so auf seiner Pritsche gelegen, bevor sie ins Zimmer gekommen war. Wahrscheinlich hatte der Träger, der den Sack von der Anlegestelle ins Haus geschleppt hatte, die Habseligkeiten einfach aufs Bett geschleudert. Ayré hatte nach dem eigenartigen Messer nur greifen müssen. Es war nicht spitz zulaufend, sondern eckig, und man musste es erst aufklappen. Wozu man es wohl benutzte? Und diese beiden Rollen aus schmalen Leinenbinden?

Er war groß und breitschultrig; ein junger Mann mit kräftigen Armen.

Mit hellem Haar.

Mit Augen von so eigenartigem Blau, dass Ayré das Gefühl hatte, sie könnten in ihr tiefstes Inneres blicken. Sie betrachtete ihr eigenes tiefschwarzes Haar und ihre dunklen Augen.

Mit einem wütenden Stöhnen richtete sie sich auf. Jetzt musste sie *doch* an diese alte Geschichte denken. Der Fremde zwang sie dazu. Wie hatte Senhor Schmidt ihn genannt? Hardo … von … Dornheim. Ihre Lippen und ihre Zunge mühten sich mit dem seltsamen Namen ab.

Noch nie zuvor hatte sie solches Haar gesehen – das der anderen Männer war viel dunkler, wenn auch nicht so dunkel wie ihr eigenes. Hardo von Dornheims Haar jedoch leuchtete wie Gold. Mit einem rötlichen Schimmer darin, als stünde er am Lagerfeuer. So golden wie das Haar ihres Vaters.

Ihr Vater aber stammte nicht aus Europa.

Ihr Vater war kein Mensch. Und er war gefährlich.

Ayré schüttelte den Kopf, um die lästigen Gedanken zu vertreiben. Hardo von Dornheim konnte kein Boto sein, das war unmöglich. Senhor Schmidt hatte doch gesagt, dass der junge Mann aus seinem Heimatland kam. Oder etwa nicht? Sie war sich plötzlich nicht mehr sicher.

Niemand im Dorf sprach gerne über die Botos, die magischen Flussdelfine. Und doch hatte Ayré genügend geflüsterte Gespräche mitangehört, um über sie Bescheid zu wissen. Die Botos lebten in Encante, der goldenen Stadt unter dem Wasser. Zauberwesen, Gestaltwandler, Kinder der Flussgöttin Yacurona … sie hatten so viele Bezeichnungen wie Erscheinungsformen. Sie konnten ihre

Delfingestalt abstreifen, um an Land ihr Unwesen zu treiben. Getarnt als Tiere oder als Menschen.

Ayrés eigener Vater – so mutmaßten die anderen Frauen hinter vorgehaltener Hand – war bestimmt der goldhaarige Katarebo, der Herrscher Encantes. Er hatte ihre Mutter damals mit einem einzigen Blick betört. Ein einziger Blick – und sie war sein gewesen.

Ayrés Herz trommelte plötzlich vor Angst. Was, wenn der Fremde sie bereits mit seinen seltsam blauen Augen eingefangen hatte?

Sie atmete tief ein und zwang ihren Herzschlag, sich zu beruhigen. Ihr fiel nur eine Lösung ein, um Gewissheit zu bekommen: Sie würde Hardo von Dornheim einfach fragen, ob er ein Zauberwesen war. Gleich heute Nachmittag beim Tee.

Es war riskant. Aber wenn sie weiter in der Siedlung arbeiten wollte, musste sie es wagen.

Sie würde in sein Gesicht blicken und erkennen, ob er die Wahrheit sagte. Und dann würde sie wissen, ob sie sich vor ihm fürchten musste.

Er hatte sich in seinen Kleidern auf die Pritsche geworfen und geschlafen wie ein Stein. Zwei Stunden, verriet ihm danach seine Taschenuhr, ein Abschiedsgeschenk des Vaters. Allerdings funktionierte sie in dem feuchten Klima nicht einwandfrei; vielleicht waren es auch drei Stunden gewesen. *Ich werde es erfahren, wenn mir Keller deshalb einen Einlauf verpasst*, dachte er grimmig. *Oder wenn ich keinen Tee mehr kriege.* Tea time, komische Sitte. Aus Tee hatte er sich nie etwas gemacht. Daheim trank man nachmittags Kaffee oder, wenn es so heiß war wie hier, Apfelwein. Aber in Frankfurt hätte er sich auch nicht übel riechend und derart gekleidet in ein Café gesetzt. Diesen Dreck würde er seinen Lebtag nicht mehr herunterbekommen.

Keller hatte auch nicht gerade nach Blumen geduftet. Zum Glück hatte Hardo daran gedacht, ein großes Stück Seife einzupacken. Heute Abend würde er sich den Bach hinter dem Haus anschauen. Aber erst wollte er die Teestunde hinter sich bringen. Er zerrte ein sauberes Hemd aus dem Sack – und warf es sofort beiseite. Alle Kleider waren feucht und zerknittert; sich umzuziehen lohnte nicht. Er zog sich seine Weste über, um sie gleich wieder herunterzureißen. Dafür war es viel zu heiß. Er stopfte sich ein Schweißtuch in die Tasche seiner Tuchhose. Jetzt aber los … Halt! Eine Sache fehlte noch. Auf der Suche danach fegte er eine Kniebundhose, ein Bündel Briefpapier und die Boxbandagen beiseite. Ah, da war ja der gute amerikanische Friedensstifter. Den hatte er sich unterwegs gekauft. Er schob sich den Revolver hinten in den Hosenbund, drapierte das Hemd über dem Griff und machte, dass er aus dem Haus kam.

Der plötzlich einsetzende Regen besserte seine Laune nicht. Er hastete zu der Hütte, die sich hochtrabend das Teehaus nannte. Wie die meisten Gebäude hier stand sie auf Stelzen und hatte eine Veranda. Unter dem Vordach aus Stroh saßen zwei Männer. Keller war nicht unter ihnen. Beide trugen zerknitterte Jacketts über zerknitterten Hemden, dazu Knickerbockerhosen und karierte Kniestrümpfe. Unschwer zu erkennen, dass es sich um Engländer handelte. Als er schnellen Schrittes die Treppe hinaufstieg, erhoben sie sich.

»Ah, Mr Dornheim aus Frankfurt«, sagte der eine auf Deutsch und wies einladend auf einen der Korbstühle an dem runden Tisch. »Es ist immer eine Freude, die Gelegenheit zu haben, sich an Ihrer schwierigen Sprache zu erproben. Darf ich vorstellen?« Mit schwungvoller Handbewegung zeigte er auf den anderen Herrn. »Mr Anthony Reed, Vermessungstechniker aus London. Meine Wenigkeit: John Nicolas Young, Rechtsanwalt, ebenfalls aus London.«

»*Von* Dornheim.« Hardo schüttelte knapp die dargebotenen Hände. »Rechtsanwalt?«

»In Diensten der *Madeira and Mamoré Railway Com-*

pany, die eigens für dieses Unternehmen gegründet wurde. Meine Aufgabe ist es, den ganzen Aufwand, der hier betrieben wird, zu dokumentieren und besondere Vorkommnisse zu melden.« Verschmitzt zwirbelte Mr Young die Spitzen seines rotbraunen Schnurrbarts. »Was eine ziemlich langweilige Sache ist, denn bislang ist noch nicht viel passiert. Da muss man sich anderweitig beschäftigen. Aber setzen Sie sich doch! Tee?«

Mr Reed, bart- und haarlos, blähte die Backen. »Ich warne Sie, Mr *von* Dornheim, der Tee ist eine Zumutung.« Auch sein Deutsch war hervorragend, wenngleich mit kräftigem Akzent. »Er dient lediglich dazu, dem Tag einen Hauch britischer Struktur zu verleihen.«

»Dann ist's ja gut, dass ich nicht aus dem Vereinten Königreich komme«, sagte Hardo schroff und rückte mit seinem Stuhl etwas zur Seite. Die beiden Herren schwiegen betreten. *Abstand halten*, sagte er sich. Freunde wollte er hier nicht. Denn Freundschaften schließen hieße, sich mit seinem Exil im Dschungel zu arrangieren.

Ein dunkelhäutiger Junge kam aus der Teehütte, machte einen tiefen Diener und wartete schweigend.

»Den Darjeeling kann man durchaus trinken«, sagte Mr Young. »Mr Reed übertreibt nur gerne ein bisschen. Er war eine Zeitlang in Britisch-Indien und hält sich seitdem für einen Teeexperten.«

Mr Reed prustete wieder. Sein volles Gesicht war mit Schweiß überzogen, und er wedelte unablässig mit dem gezackten Blatt einer Fächerpalme. Der Mann hatte eindeutig zu viel auf den Rippen für dieses Klima.

»Bier?«, fragte Hardo den Boy. Der schüttelte den Kopf. »Ja, was habt ihr denn überhaupt?«

»Nur Tee und Kaffee, Senhor.« Die Antwort fiel so schüchtern aus, dass sie im prasselnden Regen beinahe unterging.

»Also Kaffee.«

Der Junge flitzte ins Haus und kehrte mit einer Tasse Kaffee zurück. Hardo wollte nach Milch fragen, doch er befürchtete, dass er bestenfalls Ziegenmilch bekäme. Der Kaffee war kochend heiß, schwarz wie die Nacht und von würzigem Aroma.

»Haben Sie Familie, Mr von Dornheim?«, fragte Young.

»Nur meinen Vater.« An seine Mutter erinnerte er sich nicht, sie war früh an der Grippe gestorben, sein älterer Bruder im Alter von vier Jahren von den Masern dahingerafft worden. Aber das würde er diesen Fremden gewiss nicht erzählen.

Der Regen fiel in langen Fäden. Die Straße, nichts als festgestampfter Erdboden, verwandelte sich in Matsch. Zwei brasilianische Arbeiter, die vor ihren Hütten gehockt hatten, flohen ins Innere. Hühner stoben davon. Welch ein Loch war doch diese Siedlung, die nicht einmal einen Namen hatte! *Verflixt und zugenäht, wie lassen sich diese zwei Jahre abkürzen?*

Abhauen. Ganz einfach.

Nein, das wäre überhaupt nicht einfach. Die paar Groschen, die er noch im Seesack hatte, würden ihn nicht einmal bis zur Küste bringen. Geschweige denn über den Atlantik. Daheim würde er sich sowieso nie wieder blicken lassen können. Und das im wörtlichen Sinne: Nicht einmal auf der Straße durfte man ihn sehen. Weil ihn das nämlich in den Knast bringen würde.

»Ich meinte eher, eine eigene Familie«, hörte er den Engländer sagen. »Eine Gattin, die Sie zurückgelassen haben.«

Oder sollte er sich dumm anstellen, damit Keller ihn vorzeitig zurückschickte? Aufsässig sein, renitent, lästig? Hardo lachte leise in sich hinein. Keller zur Weißglut zu bringen, würde gewiss Spaß machen. Nun, vielleicht auch nicht – sicherlich gab es auch hier so etwas wie eine Karzerstube. Womöglich ein Erdloch mit einem Gitter darüber, und dann säße er tagelang bis zu den Hüften im Regen ... Rasch trank er einen Schluck Kaffee, da ihn der Gedanke schüttelte. Beim Militär hatte er zur Genüge verschiedene Arten der Bestrafung kennengelernt. Hier setzte man einem vermutlich als Sahnehäubchen noch eine giftige Schlange ins Genick.

Ganz abgesehen davon würde auch das bedeuten, mit Schimpf und Schande nach Hause zurückzukehren.

»Mr Young, ich glaube, der junge Herr möchte nicht mit uns reden.«

»Es scheint so, Mr Reed.«

Es gab nur eine Möglichkeit: geschickt zu sein und sich als das zu erweisen, was der Vater erhoffte – als lernwillig, ehrgeizig, freundlich und fügsam. Der perfekte Student.

Bei diesem Gedanken verzog Hardo das Gesicht. *Ich? Ein Bückling?*

Ärgerlich wischte er sich über das Hosenbein, auf das er ein paar Tropfen gekleckert hatte. Er wollte seinen Zorn bewahren. Denn der war wohltuend und vertraut. Der Zorn hatte ihn zu dem gemacht, was er war. Zu einem starken jungen Mann, den alle respektierten. Zu einem Kerl, den die Mädchen bewunderten. Den leisen Gedanken, dass sein aufbrausendes Wesen ihn auch hierher gebracht hatte, wischte er beiseite.

»Wen haben wir denn da?«, sagte Young. »Unser Dschungelmädchen.«

Der Regen hatte so schnell aufgehört, wie er gekommen war. Über die nasse Straße lief das Indiomädchen. Die kleine Elster.

Sie war groß, schlank, fast schlaksig und näherte sich mit leicht gesenktem Kopf. Ob aus Respekt oder Furcht, vermochte Hardo nicht zu sagen. Ihre glatten, glänzenden Haare schwangen bei jedem Schritt hin und her. Ein Blatt hatte sich darin verfangen; es erschien ihm wie eine Zierde. Ihre Augen erinnerten ihn an den schwarzen Gagatstein, mit dem sich in Deutschland trauernde Frauen schmückten. Ein wenig betrübt war auch ihr Blick, der über die anderen beiden Männer huschte und schließlich an ihm hängen blieb.

»Senhor … Dornheim?«, begann sie vorsichtig.

»Von Dornheim.«

Sie runzelte die Brauen – voll, nicht gezupft, schwarz.

Auf der untersten der sechs Stufen zum Teehaus blieb sie stehen. Sein Kopf fühlte sich plötzlich leer an, irgendwie berauscht, und erst jetzt fiel ihm ein, was sich gehörte. Er erhob sich. »Mit wem habe ich die Ehre?« Ehre, nun ja. Sie war eine Wilde von Kopf bis Fuß.

»Ayré.«

Es klang wie *A-i-rrree*. Eher der Ruf eines exotischen Vogels denn ein Name. Als sie sich einen Teil ihrer Haare hinter das Ohr steckte, kamen drei Vogelfedern in Dunkelblau, Schwarz und Rot zum Vorschein.

»Was möchtest du?«

Sie rang mit sich. »Ich muss Sie etwas fragen.«

Es folgte Schweigen.

»Na, los doch.«

Augen so dunkel wie Gagat? Nein, wie zwei dunkle Gewässer. Tiefen, die in allertiefste Tiefen führten, in fremdartige Welten. Er fühlte sich verzaubert und blinzelte, um diesen irritierenden Eindruck loszuwerden.

Ihr Kopf zuckte zur Seite. »Allein.«

Allein, was allein? Ach so! Er kam sich vor wie ein Schuljunge, dem eine kleine Göre einen nassen Kuss auf die Wange gedrückt hatte: verwirrt und berührt. Er räusperte sich.

»Well, wir werden den Platz räumen. Nicht wahr, Mr Reed?«

»Keine Frage, Mr Young.«

Hinter sich hörte er, wie Stühle über den Boden kratzten. Die Gentlemen rückten ihre Jacketts zurecht und hoben zum Gruß ihre Hüte, als sie die Treppe hinunterstiefelten. Ihm lag ein Dank auf der Zunge, aber da waren sie schon um die Teehausecke verschwunden. »So, ich höre.«

Sie starrte auf ihre nackten Füße. Plötzlich warf sie den Kopf zurück, sodass ihre prächtigen Haare nach hinten schwangen, und straffte sich. »Ich möchte wissen, ob Sie aus Encante sind.«

»Ich stamme aus Europa. Dem Deutschen Reich.«

»Nein, ich meine die Stadt …«

»Aus Frankfurt.«

»… unter dem Wasser.«

Das musste er falsch verstanden haben. Sein Portugiesisch war anscheinend noch nicht gut genug.

»Eine Zauberstadt voller Wunder, heißt es. Dort leben die Botos. Sind Sie ein Boto?«

»Ein … was?«

Er würde wohl noch pauken müssen.

»Ein Flussdelfin.«

Dringend.

»Ein Flussdelfin«, echote er.

Sie machte mit der Hand eine wellenartige Bewegung.

»Wie kommst du darauf?« Die Antwort konnte er sich denken: Sie war ein naives Indiomädchen, das einem verrückten Geisterglauben anhing und nichts von der wahren Welt wusste. Wahrscheinlich betete sie Frösche an und glaubte, dass die Erde in der Krone eines gewaltigen Baums hing.

Ayré runzelte die Stirn. Hardo bemerkte, dass sie zitterte. Ihre kleinen Brüste unter dem rot-weißen Kleid hoben und senkten sich. Schwierig, nicht dorthin zu blicken …

»Nun?«, hakte er nach.

Sie machte einen Schritt zurück. »Sie sind kein Boto?«

Hardo stemmte die Fäuste in die Seiten und blickte an

sich hinunter. »Gut, ich geb's zu. Ist aber schon eine Weile her, dass ich meinen letzten Fisch gefangen habe.«

Ihre Gagataugen verengten sich. Plötzlich wirbelte sie herum und hastete die Straße hinunter, sodass der Schlamm nur so aufspritzte. Hardo setzte sich und nahm seinen kalt gewordenen Kaffee in die Hand. Er begriff, dass sie seinen Scherz nicht als solchen erkannt hatte. Dabei war's ein blöder noch dazu gewesen.

4.

Die *Anderen* teilten die Tage ein und gaben ihnen Namen. Am Montag, einen Tag nach der Ankunft des Fremden, bekam Ayré einige Münzen auf die Hand gezählt. Damit konnte man Dinge kaufen. Für die getane Arbeit gab es eine Belohnung und damit konnte man eigenen Besitz erwerben – das Prinzip verstand sie. Warum Edmundo, der neue Waren aus dem Norden brachte, manchmal lachte, wenn sie sich etwas aussuchte, verstand sie nicht.

»Ihr Indios seid schon seltsame Leutchen«, er schüttelte den Kopf. »Warum kaufst du kein Werkzeug? Etwas Nützliches?«

»Ich habe beim letzten Mal eine Schere gekauft. Jetzt möchte ich gerne *das*.«

»Obwohl du nicht lesen kannst? Schon gar kein Englisch?«

Das sogenannte *Buch* hatte er eigentlich für die Engländer mitgebracht; die aber hatten es nicht gewollt. Obwohl es *brandneu* war, wie er ihnen versichert hatte: Erst vor drei Jahren war es erschienen. »Haben wahrscheinlich ein Problem damit, dass es aus der Feder eines Franzosen stammt«, hatte er gemeint.

Mit dem Buch unter dem Arm lief Ayré zu ihrem Kanu. Es war aus einem einzigen großen Rindenstück gefertigt, dessen Enden hochgebunden waren. Das leichte Boot lehnte an der mannshohen Stützwurzel eines riesigen Kapokbaums. Sie befreite es von Laub, Käfern und einem Schwarm blauer Schmetterlinge, und trug es in einen der vielen kleinen Wasserläufe. Sie kniete sich hinein und schob das Paddel ins Wasser. Es war brüchig; bald würde sie sich ein neues schnitzen müssen. Nichts hielt lange im Urwald, weder Kanus noch die aus Baumfasern gewebten Stoffe. Wenn in der Siedlung ein Palmendach einbrach, schimpften die Männer auf die Natur. Sie waren es gewohnt, dass alles ewig gleich blieb. Auch das verstand Ayré nicht.

Doch nun wusste sie etwas, das den Männern verborgen geblieben war. Denn die ahnten nicht, wer da in ihrer Mitte lebte, getarnt durch seine trügerische Menschengestalt. Nur sie hatte Hardo von Dornheims wahres Wesen erkannt.

Senhor Keller betonte stets, dass man in Europa nicht an solche unsichtbaren Mächte glaubte. Abgesehen von dem Mann, den man an einen Baumstamm genagelt hatte, der gestorben und wiederauferstanden war und jetzt im Himmel an der Seite ihres Gottes über sie wachte. *Das* glaubten sie. Sie legten sogar großen Wert darauf, dass auch die Ava diesen Gott-Mann anbeteten. Obwohl er von *drüben* war.

Hardo von Dornheim hatte erst gezögert, dann aber zugegeben, ein Boto zu sein. Dabei hatten seine Augen geblitzt und er hatte gelächelt. Wenn die *Anderen* logen, senkten sie die Stimme und blickten unsicher nach oben, als schämten sie sich vor ihrem Gott. All das hatte er nicht getan.

Und er hatte auch nicht versucht, sie aufzuhalten, als sie davongelaufen war.

Was bedeutete das? Vielleicht hatte er gar nicht vor, sie zu entführen. Vielleicht wusste er aber auch, dass sie zu ihm zurückkehren würde.

Ihr Herz schlug wie wild. War das Aufregung oder Angst? Sie musste unbedingt mit jemandem sprechen.

Der Bachlauf vergrößerte sich. Ein Schwarm Piranhas, treibende Äste und ein paar Wasserschlangen forderten ihre ganze Aufmerksamkeit. Ayré lenkte den Einbaum sicher durch die Widrigkeiten. Sie war sich stets bewusst, wie gefährlich der Dschungel war, doch das hielt sie nicht davon ab, seine Schönheit zu bewundern und sich in ihm zu verlieren – wie jener bunte Papagei über ihr, der am efeubewachsenen Stamm eines Imbauba vorbeiflatterte.

Wem sollte sie sich anvertrauen? Sie duckte sich, als einige Paranüsse auf sie niederprasselten. Der Affe, der sie geworfen hatte, blieb im Geäst verborgen. Rasch paddelte Ayré weiter. Die verzweigten Nebenarme des großen Flusses Ta-hao-ya, den die Weißen Rio Madeira nannten, waren ein sich ständig veränderndes Labyrinth. Dennoch fand Ayré mühelos ihren Weg. Nach etwa einer Stunde glitt das Kanu ans Ufer eines der vielen Bäche. Sie befestigte es an einem Steg und sprang an Land, wo die Oja-nimete lebten. Hier war sie aufgewachsen. Und doch fühlte es sich nie wie Heimkehren an, wenn sie ihr eigenes Dorf betrat.

Dreiunddreißig Rundhütten säumten eine Lichtung. Jede stand auf einem eigenen Feld, wo Maniok, Kakao und Sago wuchsen. Auf dem freien Platz in der Mitte erhob sich das Frauenhaus. Dort wohnten alle Mädchen, unverheiratete Frauen und Witwen. Es war die Pflicht der Dorfbewohner ringsum, sie zu schützen. Wäre Ayré ein *normales* Mädchen, hätte auch sie dort ihre Hängematte gehabt. Aber ihr war dieser Schutz entzogen worden.

Das Buch an sich gedrückt, lief sie am Rand des Waldes entlang. Sie hielt den Kopf gesenkt. Die fünfte Hütte vom Fluss aus war ihre. Sie hastete durch ihre vernachlässigten Gemüsebeete und schlüpfte unter dem Bastvorhang hindurch, der den schmalen Eingang verhängte. Erst hier wagte sie es, wieder durchzuatmen.

Es war nicht die Hütte ihrer Mutter – so lange hielten die schlichten Bauten nicht –, aber es war der Platz, an dem diese früher gestanden hatte. Damals war die Behausung groß, schön und gemütlich gewesen, genau wie die der anderen Dorfbewohner. Hier hatte ihre Mutter mit ihrem Mann gelebt, drei Mondumläufe lang.

Bevor Ayré geboren wurde.

Bevor *es* passierte.

Der Mann, mit dem die Mutter ihr Heim geteilt hatte, war nicht Ayrés Vater gewesen.

Diese Hütte hatte Ayré selbst errichtet; entsprechend armselig war sie ausgefallen. Wie stets, wenn Ayré eintrat, verspürte sie widersprüchliche Gefühle: Sicherheit vor den Blicken der anderen – und Einsamkeit. Einerseits fühlte sie sich geborgen, andererseits fiel ihr das Atmen schwer – als befände sie sich in einem Kokon aus stickiger Luft.

Ayré reckte sich nach dem Dach und schob zwei der großen Palmblätter auseinander. Ein Lichtstrahl fiel durch die Öffnung. Dann ein Schatten.

To'mo stürzte auf ihr Gesicht.

Lachend umfing sie ihr Äffchen und vergrub die Nase

in seinem weichen Fell. »Na, mein Kleiner, kommst du mich besuchen? Ob ich wohl eine Leckerei für dich habe? Sollen wir nachschauen?«

Mit To'mo auf der Schulter, der den langen Schwanz um ihren Hals geschlungen hatte, prüfte sie ihre Vorratstöpfe. Bald würde sie wieder sammeln und fischen gehen müssen. Das Fleisch größerer Tiere – Kaimane, Pirarucus, Capybaras – konnte sie bei den Jägern eintauschen. Das Dorf ließ sie nicht verhungern.

Aber Gefühle brauchen auch Nahrung, dachte sie, während sie To'mo dicke Samen und saftige Triebe anbot. Bitterkeit stieg in ihr auf, sammelte sich hinter den Augen und wollte als Tränen hinaus. Sie schniefte und wischte sich mit dem Handrücken über die Augen. *Weg damit.*

Meistens fühlte sie sich stark. Meistens konnte sie die Tatsache verdrängen, dass sie vollkommen allein war. Einige der anderen Frauen beneideten sie sogar um ihre Ungebundenheit. Und es gab Momente, o ja, viele Momente, in denen Ayré ihre Einsamkeit völlig vergaß. Wenn sie durch den prächtigen Wald strich. Wenn sie einen von roten Orchideen überwucherten Baum sah oder über ihr Aras in alle Richtungen davonstoben. Wenn sie köstliche Vanille fand. Oder auch nur beim Anblick eines farbenfrohen Schmetterlings, der eine zarte Wolke aus Tau von seinen Flügeln schüttelte.

Heute ging es ihr nicht so. Cocina, ihre einzige Freundin, war wütend davongerauscht. Genau wie Ayré selbst, die den jungen Mann hatte stehen lassen. Der Mann, der wahrscheinlich ein Boto war.

Wie hieß er noch?

Hardo. Hardo von Dornheim. Wenn er wirklich ein Zauberwesen war, hatte er sich gut getarnt. Sein Name klang ebenso seltsam wie die der anderen Männer.

Sie schloss die Augen und horchte in sich hinein, spürte den Bann, mit dem er sie noch immer gefangen hielt.

Hatte ihre Mutter sich damals auch so gefühlt?

»Ayré?«

Cocina! Ayré stürzte zur Tür und hob den Vorhang. Cocina und sie stritten sich gelegentlich, doch Ayré freute sich trotzdem immer, sie zu sehen.

Cocina wirkte nicht mehr so verärgert wie vorhin. »Großvater hat dich kommen sehen«, sagte sie ohne Umschweife. »Du sollst zu ihm. Jetzt gleich.«

Hardo träumte von Delfinen. Nicht von denen, die man in den Ozeanen sah. Auch nicht von ihren kleinen Verwandten in den Flüssen Brasiliens, den Tucuxis. Sondern von den rosafarbenen, gesprenkelten, großen, die hier im

Amazonasgebiet lebten. Er träumte von einer Schwanzflosse, die das Wasser peitschte und ein Kanu ins Wanken brachte. Im Traum gehörte die Flosse ihm, war Teil seines Körpers … Dann war er plötzlich wieder Mensch, und er langte hinauf, um sich ins Boot zu ziehen. Im Kanu saß jemand, starrte auf ihn herab …

Wer, zum Teufel, war das? Mit einem japsenden Laut fuhr Hardo von seiner Pritsche hoch. In der Tür zu seiner Kammer stand ein Mann. Sein verblichenes, vielfach geflicktes Hemd stand bis zum Bauchnabel offen, und auf dem Kopf trug er einen ausgefransten Strohhut, der sicherlich ein Dutzend Käfer verbarg. Der schwarze Schnurrbart, dessen Spitzen weit über sein Kinn hinausragten, vermutlich ebenso.

»Was … was fällt Ihnen ein? Wer sind Sie?«

»Ich bin João, und dein Hintern gehört mir, *Gringo*.«

»Hä?«

»In fünf Minuten findest du dich auf der *Bolívar* wieder, verstanden?«

Schon war der Kerl verschwunden; Hardo meinte noch, sein Gebell im Ohr zu haben, sodass er sich schüttelte. Solche Typen hatte er während seiner Militärzeit zur Genüge kennengelernt. Jedoch waren sie ordentlicher und schneidiger gewesen.

Fünf Minuten? Die würde er allein brauchen, um

wach zu werden. Er ließ sich auf die schrecklich unbequeme Pritsche zurückfallen. Er hatte grässlich geschlafen, ihm war glühend heiß, und was er in seine Lungen zwängte, schien eher von stofflicher Natur zu sein.

Zwei Jahre? Niemals.

Mit routinierten Bewegungen wickelte er die Fußlappen um seine Füße. Dann hinein in die Stiefel. Moment, erst ausschütteln, und wirklich, ein kleiner Skorpion fiel heraus. Schnell ins Hemd. In die Hose. Hosenträger hoch – *schnapp*! Und los. Während er über den Dorfplatz lief, hielt er vergebens nach der rätselhaften Indianerin Ausschau. *Ayré*. Welch wunderschöner Name. Er passte zu ihr. Was hatte sie ihn gefragt? Ob er ein Delfin sei? Wie absurd.

Am Steg hatte ein rostiger Lastkahn festgemacht. Die Matrosen warfen Säcke herunter, vermutlich mit Kaffee und sonstigem Proviant gefüllt. Indios fingen sie auf und schleppten sie in die Siedlung. Kein anderer als João trieb sie mit Worten und der Peitsche an.

Hardo tippte ihm auf die Schulter. »João«, sagte er, als dieser sich umgedreht hatte, »du musst mich vorhin verwechselt haben. Ich will's dir noch einmal durchgehen lassen. Fortan heißt es aber: ›Guten Morgen, Herr von Dornheim.‹ Und das Anklopfen nicht vergessen.«

João lächelte schmierig. »Guten Morgen, Herr von Affenheim. Wünsche, wohl geruht zu haben.«

Hardo ballte eine Faust.

»Dornheim!«, brüllte jemand vom Schiff herunter. »Da sind Sie ja! Herauf mit Ihnen!«

Hardo warf dem Aufseher einen giftigen Blick zu, dann lief er über den wackligen Steg und sprang über die Reling.

An Deck stand Keller. In den Händen hielt er eine Landkarte, von der er kurz aufblickte. »Sie haben Ihren Hut vergessen, Dornheim. Denken Sie an die Gefahren, denen Sie ausgesetzt sind.«

Jaja. Sonnenstich, Affenmist, João.

»Wie war Ihre erste Nacht in unserer hübschen Siedlung?«

»Bescheiden, danke der Nachfrage.«

»Falls es ein Trost ist: Die Nächte werden niemals besser. Man entwickelt lediglich ein gewisses steifes Fell.«

»Dass es einen außerdem noch wärmt, ist, nehme ich an, ein zusätzlicher Trost.«

Kellers dunkle Augen blitzten und unter seinem üppigen Bart erschien ein anerkennendes Lächeln. »So ist's recht, Dornheim.« Er ließ die Rolle zusammenschnappen und schlug Hardo auf die Schulter. »Eine Prise Sarkasmus kann hier nicht schaden. Sie werden es packen, da bin ich sicher.«

Der Motor des Dampfboots kam schnaufend in Gang,

und sie legten ab. Hinter dem Heck spritzte die Gischt, als das Antriebsrad seine Schaufeln ins Wasser grub. Alles ächzte und vibrierte.

Ohne Vorankündigung setzte ein Platzregen ein.

»Aber gemütlich wird's nicht, egal ob mit oder ohne Fell«, fügte Keller mit Blick auf den wolkenverhangenen Himmel hinzu. »Silvio!« Er winkte einen Indio heran. »Bring Dornheim einen Hut!«

Der schlaksige Indianerjunge, der sicherlich nicht von Geburt an Silvio hieß, brachte Hardo einen abgetragenen Stetson. Damit war es unwesentlich besser auszuhalten.

Das Boot tuckerte durch den dichten Regen, rasch waren alle Insassen völlig durchnässt. Der einzig trockene Platz an Deck befand sich unter einem Dach aus riesigen Palmenblättern. Er war allerdings besetzt. Etwas Großflächiges lag darunter, das mit Segeltuch zugedeckt war.

Zwei Lotsen hockten am Bug. Sie beobachteten den Fluss und schoben gelegentlich treibendes Geäst mit einer Stakstange beiseite. Der Rio Madeira war eine riesige gelblich-braune Wasserfläche. Dahinter lag der Dschungel, eine dunkelgrüne Wand, aus der es röhrte, trillerte und rauschte. Sie bogen in einen Igarapé ab, einen schmalen Wasserlauf.

Als sie an einem Steg anlegten, endete der Regen abrupt. Hardo folgte Keller zu einem Unterstand, der sich neben drei Hütten befand. Auf einem Tisch lagen etliche Bücher, offene Lederetuis, Stifte, Lineale und Zirkel verstreut. Keller schob alles an den Rand, breitete seine Karte aus und beschwerte sie mit Steinen. Hardo erkannte die großen Flüsse: den Amazonas, den Rio Madeira und weiter südwestlich, an der Grenze zu Bolivien, den Rio Mamoré.

»Hier beginnt die Eisenbahntrasse, die wir bauen werden.« Keller tippte auf die Stelle, an der der Mamoré und der Madeira zusammenflossen. »Sie endet an diesen Stromschnellen, ganz hier in der Nähe. Dahinter ist der Madeira wieder schiffbar. Die Strecke soll insgesamt 350 Kilometer lang werden.«

Eine Bahnstrecke durch den Urwald. Das war mit Abstand das Verrückteste, was Hardo je gehört hatte.

»Unter uns gesagt, es wird Hunderte von Menschenleben fordern, diese Gleise zu verlegen. Dort hinten in den Strohhütten lagern die ersten Gleismeter. Natürlich ist es noch viel zu früh, um mit dem Verlegen des Gleisbetts zu beginnen. Bislang wurde nur ein kleiner Teil des Weges gerodet.« Keller deutete auf eine breite Schneise, die in den Wald geschlagen worden war. An die hundert Arbeiter waren dort zugange. »Hier werden wir eine Probestrecke verlegen: mit Schotter, Schwellen und allem Drum und Dran.«

»Und was ist meine Aufgabe dabei?«

Wie schon in der Siedlung luden die Matrosen auch hier Proviantsäcke ab. Ein über das Wasser ragender Baum diente als Kran. An einem Flaschenzug hing bereits der erste mannshohe Getreidesack. Etwa zwanzig Arbeiter hatten sich versammelt, um die Säcke in Empfang zu nehmen.

»Ihre Aufgabe, Dornheim, wird es sein, Bäume zu fällen. Was könnten Sie mir schon anbieten, als Student der Jurisprudenz? Wäre Ihr Fach Maschinenbau, ja dann ...«

Hardo hatte Mühe, seinen Ärger im Zaum zu halten. »Ich war an den Rechtswissenschaften nie sonderlich interessiert! Mein Vater hat von mir verlangt, das Studienfach zu wählen, und dummerweise habe ich dieses eine Mal auf ihn gehört. Glauben Sie mir, ich hätte viel lieber Maschinenbau studiert! Was er Ihnen da zusammenfantasiert hat, ist blanker Hohn!«

»Sparen Sie sich die Ausflüchte. Wir alle müssen unseren Weg finden. Und nur, wenn er schwer ist, werden aus Söhnen Männer. Sie sind doch ein Mann, oder nicht?«

Hardo und Keller funkelten einander wütend an.

»Von den Fachleuten einmal abgesehen, brauche ich Arbeiter, Arbeiter und nochmals Arbeiter. Also werden Sie arbeiten, bis Ihnen die Hände bluten, Herr von Dornheim.«

Er sollte den Holzfäller spielen. Wie diese Schwarzen, Indios und Mestizen.

Das darf alles nicht wahr sein.

Plötzlich sehnte er sich danach, seiner Wut freien Lauf zu lassen, seine Bürden abzustreifen und sich selbst zu vergessen und … Mit angezogenen Schultern schnappte er sich eine Axt und lief in Richtung Wald.

5.

»Komm herein, Ayré.«

Ayré betrat Upiramés Hütte. Dass der Kazike, der Häuptling, zugleich der oberste Schamane des Dorfes war, erkannte man an all den getrockneten Tierhäuten, die von der Decke hingen. Gürteltierschwänze, Eidechsen, das Fell eines Panthers. Schildkrötenpanzer, die als Schalen dienten, schaukelten an Lianenschnüren. Der alte Häuptling saß zwischen all diesen Dingen in seiner Hängematte. Fünf Krieger lehnten an den Wänden. Mit Speeren, Äxten und Eisenmessern waren sie bis an die Zähne bewaffnet. Tag und Nacht wachten sie über Upiramé. Nicht weil dieser viele Feinde gehabt hätte, sondern um böse Geister abzuschrecken.

Wenn diese ansehnlichen, mit roter Farbe, Federn und Knochennadeln geschmückten Kerle einer Frau begegneten, warfen sie sich gern in Pose, lachten und machten Scherze. Nicht so bei Ayré.

Die Männer fürchteten sie. Und starrten sie entsprechend grimmig an. Ayré sah, wie sie ihre Muskeln anspannten und ihre Hände zu Fäusten ballten. Als wollten sie fliehen. Oder angreifen.

Upiramé hatte keine Angst vor ihr. Freundlich bot er ihr an, sich vor ihm auf eine Matte zu setzen. Ayré gehorchte, kreuzte die Beine und sah zu dem alten Mann auf.

»Ayré«, begann er so gewichtig wie langsam. »Ich habe Cocina erlaubt, mit dir in das Dorf der *Anderen* zu gehen. Für einen Tag, weil sie sehen wollte, was du dort treibst. Und wie die Fremden so sind. Sie hat mir erzählt, dass ihr das Haus ihres Anführers putzen solltet. Was sagst du dazu?«

Sie schluckte. »Es ... es stimmt, Kazike.«

Er stieß sich mit einem Fuß vom Boden ab und begann zu schaukeln. Seine hellen Sohlen tauchten vor ihrem Gesicht auf, verschwanden wieder, tauchten wieder auf ... Seine Haut war so dunkel wie die ihre und seine Haare hatte er mit dem Saft der Jenipapofrucht bläulich-schwarz gefärbt. Es war schwierig, sein Alter zu schätzen.

Da er schwieg, versuchte sie sich zu erklären: »Die *Anderen* sagen, sie hätten keine Geister. Wenn es stimmt, dann wäre es egal, wer ihre Hütten sauber macht. Und falls sie doch Geister haben, scheinen die sich nicht gestört zu fühlen.«

»Natürlich haben die *Anderen* Geister, sie wissen es nur nicht«, brummte Upiramé. »Was ich über sie höre, verwirrt mich – einerseits sind sie so unerfahren wie Kinder, andererseits besitzen sie Wissen, das so sinnlos wie gefährlich zu sein scheint.«

Er reckte sich nach einer der herabhängenden Schalen, fischte einen Kautschukklumpen heraus und steckte ihn sich in den Mund. Genüsslich begann er zu kauen. »Auch ihre Geister müssen doch etwas dagegen haben, dass eine Frau in den Ecken ihres Hauses herumwischt und sie stört!«, fuhr er leidenschaftlich fort. »Hausarbeit ist Männersache.«

Ayré glaubte wie Upiramé an die Existenz und Macht der Geister. Doch manchmal beneidete sie die *Anderen* um ihre Gelassenheit, was solche Dinge betraf. Es machte das Leben entschieden einfacher.

»Ich kann dir nicht verbieten, Männerarbeit zu tun, und außerdem hast du ...«, er unterbrach sich, um des Klumpens Herr zu werden. Seine Zähne waren nicht mehr die besten. »Wir wissen ja, dass du einen sehr starken Geist hast. Aber Cocina darf keinesfalls noch einmal dorthin.«

Sie nickte nur und atmete erleichtert auf. Sie hatte nicht zu hoffen gewagt, so leicht davonzukommen.

In Upiramés Mund knirschte es, und er verzog das Gesicht. »Ich glaube«, er spuckte den Klumpen in seine

Hand, »ich habe einen Geist im Backenzahn sitzen. Den werde ich ausräuchern müssen. Doch kommen wir zu dem, weshalb ich dich eigentlich habe rufen lassen.«

Beklommen folgte ihr Blick seiner winkenden Hand. Die Geste galt einem der Männer, den Ayré nicht kannte. Wie die anderen Krieger war er über und über mit roter Farbe bemalt, daher war ihr nicht aufgefallen, dass er nicht hierher gehörte. Ein roter Federkranz saß auf seinem Haupt, und rote und weiße Federn schmückten seine Glieder. Groß, breitschultrig, schön. Er trat vor. Je näher er kam, desto weiter wurden Ayrés Augen.

Sie fühlte sich klein und unterdrückte den Wunsch, aufzuspringen.

Upiramés Schaukeln ließ nach. »Ayré. Du stehst außerhalb der Dorfgemeinschaft. Du bist nicht verstoßen, gehörst aber auch nicht wirklich dazu. Die Menschen fürchten deinen Totemgeist, den Boto. Deine Mutter ...« Er unterbrach sich, legte die Fingerspitzen aneinander und schloss kurz die Augen. Nach einem tiefen Atemzug fuhr er fort. »Das Leben, das du führst, ist doch nichts für dich, Ayré. Bist du nicht auch der Meinung?«

»Ich komme zurecht, Kazike.«

»Aber du willst doch bestimmt nicht dein Leben lang bloß zurechtkommen, sondern eines Tages auch ankommen, oder nicht?«

»Ja. Schon.«

»Ein Mann unseres Dorfes wird dich niemals zur Frau nehmen, das weißt du.«

Sie nickte. Worauf wollte er hinaus?

»Und das nicht etwa, weil du in männlichen Hütten putzt – das macht es auch nicht schlimmer.«

Weiß ich doch.

»Also bleibt dir nur ein fremder Mann. Früher gab es ja den schönen Brauch, Frauen zu rauben, damit frisches Blut in einen Stamm gelangt. Heutzutage ist das leider in Vergessenheit geraten, und neue Sitten haben Einzug gehalten.«

Er lehnte sich zurück, stieß sich ab, schaukelte weiter. *Ihr Götter, er will es spannend machen.* Ayré hielt den Atem an. Sie ahnte bereits, worauf Upiramé hinaus wollte.

»Dieser Mann wirbt um dich. Sein Name ist Nyaci.«

Und all das erzählte Upiramé in der Gegenwart dieses Fremden?

Ayré war sprachlos. Natürlich hatte sie bereits darüber nachgedacht, was aus ihr werden sollte. Genau genommen tat sie das jeden Abend, wenn die Einsamkeit sie in ihrer Hütte heimsuchte. Und natürlich hatte sie alle Möglichkeiten erwogen, die ihr blieben. Das Ergebnis ihrer Grübeleien war immer das Gleiche.

»Ich möchte nicht wie ein Stück Vieh verschenkt werden. Ich möchte mich selbst um einen Mann bemühen. Wie ich es will, und wann ich es will.«

Upiramés Blick verfinsterte sich. Wenn seine Schwester To'xie zu Besuch kam, führte sie leidenschaftlich gerne das Wort, und dann schaute der Häuptling ähnlich düster.

»Einen Mann zu wählen und ihn zu umwerben, das ist das geheime Recht einer jeden Frau«, hatte To'xie einmal zu ihr gesagt.

»Weshalb geheim?«, hatte Ayré gefragt.

»Weil die Männer es nicht wahrhaben wollen. Nur deshalb.«

»Ayré.« In Upiramés Stimme lag ein strenger Unterton. »Nyaci lebte eine Zeitlang in einem der Dörfer der *Anderen*. Sie nennen es Mission. Die Weißen versuchen, uns Ava ihre Lebensart aufzudrängen. Dort hat er den Geisterglauben abgelegt und betet nur noch den Gott an, der am Baum hängt. Daher ist er auch imstande, dir eine große Freude zu machen: Er erlaubt dir, eure gemeinsame Hütte zu putzen.«

»Hat er auch Geld, um mich zu bezahlen?«, fragte sie schnippisch.

»Lass mich für dich jagen.« Es war das erste Mal, dass der Fremde den Mund auftat. »Du bist schön, Ayré von den Oja-nimete.«

Ayré sprang auf. Überrascht stellte sie fest, dass sein

wuchtiger Körper über seine Größe hinweggetäuscht hatte. *Der Goldhaarige ist größer. Und schöner.* Wie, bei allen Geistern, konnte sie jetzt an ihn denken?

Und warum machte Nyacis Angebot sie so wütend, dass ihr die Tränen kamen? Entschlossen blinzelte sie sie weg.

Weil sie alle so tun, als täten sie mir einen Gefallen, wenn sie mich verschachern. Weil ich ein Störenfried bin. Weil ich anders bin.

Nicht so wie die *Anderen*. Aber anders.

»Ich kann für mich selbst sorgen«, sagte sie. »Und das werde ich auch weiterhin tun.« Auf der Ferse machte sie kehrt und rannte hinaus.

»Folge ihr«, hörte sie Upiramé sagen. Sie lief an Cocina vorbei, die ihr verwundert hinterherschaute. Aus dem Augenwinkel sah sie den Fremden am Eingang der Häuptlingshütte. Sie beschleunigte ihre Schritte und rannte in den Wald.

Als sie sicher sein konnte, dass sie allein war, kletterte sie flink auf eine Palme und hockte sich in die Krone. Der Dschungel hatte wie immer eine beruhigende Wirkung auf sie. Ayrés Herzschlag verlangsamte sich.

War sie neulich nicht auch vor einem Mann weggelaufen? Aus Hardo von Dornheims Kammer war sie geflüchtet. Doch während sie Nyaci am liebsten nie wiedersehen würde, hatte es sie noch am gleichen Tag zu Hardo zurückgezogen. Da war es wieder, das Gefühl der Verbundenheit, der Wunsch, ihm nahe zu sein. Aber so durfte sie nicht fühlen. Die Magie des Botos war stark, sie musste stärker sein.

Plötzlich bebte der Stamm, auf dem sie saß, und sie hörte ein Kratzen. Ayré drehte sich um, blickte durch die Palmwedel – und in die leuchtenden Augen einer großen Raubkatze. Sie handelte schnell, riss mit beiden Händen einen verdorrten Zweig ab und schlug auf die Blätter, die das Tier verbargen. Ein Fauchen, dann ein Rascheln. Die Katze sprang auf den Boden. Das hellbraune Fell eines Pumas leuchtete kurz zwischen Gebüsch und tanzenden Farnblättern auf. Dann war das Raubtier verschwunden.

Ayré brauchte hundert mal hundert Herzschläge, bis sie hinabzusteigen wagte.

Schmerzen, unvorstellbare Schmerzen. Er wälzte sich auf dem Boden und wollte nur, dass es aufhörte. Sie war allein gewesen, und doch hatte er sie nicht erwischt. Sie gehörte zu ihm, er musste sie packen, sie mit sich ziehen.

Mühsam stellte er sich auf die Pfoten und wollte wieder

auf die Jagd gehen, doch es tat zu weh. Sein Fell sträubte sich. Er stellte die Ohren auf, um zu lauschen, doch ein Schwindelgefühl ergriff ihn. So fühlte sich die Verwandlung an, das wusste er inzwischen.

Er ließ sich wieder auf den Boden fallen, und alles wurde schwarz.

6.

Mit seiner Axt schlug Hardo auf den Stamm ein. Es war eine Verschwörung seines Vaters, anders ließ sich nicht erklären, weshalb er eine so erniedrigende Arbeit tun musste. Das hatten Wilhelm von Dornheim und Otto von Blankwitz sicherlich bei einem Glas Äppelwoi ausgeklüngelt. *Ich verspreche Ihnen hoch und heilig, auf die Familienbibel und aufs Familienalbum, dass mein Sohn aus den Augen bluten wird.*

Das Gesicht seines selbstherrlichen Vaters vor sich, ließ Hardo die Axt niedersausen. Holz splitterte. Noch einmal. Hinauf und hinab, sodass er meinte, die Muskeln würden von den Knochen geschüttelt. Er keuchte.

Ein Aufseher namens Carlos hatte ihn mit der überaus anspruchsvollen Aufgabe betraut, einen gefällten Baum von den Ästen zu befreien. Es war ein wahrer Urwaldriese, der im Durchmesser an die drei Meter maß. Laut Keller war man seit mehreren Wochen damit beschäftigt, einen Zehn-Meter-Koloss im Waldesinnern zu fällen. Hardo fragte sich, wie viele Tage er für sein eigenes Prachtexemplar brauchen würde.

Einige Männer verarbeiteten das bereits zerkleinerte Tropenholz zu Eisenbahnschwellen; er sah sie am anderen Ende der Lichtung an mehreren Zweimannsägen schuften.

»Von der Pike auf lernen. Das wird Ihre Devise sein«, hatte Keller gesagt. »Nächsten Monat werden Sie den Trupps zugeteilt, die den Weg für die Trasse ebnen. Den Monat darauf dürfen Sie beim Verarbeiten des Schotters helfen. Und in einem Jahr, wenn alles glatt gegangen ist, beim Transport der Lokomotive.«

Großartige Aussichten.

Nach unzähligen Hieben hockte er sich auf einen Ast, schnappte sich die Feldflasche und trank von dem brühwarmen Wasser. Dann goss er sich ein wenig über den Rücken, dorthin, wo sein Hemd gerissen war. Nur ein Tag, und schon war er so zerlumpt wie die anderen Männer. Die waren eine bunte Mischung aus Schwarzen, Indios, Mestizen und ein paar tiefbraunen Weißen. *Moxos* hatte Keller jene Indios genannt, die ein wenig größer und kompakter als üblich waren. Einige hatten die nackten Oberkörper mit zerkautem Tabak eingeschmiert, um die Mückenplage in Schach zu halten.

Er holte seine Uhr aus der Hosentasche und klappte sie auf. Auf der Innenseite des Deckels war eine Fotografie seiner Mutter. Ein zartes Wesen, das dem diktatorischen Vater sicherlich wenig hatte entgegensetzen können. Ein Blick auf die Zeiger verriet ihm, dass er erst anderthalb Stunden gearbeitet hatte. Verärgert steckte er die Taschenuhr weg.

Was für ein Irrsinn, das Ganze! Wie um alles in der Welt konnte man auf die Idee kommen, mitten im tiefsten Dschungel eine Eisenbahnstrecke zu bauen?

Natürlich kannte er den Grund. Mitte des Jahrhunderts hatte die Welt herausgefunden, dass man aus Kautschuk Gummi machen konnte. Kautschuk gab es jedoch nur hier, im tiefsten Dschungel Brasiliens. Sämtliche Versuche, ihn an leichter erreichbaren Orten anzupflanzen, waren bisher gescheitert. *Der Baum, der weint*, wie ihn die Indios nannten, war höchst empfindlich, wuchs nur ganz vereinzelt und brauchte viel Platz. Die Erntearbeiter, die Seringueros, mussten sich tief in den Wald vorwagen, um die Kautschukbäume zu finden. Die Ausbeute brachten sie in Form von bierfassgroßen Klumpen zu Sammelstellen, von wo aus sie nach Europa verschifft wurden.

Und hier lag das Problem: Wegen der Stromschnellen konnten keine Schiffe auf dem Rio Madeira fahren. Der

Kautschuk musste durch den Urwald transportiert werden. Ein teures und zeitraubendes Unternehmen.

»Man hat sogar vor Jahren versucht, die Stromschnellen zu sprengen«, hatte Keller erzählt. »Keine gute Idee. Hat Menschenleben gekostet und nichts bewirkt.«

Keller, der mit dem Land bestens vertraut war, bereitete den Bau der Eisenbahnstrecke vor, die all diese Probleme lösen sollte. Er war beauftragt worden, den besten Weg für die Trasse zu finden und ihn von allen Hindernissen zu befreien. Was auch immer der Eisenbahnstrecke im Weg war, musste verschwinden. Bäume, Wasserläufe, Tiere und Menschen.

Dieses Projekt ist wahnsinnig, dachte Hardo. *Aber ist es nicht immer so? Fortschritt entsteht nur dann, wenn irgendein Verrückter nicht akzeptieren will, dass etwas nicht geht.*

Ein Knall riss ihn aus seinen Gedanken. Ein Peitschenknall. Dieser schmierige Typ namens João kam auf ihn zu.

»He, du! Steh auf, du hast eben erst eine Pause gemacht.«

Hardos Muskeln zuckten. Er wollte aufspringen, doch er ermahnte sich, Ruhe zu bewahren und sich langsam zu erheben. »Bisher hat sich mir niemand als Vorarbeiter vorgestellt«, brummte er. »So ein Schmierlappen wie du kann's ja wohl nicht sein.«

João spuckte vor ihm aus.

»Hast noch mal Glück«, sagte Hardo. Demonstrativ blickte er an João vorbei, als fände er die Landschaft höchst interessant. »Hättest du mich getroffen, wärst du jetzt bewusstlos.«

»Wenn dich Alfonso trifft, bist du mehr als das.« João schnippte mit den Fingern. Ein Indianer stapfte heran, als hätte er nur auf dieses Signal gewartet.

»*Das* ist der Vorarbeiter?« Hardo legte den Kopf in den Nacken, um zu dem Riesen aufblicken zu können. Ein Moxo. »Bisschen groß geraten für einen Indio, hm?«

João reichte dem Mann die Peitsche. »Stopf ihm das Maul, Alfonso.«

Zustimmendes Brummen kam von irgendwo dort oben. Eigentlich eine prächtige Erscheinung, dieser Kerl, aus dem man spielend zwei Männer hätte schnitzen können. Als er lächelte, entblößte er helle, starke Zähne.

Der Angriff kam zu schnell. Hardo sah gerade noch, wie der Hüne seinen Arm hochriss, da spürte er auch schon einen scharfen Schmerz am Oberarm. Der Mann hatte ihn gepeitscht wie ein Tier!

Unwillkürlich dachte er an jenen Moment zurück, als er und Otto von Blankwitz sich gegenübergestanden hatten. Auch Blankwitz hatte eine Peitsche in der Hand gehabt. Nicht solch ein Ungetüm, sondern eine kurze Reitgerte. Die hatte er Hardo über die Wange gezogen, mit einer ähnlich beiläufigen Bewegung. Ein einfacher Peitschenschlag, in dem Verachtung mitschwang. Hardo war Rekrut gewesen. Der andere Offizier.

Die Wut, die in Hardo brodelte wie der Dampf in einem Motor, war die gleiche. Den zweiten Schlag sah er kommen. Seine Hand schnellte wie von selbst hoch, und das Handgelenk des Indios knallte in seine offenen Finger. Der Aufprall ging ihm durch den ganzen Körper, doch das ignorierte er. Mit der anderen Hand riss er die Peitsche an sich. In einer einzigen fließenden Bewegung ließ er sie wieder fallen, ballte die Faust und holte aus. Er traf seinen Gegner am Kinn.

Aufstöhnend taumelte der Mann zurück, stolperte über eine Wurzel und knallte auf den Hintern.

Ein Knock-out-Schlag war das noch nicht gewesen. Aber der nächste würde es sein. Hardo nahm einen sicheren Stand ein.

»Du … du elender …«, stotterte João.

»Keine Sorge, dich stoß ich auch noch aus dem Anzug.«

Sich das Kinn reibend, rappelte sich der riesige Alfonso auf. Aus dem Augenwinkel sah Hardo, dass einige Arbeiter innegehalten hatten.

Ein Donnerschlag ließ sie alle zusammenzucken. Ein Blitz krachte in der Ferne und der Himmel verdüsterte sich in Sekundenschnelle. Zwei Atemzüge später prasselte ein gewaltiger Regen nieder, als stünde die Welt kopf und der Rio Madeira selbst stürze herab.

Alfonso wandte sich ab und rannte zu den Arbeitern. Sein Gebrüll war kaum zu verstehen, doch Hardo wusste, dass er die Leute anwies, den Wald zu verlassen. Keine Todesursache war häufiger, so hatte er gelesen, als von regenschwerem Geäst erschlagen zu werden.

»Das wirst du noch bereuen!«, schrie João gegen das Brausen des Unwetters an.

Hardo zuckte die Achseln. Er hatte schon so viel bereut. Darauf kam es nun auch nicht mehr an.

7.

Was für ein Tag, dachte Ayré. Sie war zurück in die Siedlung der Weißen geflohen. Sie wollte nicht, dass dieser fremde Ava sie in ihrer Hütte aufstöberte, um sie zu rauben. Sie schauderte, als sie an Nyaci dachte. Gewiss, er war ansehnlich gewesen. Jemand, der ein Mädchen beschützen konnte. Aber er war auch so hölzern. Der Gedanke, mit ihm in einer Hängematte zu liegen … Allein die Vorstellung ließ sie frösteln.

Sie lauschte dem Regen und hoffte, dass er ihre Gedanken fortspülte. Ihre Hände rieben ein Stück Tuch über das Waschbrett. Es war eine Tischdecke aus dem Teehaus. Die beiden Engländer legten Wert darauf, den Tisch vor jeder *tea time* mit diesem Laken zu bedecken. Cocina hatte hierzu Überlegungen angestellt: Ob sie wohl den Geist, der im Rauch ihrer Zigaretten schwebte, mit der blendenden Weiße ablenken wollten, damit er nicht das Getränk in den Tassen vergiftete? Den Worten der Männer zufolge ging es ihnen lediglich darum, den Brauch aus ihrer Heimat zu pflegen. Dort war anscheinend jeder Tisch weiß gedeckt.

Verstehen tu ich es auch nicht, dachte Ayré, während sie schrubbte. *Man kleckert unweigerlich und macht einem anderen damit eine Menge Arbeit. In dem Fall mir.*

Das Grübeln lenkte wenigstens ab. Manchmal war ihr Kopf wie ein Geflecht aus Lianen. Nicht zu entwirren.

Die Tür des Waschhauses flog auf und Ayré erschrak. Hardo von Dornheim kam hereingestapft. Er war völlig durchnässt.

»Was für ein Tag.« Er schimpfte in seiner Muttersprache. »Was für ein besch… denkwürdiger Tag.«

Instinktiv verbarg Ayré sich hinter einem Berg aus Schmutzwäsche. Ihr Herz schlug ihr bis zum Hals, und sie sah sich nach einem Fluchtweg um, doch Tür und Fenster waren zu weit weg. Sie saß in der Falle.

Sie hörte, wie Hardo etwas vor sich hin murmelte, und lugte vorsichtig hinter ihrem Kleiderberg hervor. Er schnürte sich die schlammverkrusteten Stiefel auf und streifte die Hosenträger und das Hemd ab. Ein Ärmel war aufgerissen, und auf seiner hellen Haut zeichnete sich ein blutverkrusteter Striemen ab. Hardo zerrte die Beinkleider herunter und schleuderte alles leise fluchend zu Boden.

Sein Zorn sorgte für ein interessantes Muskelspiel. Ayré betrachtete die Rundung seiner Schultern, seinen straffen Bauch, die Sehnen und Adern an den Unterarmen. Die rötliche, dunkle Haut der Ava war zwar schöner als die der Weißen, die manchmal an die Bauchseite von Schlangen erinnerte. Aber das Muster aus Licht und Schatten war auf Hardos heller Haut viel intensiver.

Er bückte sich, um seine Fußlappen abzuwickeln. Was war das, dort an seinem Bein? Ayré beugte sich noch etwas weiter nach vorn. Eine Stelle an seiner rechten Wade war gerötet. Waren das etwa Bissspuren?

Plötzlich erstarrte Hardo in seiner gebeugten Haltung. Langsam richtete er sich zu voller Größe auf und wandte den Kopf in ihre Richtung. Ayré zuckte zurück, doch es war zu spät.

»Du?« Blitzschnell raffte er sein Hemd zusammen und presste es an den Bauch, wobei er sich leicht nach vorne krümmte. »He, ich bin nackt! Guck gefälligst weg!«

»Warum?«, fragte sie überrumpelt.

»Du … du bist ein Mädchen! Also bitte, schau weg!«

Ayré verstand dieses seltsame Schamgefühl der weißen Männer nicht. Er trug doch in diesem Moment mehr um die Hüften als die Angehörigen ihres Stammes. Und die empfanden sich bereits mit fingerbreiten Schnüren als bestens gekleidet.

Ayré bemühte sich krampfhaft, ihre Belustigung zu verbergen. Mit einem Mal war ihre Furcht verschwunden. Egal ob Boto oder nicht, der junge Mann vor ihr wirkte alles andere als bedrohlich.

Es sah aus wie ein ungeschickter Tanz, als Hardo hastig wieder in seine Hose stieg. Das Hemd hielt er immer noch vor sich. »Ich dachte, hier wäre niemand. Ich wollte mein Zeug waschen …«

Sein Portugiesisch klang ein wenig steif, und ab und zu glitt ihm ein Wort in seiner Sprache dazwischen, dennoch verstand sie ihn mühelos. Obwohl er ein großer und gut aussehender Mann war, musste sie bei seinem jetzigen Anblick an ein trauriges Äffchen denken, das man stundenlang im Regen angebunden hatte.

»Woher stammt das?« Sie verkniff sich ein Lächeln und deutete auf seinen Arm.

»João ist die Peitsche ausgerutscht. Nichts Ernstes.« Da sie schwieg, fügte er hinzu: »Keller wollte, dass ich auf der Baustelle aushelfe. Also hab ich in Joãos Trupp Holz gehackt.«

Er stellte es so dar, als habe er den Leuten einen Gefallen getan. Ayré konnte sich denken, wie es in Wahrheit abgelaufen war. »War es sehr schlimm?«

Seine Lider senkten sich, und er atmete schwer aus. »Es war die Hölle.«

»Was ist das, die ›Hölle‹?« Sie hatte nur eine ungefähre Vorstellung davon, wofür dieses Wort stand: für den schlimmsten Ort, den es in der Welt der *Anderen* gab.

»Das alles!« Er deutete wütend aus dem Fenster.

»Ich verstehe nicht …«

»Der Urwald! Diese stinkende, stickige, *grässliche* grüne Hölle!«

»Aber der Wald ist ein so schöner Ort! Wie kannst du das nur denken?«

Sie wappnete sich gegen einen weiteren Zornesausbruch. Doch er ließ die Faust sinken und spreizte die Finger. »Du bist eine Wilde, daher empfindest du das so. Da, wo ich herkomme …«

»Drüben.«

»Drüben? Ach so, ja. Dort glauben die meisten, dass ihr gar keine Menschen seid.«

»Sondern?«

»Na ja, eher so wie Tiere. Oder irgendetwas dazwischen.«

Ayré schluckte eine Erwiderung hinunter und streckte die Hand aus. »Darf ich mir das ansehen?«

Zögernd kam er auf sie zu und reichte ihr das Hemdknäuel. Sie warf es in den Zuber. »Ich meinte deinen Arm.«

»Die Wunde ist kein Problem.«

»Bitte, setz dich hin.«

Seine Stirn legte sich in Falten und sein Mund wurde schmal, aber er gehorchte. Sie hockte sich neben ihn und umfasste seinen Arm. Die Haut war feucht – wohl mehr durch Schweiß als durch Regen –, doch es war schön, ihn zu berühren. *Ayré, Ayré, sei vorsichtig. Das ist wahrscheinlich seine Magie, die dich zu ihm hinzieht.*

»Du hast Recht, es ist nicht schlimm«, erklärte sie. »Die Wunde hat sich schon geschlossen, und es ist nichts gerötet oder heiß.«

»Wahrscheinlich hat mein Schweiß den Dreck rausgewaschen. Der ist nämlich in Strömen geflossen«, sagte Hardo.

Ayré nahm ihren ganzen Mut zusammen. »Du hast noch eine andere Verletzung. An deinem Bein. Wie ist das passiert?«

Hardo sah sie für einen Moment verwirrt an, dann folgte sein Blick dem ihren. »Oh, das. Ich bin im Fluss geschwommen, und irgendein Biest hat mich gebissen. Keine große Sache.«

»Weißt du, was für ein Tier das war?«, fragte sie langsam.

»Schlange, Piranha, such dir was aus.« Er musterte sie ungeduldig. »Was ist nun? Wäschst du mir jetzt meine Sachen? Oder muss ich es selbst tun?«

Warum nur war er so selbstgefällig? »Ich mache das. Ich kann auch deine Kleidung flicken.«

»Nur zu.«

Sie drückte das Hemd in die Seifenlauge und begann zu schrubben, während ihre Gedanken wirbelten. Die Bisswunde … irgendetwas stimmte hier nicht. Doch sie kam nicht darauf, was es sein könnte.

Derweil stemmte er sich hoch, verschränkte die Hände hinter dem Rücken und begann in dem kleinen Raum hin und her zu wandern. Es machte sie nervös.

»Weißt du, wie wir uns nennen? Ava – und das bedeutet Mensch.« Sie sagte es nicht nur, weil sie sich über seine Behauptung geärgert hatte. Sie wollte auch seine angenehme, volle Stimme hören. Sie klang leicht angeraut, als fehle ihm Schlaf.

»Ja, sicher seid ihr Menschen. Aber doch auch wie Tiere.« Er hielt inne und blickte sie von der Seite an. Sie dachte an ihre erste Begegnung zurück, als er sie so voreilig für eine Diebin gehalten hatte. »Eure Hütten ähneln eher Vogelnestern. Ihr macht euch den Wald nicht untertan, sondern unterwerft euch ihm.«

»Woher willst du das wissen?«

Er zuckte die Schultern. »Aus schlauen Büchern natürlich. Alexander von Humboldts Werke zum Beispiel. Da waren etliche Zeichnungen von Indianern und ihren

Dörfern drin. Na, und die Brasilianer, mit denen ich mich auf der Herfahrt unterhielt, sagten das auch.«

In ihr brodelte es. »Wir haben sehr wohl Häuser. Richtige Häuser. Das Frauenhaus der Oja-nimete ist fünfmal so groß wie Senhor Kellers Haus! Unsere Dächer halten länger als die hier! Und wir leben *mit* dem Wald. Wir *unterwerfen* uns nicht! Außerdem …« Sie stockte, da seine hellen Augen sich zusehends vor Staunen weiteten. »Außerdem bist du doch selbst ein wildes Tier, Hardo von Dornheim!«

»Was bin ich?«

Sie sprang auf und schleuderte das Hemd auf den Rand der Zinkwanne. »Du weißt genau, wovon ich rede. Du bist ein Boto.«

Ein Boto. Irgendwie war noch nicht vollständig zu ihm durchgedrungen, dass sie das wirklich glaubte. Es war nicht zu fassen. Er wollte sie darauf aufmerksam machen, dass er doch weiß Gott nicht wie ein Delfin aussah. Doch er fand die passenden Worte nicht.

Teufel, wie verführerisch sie war – mit den zusammengezogenen Brauen und dem vollen, jetzt strengen Mund. Ganz zu schweigen davon, dass sie wieder dieses freizügige Blumenkleid trug, das ihre Arme und Unterschenkel frei ließ.

»Ich wollte dich nicht beleidigen«, sagte er. »Es tut mir leid. Ihr seid keine wilden Tiere. Es tut mir wirklich leid.«

Er bekam keine Antwort. Sie kniete sich wieder hin, klatschte das Hemd aufs Waschbrett und bearbeitete es wie einen Lederlappen. Wenn sie so weitermachte, hatte er bald ein Kleidungsstück weniger.

Hardo seufzte. »Hast du eigentlich eine Ahnung, wie oft ich mich bei jemandem entschuldige? Kommt wirklich selten vor. Also mach ein Kreuz in deinen Kalender und ...« *Vorsicht. Sie versteht deine Scherze nicht.*

Verflixte kulturelle Unterschiede.

Er ließ sich wieder auf den nassen Boden fallen, damit sie sich auf Augenhöhe begegneten. »Ayré. Du bist wunderschön. Hat dir das schon einmal jemand gesagt?«

Sie hielt inne. Langsam löste sie die Hände von seinem Hemd. »Ja. Erst heute.«

So? Er spürte einen Stich in der Brust, den er sich nicht erklären konnte. Hatte er wirklich geglaubt, es müsse erst Hardo von Dornheim daherkommen, damit sie ein Kompliment zu hören bekam? Und weshalb störte es ihn?

»Das freut mich«, presste er heraus.

»Mich nicht.«

»Warum nicht?«

»Den Mann, der es sagte, will ich nicht.«

Aha! »Gut.«

Gut? Konnte ihm das nicht egal sein? Er merkte, dass er den Faden verloren hatte. Fast hatte er sogar vergessen, warum er eigentlich hier war. Er hatte seine Kleider waschen wollen, weil er einen Höllentag im Busch hinter sich hatte. Die stundenlange Schinderei, die Blasen an den Händen, João und sein Zerberus Alfonso ... Die kurze Prügelei kam ihm vor wie vor Wochen geschehen. In Ayrés Gegenwart waren all diese Ereignisse verblasst. Ihn schwindelte plötzlich, er rieb sich über die Stirn. Was war nur mit ihm? Sie war eine Wilde! Auch wenn sie es noch so oft abstritt.

»Er ist ein fremder Ava«, stieß Ayré mit Bitterkeit hervor und riss ihn aus seinen Gedanken. »Ein Mann meines Stammes würde mich nämlich nicht wollen.«

Zu seiner Verblüffung schlug sie eine Hand vors Gesicht und fing leise an zu weinen. Dass er mit einem langen Satz an ihre Seite geeilt war, bemerkte er erst, als er ihren Arm unter seiner Hand spürte. Ihre Haut fühlte sich samtig an, darunter konnte er kräftige Muskeln erahnen. Das Verlangen, sie zu trösten, mehr zu berühren, sie an sich zu drücken war übermächtig.

So hatte er noch nie empfunden, nicht einmal bei jener

Dame, der Verlobten von Blankwitz, wegen der er hier in Brasilien gelandet war. Ohne dass Ayré es merkte, berührte seine Nasenspitze ihr Haar. Er glaubte, den Wald zu riechen, die Blüten, das erdige Wasser des Flusses …

»Ayré.«

Sie zog die Nase hoch und hob den Kopf, er zuckte ein Stück zurück. Aus großen Augen blickte sie ihn an. Ohne weiter darüber nachzudenken, wischte er mit dem Daumen behutsam die Tränen von ihren Wangen. Er spürte, dass sie sich ein wenig beruhigte.

Sie hob die Hand und vergrub ihre Finger in seinem Haar. Ganz kurz nur.

Wie es geschah, dass sein Mund plötzlich auf ihrem lag, hätte er nicht sagen können. Es war eine ganz sanfte Berührung, hauchzart und kaum wahrnehmbar. Und doch erkannte er, wie umfassend, geradezu weltbewegend dieser Moment war. Ihr Atem strich über sein Gesicht; ihr Mund öffnete sich ein wenig.

So plötzlich, wie es begonnen hatte, war es vorbei. Sie ließ ihn los. Er rückte etwas von ihr ab. Ayré schien über sich selbst erstaunt zu sein, und ihm ging es nicht anders.

Verlegen fuhr er sich durch die Haare. Ihm schoss der Gedanke durch den Kopf, dass er in seinem Leben schon viele Fehler gemacht hatte – doch dieser so flüchtige Kuss gehörte auf keinen Fall dazu.

»Sie haben alle Angst vor mir«, murmelte Ayré in sich hinein. »Weil sie glauben, ich könne sein, was du bist. Weil ich ...«

»Nein, warte!« Er hob eine Hand. »Ich verstehe dich nicht. Kannst du mit deiner Geschichte bitte ganz von vorne anfangen?«

8.

Heute hatte ein Mann um sie geworben. Heute hatte ein anderer Mann sie geküsst.

Ihr Leben war bisher so gleichförmig dahingeflossen wie der Ta-hao-ya. Doch Hardos Ankunft hatte alles verändert. Er hatte *sie* verändert, denn sie fühlte sich so lebendig wie nie zuvor. Etwas war zwischen ihnen geschehen. Und mit einem Mal wurde ihr klar, dass sie keine Angst mehr vor ihm hatte.

»Nicht grübeln«, mahnte Hardo. »Reden, Mädchen.« Er lächelte aufmunternd.

Nein, sie wollte nicht mehr grübeln. Sie wollte ihn so nehmen, wie er war. Ihre Bemerkung über die Botos hatte er übergangen, und sie würde ihn nicht drängen, darüber zu sprechen.

Sie fühlte sich noch wie berauscht. Sein Mund, sein vollkommen geformter Mund. Seine hellblauen Augen, wie der Fluss bei strahlendem Sonnenschein. Sie hatte geglaubt zu schweben. Sein Atem war wie der Flügelschlag einer Libelle gewesen, schnell und zart. Sein Blick unter sinkenden Lidern wie ein Blick in die ferne Welt, aus der er stammte.

Er war nur ein wenig von ihr abgerückt; seine Ellbogen ruhten auf den Knien, und seine Hand lag auf ihrem Unterarm. Dort fühlte sich ihre Haut heiß an, während der Rest ihres Körpers zitterte. Hardos Berührung war nicht unangenehm, o nein, ganz im Gegenteil, eher beruhigend. Ayré hielt still wie die Maus vor der Schlange. Doch nicht aus Furcht, sondern um diese prächtige Schlange bewundern zu können.

»Ayré?«

»Ich weiß nicht so recht, wo ich anfangen soll.«

»Am Anfang fängt man an. Als du ein kleines Mädchen warst?«

»Die Geschichte beginnt viel früher.« Sie unterdrückte das Bedürfnis, ihre Finger zu kneten. »Meine Mutter war mit einem starken Jäger der Oja-nimete vermählt: Enambé. Nun, er …« Sie stockte. »Er hat sie geraubt. Das war nicht unüblich. So wollte man frisches Blut in die Stämme holen.«

»Indem man Mädchen schnappte und davonschleppte?«

»Genau. Enambé baute ihr eine Hütte und brachte ihr Geschenke. Sogar ein Pantherfell; es ist das Wertvollste, das wir kennen. Ich weiß nicht, ob sie glücklich war, aber ich möchte es glauben. Die Hauptfrau des Kaziken sagte einmal, alle Mädchen im Dorf hätten sie bewundert und sogar ein bisschen beneidet. Sie war auch eine hervorragende Piranhafischerin.«

Hardo runzelte die Stirn.

»Piranhas sind gar nicht so gefährlich, wie ihr glaubt. Wenn man sich langsam bewegt und keine offene Wunde hat, kann man in ihrer Nähe sogar baden. Sie schwimmen dann einfach davon. Meine Mutter hat andere Frauen im Piranhafischen unterrichtet. Sechs Frauen waren es, die gemeinsam zum Ta-hao-ya zogen, den ihr den Rio Madeira nennt.« Sie zögerte. Sie wusste nicht recht, wie sie das Folgende erzählen sollte. Doch dann ließ sie ihren Worten freien Lauf: »Meine Mutter und die anderen Frauen kehrten nicht zurück.«

Hardo riss die Augen auf. »Was ist passiert?«

»Das weiß niemand so genau. Doch das Wasser des Flusses war kurz zuvor stark gesunken, und ein Schwarm Piranhas war in einem Teich gefangen. Das macht die Tiere aggressiv.«

Der Druck seiner Hand verstärkte sich, seine Fingerkuppen bohrten sich in ihren Arm. »Der Schwarm hat sie … gefressen?«, keuchte er.

»Das glaubte man im Dorf zunächst. Aber etwas passte

nicht zusammen – sechs Frauen! So hungrig ist kein Schwarm!«

»Krokodile vielleicht?«

Ein Schauer überlief sie, und Hardos Hand bewegte sich. Es war eine beruhigende Geste, ein gedankenverlorenes Streicheln. »Nein, dann wäre der Teich ein Schlachtfeld gewesen. Aber da war kein Blut. Die Jäger durchstreiften das Ufer und den Wald. Sie fanden Hinweise darauf, dass sich Menschen durchs Unterholz geschlagen hatten. Die Jäger suchten tagelang nach den Frauen, doch ohne Erfolg. Es sah ganz danach aus, als wären sie von einem anderen Stamm entführt worden.«

»Deine Mutter somit zum zweiten Mal.« Seine Stimme verriet, dass er diesen Brauch höchst eigenartig, wenn nicht verwerflich fand.

»Aber zwölf Monde später kehrte sie zurück. Sie war hochschwanger – mit mir. Enambé war inzwischen an einem Schlangenbiss gestorben. Sie verkroch sich in der leeren Hütte und weinte viel. Die anderen im Dorf glaubten, dass sie verrückt geworden sei. Ab und zu soll sie von einem goldhaarigen Mann geflüstert haben, und ihre Augen wurden ganz groß und glasig. Ein mächtiger Fiebergeist hatte sie befallen. Sie brachte mich allein zur Welt. Ein paar Wochen später war sie wieder verschwunden. Mich ließ sie zurück.«

»Wohin ist sie gegangen?«

Ayré zuckte mit den Achseln. Mittlerweile ruhte seine Hand auf ihrer.

»Eine andere Familie nahm mich für die erste Zeit bei sich auf. Aber ich gehörte nicht vollständig zu ihnen. Ich war ein Kind des Dorfes. Ich ging überall ein und aus. Es war, als hätte ich hundert Verwandte und doch keinen richtigen.«

»Keine Großeltern? Tanten, Onkel?«

Ayré schüttelte den Kopf. »Jeder im Dorf brachte mir etwas bei. So kenne ich mich auch ein bisschen mit der Heilkunde aus, mit dem Hüttenbau, dem Korbflechten; ich kann Fallen stellen, Fische jagen. Als meine Brüste zu wachsen begannen und ich meine erste Monatsblutung bekam ... Was ist?«

Er hatte erschrocken aufgekeucht, sich aufgerichtet und seine Hand weggezogen. »Nichts.« Er hob die Faust an den Mund und räusperte sich. »Ich bin es nur nicht gewohnt, dass ein Mädchen solche, äh, Dinge so unverblümt ausspricht. Da, wo ich herkomme, müssen sich freche Mädchen den Mund mit Seife auswaschen.«

Was war daran frech? Und was sollte Seife da helfen? Es tat ihr leid, dass er sie nicht mehr berührte. Ihr war, als habe er sie unvollständig zurückgelassen. Und plötzlich fühlte sie sich wie in ihrer Hütte: einsam.

»Als ich blutete, hätte ich – als noch unvergebene Frau – ins große Frauenhaus ziehen sollen, doch ich durfte nicht. Von einem Tag auf den anderen ging man anders mit mir um. Man behandelte mich wie eine Fremde.« Sollte sie das wirklich so genau ausführen? *Ihm* gegenüber? Noch dazu, da er eben so merkwürdig reagiert hatte? Jene Zeit war so schlimm gewesen ... Andere Mädchen mussten nur damit zurechtkommen, von der Kindheit Abschied zu nehmen. Zur Frau zu werden, was ohnehin eine Menge Gefühlsausbrüche mit sich brachte. Sie jedoch hatte zusätzlich aushalten müssen, vom eigenen Stamm gemieden zu werden. Spielkameradinnen durften nicht mehr mit ihr herumstreifen. Frauen, mit denen sie gekocht hatte, schickten sie plötzlich mit Ausreden aus den Häusern. Und die Jungen machten fortan einen weiten Bogen um sie.

»Ich verstand es nicht«, flüsterte sie und blinzelte eine Träne weg. Sie starrte auf die modrigen Bodenbretter zwischen ihren Beinen, um Hardo nicht ansehen zu müssen. »Ich weinte mich in meiner Hütte in den Schlaf. Ich schrie vorm Haus des Häuptlings. Ich konnte nicht verstehen, warum ich anders sein sollte als die anderen ... Irgendwann nahm mich der Kazike beiseite und erzählte mir die Wahrheit. Über das Verschwinden meiner Mutter, über meinen Vater – und über mich.«

Ayré schluckte und spürte, dass Hardo sie ansah.

»Du musst nicht darüber sprechen, wenn es zu schwer …«

»Doch, ich muss. Es ist wichtig, dass du begreifst.« Hardo wollte etwas sagen, doch sie bedeutete ihm zu schweigen. »Der Häuptling erklärte mir, was die Dorfbewohner vermuteten und was der Grund für meine Ausgrenzung war. Ihrer Meinung nach war mein Vater ein Boto. Er entführte und verzauberte meine Mutter.«

Sie ließ ihn bei diesen Worten nicht aus den Augen. Doch Hardo sah weder erschrocken noch erfreut aus – sondern ungläubig.

»Botos«, fuhr sie fort, »können sich in andere Tiere und in Menschen verwandeln. Wenn sie einen Menschen entdecken und ihn begehrenswert finden, nehmen sie eine andere Gestalt an und steigen ans Ufer. Sie verzaubern den Menschen und entführen ihn in die goldene Stadt Encante. Doch vorher muss der Mensch ebenfalls zu einem Boto werden, um in Encante wohnen zu können. Die Stadt liegt unter Wasser, am Grund des Flusses.«

»Indianische Logik«, murmelte Hardo.

»Mein Vater hatte meine Mutter bereits verzaubert, als sie schwanger wurde – aber ihre Verwandlung war noch nicht vollständig. Sie musste mich an Land zur Welt bringen, sonst wären wir beide gestorben. In Wahrheit sehnte sie sich die ganze Zeit nach dem Fluss. Deshalb ist sie so krank und verwirrt gewesen.« *Und deshalb musste sie so kurz nach der Geburt fortgehen*, dachte Ayré. Der Gedanke, dass ihre Mutter keine Wahl gehabt hatte, war immerhin ein Trost. »Wegen dieser Geschichte haben die jungen Männer und ihre Mütter Angst vor mir. Weil sie glauben, ich könne in Wahrheit ein Botoweibchen sein, ohne es zu wissen. Sie fürchten, ich würde mich eines Tages verwandeln und einen der Männer nach Encante entführen.«

»Sie glauben, du wärst – ein Delfin?«

»Ja.«

»Und?«, fragte er lauernd. »Bist du einer?«

»Nicht, dass ich wüsste!« Sie ließ ihn nicht aus den Augen. Würde er verstehen, was sie ihm sagen wollte? »Das habe ich den anderen auch erklärt. Aber sie denken, dass ich es nur nicht weiß, weil meine Verwandlung noch bevorsteht.«

»Das ist die verrückteste Geschichte, die ich je gehört habe.« Hardo schüttelte den Kopf. »Aber warum glaubst du, dass *ich* ein Boto bin? Ich stamme von einem anderen Kontinent. Ich habe den Fluss, unter dem diese Boto-Stadt angeblich liegt, vor ein paar Wochen zum ersten Mal gesehen.«

Ayré betrachtete ihn, sein blondes Haar, das dem ihres Vaters so ähnlich war, seine blauen Augen, die den Fluss in sich zu tragen schienen.

Sie horchte in sich hinein, hörte die leise Stimme, die sie dazu trieb, bei ihm zu sein. Sie spürte die Anziehungskraft zwischen ihnen, die immer stärker wurde. Doch das würde sie ihm nicht sagen, noch nicht. Unwillkürlich glitt ihr Blick zu seinem Bein. Zu der Stelle, an der sie die Bisswunde gesehen hatte. »Es gibt viele Arten, ein Boto zu werden …«

»Ayré«, sagte er lächelnd. »Das ist eine sonderbare Geschichte. Und eine sehr traurige.«

9.

Ayré zitterte noch immer. *Er hat keine Ahnung …* Sie hatte ihren Verdacht nicht wiederholt, schließlich wollte sie nicht schon wieder von ihm belächelt werden. Aber ihr war nun klar, warum Hardo sie so verwirrte. Er war kein Boto. Aber vielleicht würde er bald einer sein.

Doch das war nicht der Grund, weshalb ihr ganzer Körper bebte.

Er hatte sie im Arm gehalten. Und geküsst.

Sie hatte sich gefühlt wie in einem wohligen Kokon, gesponnen aus purem Glück. Stunden, ach, Tage hätte sie so verbringen können.

Monate, dachte sie, während sie im Ufersand kniete und das Wasser betrachtete. *Ein Leben.*

Ihre Erfahrungen mit Jungen, Männern gar, waren mehr als gering. Eine Umarmung hier, ein Streicheln da. Doch hinterher hatten die Jungen immer zugegeben, nur neugierig gewesen zu sein: Fühlte sich eine Botofrau vielleicht anders an? Sie hatten es eher als Mutprobe betrachtet.

Vielleicht waren ihre Eltern ja wirklich Zauberwesen, aber sie doch nicht! *Die anderen glauben mir nur nicht.* Ayré seufzte. So sehr sie sich anstrengte, sie würde im Dorf immer eine Fremde bleiben.

So fremd wie Hardo auf diesem Kontinent. Er und sie konnten niemals ein gemeinsames Leben haben. Auch wenn er kein Boto war – er war ein Mensch aus einer anderen Welt.

Gab es das überhaupt, dass zwei Menschen aus solch unterschiedlichen, ja unüberbrückbaren Kulturen eine Verbindung eingingen? Sie kannte nur Geschichten, in denen die fremden Männer grob waren, sich nahmen, was sie wollten, ohne zu fragen. Wie etwa die ersten Eroberer, die mit Pferden und Kanonen gekommen waren, das wusste sie von Senhor Keller. Sie hatten ganze Völker unterworfen und ausgelöscht, hatten Schmuck und Gefäße aus Gold geraubt und in Schiffen nach *drüben* gebracht, um sie ihren Königen und Schamanen zu Füßen zu legen.

»Dass es hier in Brasilien noch so viele Indios gibt«, hatte sie Senhor Keller einmal sagen hören, »liegt nur daran, dass das Amazonasgebiet so undurchdringlich ist.«

Undurchdringlich war auch die Wand, die sie und Hardo trennte.

Das ist auch gut so, dass du höchstens träumen darfst. Denn in Wahrheit wäre er bestimmt unerträglich. So hochmütig, wie er manchmal ist!

Was war das?

Ein Glitzern in der Tiefe.

Ayré legte den Speer, mit dem sie Piranhas jagen wollte, neben sich in den Sand und ging in die Hocke. Das Wasser des schmalen Flüsschens war grün und trüb; sie konnte nur eine Armlänge tief blicken. Da waren die dunklen Schatten still ausharrender Piranhas. Es schien, als bewachten sie etwas ...

Ein glänzender Metallton und ein erdiges Rot schimmerten unter Wasser. Wie kam das hierher?

Ayré betrachtete ihre Hand. Keine Verletzung, die den Blutdurst der Raubfische wecken könnte. Wenn sie sich behutsam durch das Wasser bewegte, würden sich die Piranhas nicht gestört fühlen. Langsam tauchte sie den Arm ins Wasser, doch sie schaffte es nicht, das seltsame Ding zu erwischen. Sie musste sich flach auf den Boden legen und ...

Blitzschnell sprang sie wieder auf. Unter den vertrauten Lauten des Urwaldes hatte sie ein Geräusch vernommen, das nicht hierher passte. Langsam drehte sie den Kopf und spähte ins tiefgrüne Dunkel des Unterholzes. Dort, wo sich ein Netz aus Luftwurzeln um einige Kapokbäume gelegt hatte, bewegte sich etwas. Die mannshohen Farne, die an der Stelle wuchsen, bebten.

Ayré packte mit beiden Händen den Speer. Der Wasserlauf war breit, doch kleine Inseln aus Sand und gefallene Stämme würden es einem Tier leicht machen, darüber hinwegzusetzen. Sollte sie fliehen?

Ein Mann trat zwischen den Farnwedeln hervor. Erleichtert stieß Ayré den Atem aus.

Doch dann erkannte sie ihn. Großer Tupan, er schon wieder.

»Fängst du so immer deine Piranhas? Indem du nach ihnen greifst?«

»Was geht dich das an?«, schnappte sie. Hoffentlich verschwand er gleich wieder!

Nyaci sprang auf eine der sandigen Inselchen. Nur flüchtig achtete er auf die Piranhas, und mit Leichtigkeit balancierte er auf einem Baumstamm, der halb im Wasser lag. Es war offensichtlich, dass sie seine Geschmeidigkeit bewundern sollte. Was tat er hier überhaupt? Hatte er sie beobachtet?

Mit einem Satz war er auf ihrer Uferseite. Zugegeben, er sah großartig aus. Einen Teil der roten Bemalung hatte er abgewaschen; nun konnte sie einige kleine Tätowierungen erkennen. Sein blauschwarzes Haar war zu einem Knoten am Hinterkopf aufgesteckt. Die Knochennadeln in seinen Ohren ließen an die gespreizten Flügel kleiner Vögel denken.

»Was willst du hier?«, fragte sie.

»Sei doch nicht so schroff.«

»Bist du mir gefolgt?«

»Upiramé sagte mir, dass man dich hier gelegentlich finden könne. Und da habe ich mich auf die Lauer gelegt, ja.«

»Und jetzt?«, fauchte sie. »Willst du mich entführen?«

Er lächelte. »Ja, das würde ich gerne tun.«

Sie brachte den Speer in die Waagerechte. Die steinerne Spitze war nur zwei Handbreit von seiner Brust entfernt. »Versuch's nur, du großer Jäger.«

»Ayré!« Plötzlich verzichtete er auf das Gehabe und hob in einer hilflosen Geste die Hände. »Warum ist dir der Gedanke so schrecklich? Du hättest es gut bei mir. Du sollst nicht bei den *Anderen* arbeiten müssen. Die beuten die Ava doch nur aus!«

»Was weißt du schon über die *Anderen*, was ich nicht weiß? Ich bin immerhin fast täglich in ihrem Dorf.« Das war reichlich prahlerisch. Natürlich waren ihr das Denken und Handeln der *Anderen* noch immer höchst rätselhaft.

»Sie sind Lügner«, erwiderte er.

Allmählich kam es ihr albern vor, noch länger den Speer auf ihn zu richten. Zumal der ihn gar nicht interessierte. Zögernd ließ sie die Waffe sinken. »Wenn du das glaubst, wieso hast du dann ihren Gott angenommen?«

Seine Augen wurden schmal. »Ich hatte ... meine Gründe.«

Wollte sie die wissen? Nein, sie wollte ihn loswerden. Er sollte nicht das Glitzern in der Tiefe bemerken – dieses kleine, schimmernde Geheimnis wollte sie nicht teilen. Jedenfalls nicht mit ihm.

»Ich glaube nach wie vor, dass es Tupan und all die anderen Waldgötter gibt, die Wassergöttin Yacurona, den bösen Vantu und die Botos.«

»Dann sollte es dich doch abschrecken, dass ich eine Botofrau sein könnte, oder? Besser, du gehst jetzt, bevor ich dich ins Wasser ziehe!«

»Ich habe keine Angst vor dir.«

»Solltest du aber.«

»Warum, bist du eine?«

Jetzt grinste er sie an. Ayré konnte nicht anders, sie musste lachen. Insgeheim freute es sie, dass Nyaci nichts auf das Gerede ihrer Stammesgenossen gab. »Natürlich nicht.«

»Und selbst wenn du eine wärst«, sagte er und kam ein Stück näher, »würde mich das auch nicht abhalten.«

Sein Blick wanderte über ihren Körper, und Ayrés Herzschlag beschleunigte sich.

»Wenn du keine Angst vor einer Botofrau hast, dann aber gewiss dein Stamm?«, neckte sie ihn, um seine Aufmerksamkeit wieder auf ihr Gesicht zu lenken.

»Mein Stamm wurde von den *Anderen* ausgelöscht«, sagte Nyaci ernst. »Sie haben uns um unser Land betrogen, dann haben sie die Frauen verschleppt und die jungen Männer gezwungen, für sie zu arbeiten. Die *Anderen* sagten, dass die Frauen sterben würden, wenn sie nicht gehorchten. Sie haben gehorcht. Und als sie nicht mehr gebraucht wurden, tötete man sie.«

Entsetzt hielt Ayré den Atem an. Sie hatte von solchen Vorkommnissen gehört. Doch es waren Dinge, über die man im Dorf nur selten und im Flüsterton sprach. Für Ayré waren das bisher nur düstere Geschichten aus einer anderen Welt gewesen. Böse Träume, die wie Nebelstreifen durch die Wälder waberten.

»Du arbeitest bei den *Anderen* und weißt nichts darüber?«, fragte Nyaci erstaunt.

»In der Siedlung werden die Ava gut behandelt. Wer nicht länger für Senhor Keller arbeiten will, kann jederzeit gehen.« Sie dachte an Cocina, die von Senhor Schmidt ja auch nicht festgehalten worden war. »Die Männer dort sind nicht wie die *Anderen*, die solche bösen Dinge tun.«

»Das behaupten sie. Woher willst du das wirklich wissen?«

Er kam näher; sein Blick war jetzt hart. Es schien, als würde er jeden Moment nach ihr greifen. Sie wollte keine Schwäche zeigen, also blieb sie regungslos stehen.

»Warst du jemals auf der Baustelle? Nein? Ich habe selbst beobachtet, was sie dort tun. Sie lassen die Ava schuften, bis sie über und über mit Dreck beschmiert sind. Sie zwingen sie in Gräben, ohne darauf zu achten, ob darin gefährliches Getier ist. Und wenn einer nicht gehorcht, schlägt man ihn mit langen Schnüren aus Leder, bis die Haut aufplatzt.«

Sie musste schlucken.

»Ich habe dort einen Mann mit gelbem Haar gesehen, der einen Ava brutal niederschlug«, fuhr er unbarmherzig fort.

Meinte er Hardo?

»Du willst mir nur Angst zu machen. Damit ich Schutz bei dir suche.« Sie wollte stolz klingen, doch die Worte waren ein laues Lüftchen, das im Lärmen des Waldes fast unterging.

»Ich habe die Wahrheit gesagt. Du glaubst, ich will dich beschützen? Ja, das will ich. Doch ich glaube auch, dass du ein starkes Mädchen bist, das auf sich aufpassen kann. Also geh zur Baustelle und überzeuge dich selbst! Aber tu es als eine unsichtbare Jägerin; sie dürfen dich keinesfalls sehen. Versprich mir das.«

»Ich – ich verspreche es.« Warum hatte sie das gesagt? Sie wollte doch gar nicht dorthin. Oh doch, sie wollte. Sie wollte die Wahrheit erfahren. Sie wollte sehen, dass Hardo nicht dieser Mann war, der Menschen schlug.

Ihre Gedanken schwirrten umher wie ein aufgescheuchter Papageienschwarm. *Er ist der einzige Mann mit gelbem Haar.* In einem Winkel ihres Kopfes tauchte die Frage auf, weshalb Nyaci so versessen darauf war, sie in seine Hütte zu holen. Doch Ayré ließ diesen Gedanken wieder ziehen.

»Gut«, sagte Nyaci.

Ayré wandte sich ab. »Jetzt lass mich allein. Ich will Piranhas jagen.«

»Bis bald, Ayré.«

Auf demselben Weg, wie er gekommen war, verschwand er wieder. Ayré ging in die Hocke und betrachtete konzentriert die Raubfische. War er auch wirklich gegangen? Oder beobachtete er sie aus dem Dickicht? Sie wartete eine Weile, verharrte in der gleichen Position und hoffte, dass er endlich seines Weges gezogen war. Dann legte sie sich flach auf den Bauch und schob den Arm bis zur Schulter ins Wasser. Ihre Fingerspitzen berührten etwas Hartes. Sie holte tief Luft und tauchte unter. Endlich gelang es ihr, das Ding zu packen, doch es steckte im Schlick fest. Mit aller Kraft zerrte und rüttelte sie daran.

Es löste sich! Mit einem Ruck hielt sie es plötzlich in ihren Händen. Sie tauchte wieder auf und warf es ans Ufer. Es war rund und mit blassen Bildern bedeckt. Was war das? Ein Gefäß? Und diese glänzenden Verzierungen, das war doch Gold?

Sie wusste, dass die *Anderen* das Metall begehrten, weil es so selten war und in ihrer Welt viel Geld einbrachte. Doch für Ayrés Volk hatte es eine ganz andere Bedeutung.

Gold hatten die Götter gemacht.

Gold gab es in der Tiefe, wo sich der Herrscher Katarebo damit schmückte.

Gold kam aus Encante.

10.

Hardo musste zugeben, dass diese amerikanischen Drillichhosen sehr praktisch und wesentlich angenehmer zu tragen waren. Keller hatte ihm eine Auswahl reichlich abgetragener Hosen und Ledergürtel vorgelegt. »Ihre Tuchhose taugt nicht für die Arbeit«, hatte er gesagt. »Und an Ihren Hosenträgern werden Sie sich noch versehentlich aufhängen.«

Sein Hemd hatte Ayré gestern gewaschen, und trotzdem war es über Nacht kaum angetrocknet. Diese elende Luftfeuchtigkeit. Als wäre das nicht genug, regnete es seit dem Morgengrauen ohne Unterlass.

Unfassbar, sogar jetzt hockten die beiden Briten unter dem Vordach des Teehauses, und dabei war es erst Vormittag. Wohl die Frühstücks-Tea-Time. Offenbar schaute Hardo allzu verblüfft, denn Mr Young, der Rechtsanwalt, hob zum Gruß seine Tasse.

»Wenn man wegen ein bisschen Regen den Tee ausfallen ließe«, rief er herüber, »könnte man in diesem Haus gleich Manioksäcke stapeln.«

»Sie haben ja wieder Ihren Hut vergessen, Mr von Dornheim.« Mr Reed grüßte mit einer dicken Zigarre.

Dass Hardo neulich so abweisend gewesen war, schienen die Herren ihm nicht übel genommen zu haben. Die beiden hatten eine Art an sich, die zum Schaudern war. *Wer weiß, wie ich nach ein paar Monaten im Busch bin*, überlegte Hardo.

»Vor einem Sonnenstich brauche ich heute wohl keine Angst zu haben«, brummte er.

»Vor herabregnenden Schlangen allerdings schon«, sagte Mr Reed. »Wo wollen Sie denn hin, wenn ich fragen darf, Mr von Dornheim?«

»Nach Santo Antônio. Zur Baustelle.«

»Bei dem Wetter arbeitet heute keiner. Die Leute dürfen sich ausruhen. Sie sollten sich auch hinlegen; Sie sehen nicht gut aus, wenn die Bemerkung gestattet ist.«

»Mir geht's bestens.«

»Well, Ihr Gang ist nicht trittfest, und Ihre Augen glänzen verdächtig.«

»An meinem vorsichtigen Gang ist der knöcheltiefe Schlamm schuld, der sich an trockenen Tagen Weg nennt. Und wenn meine Augen glänzen, liegt das an der Regenschicht, die sich darübergelegt hat.«

Die Herren Engländer quittierten seinen Spott mit anerkennendem Lächeln. Hardo konnte sich des Eindrucks nicht erwehren, dass es das verrückte Grinsen zweier Patienten war, die auf der Veranda einer Nervenheilanstalt hockten.

»Ich wette mit Ihnen um eine schöne Flasche Gin, dass Sie ein Tropenfieber ausbrüten, Mr von Dornheim. Ihr wievieltes wäre es denn?«

»Mein erstes.«

»Golly! Robust, der Kerl! Mich hatte es bereits auf dem Amazonas erwischt, und Sie, Reed?«

»Schon im Delta.«

»Es geht mir gut, danke«, brummte Hardo und trottete weiter. An der Anlegestelle hatte das bolivianische Schiff festgemacht. Die Laufplanke lag nicht aus, und oben an Deck schien niemand zu sein. Es sah tatsächlich nicht so aus, als würde Keller heute ablegen.

Irgendwie fühlte er sich tatsächlich nicht wohl. Hinter seiner Stirn pochte es, und ihm war viel zu warm. Er kehrte ins Dorf zurück.

»Wo steckt Keller, wenn er nicht in Santo Antônio ist?«, fragte er die Engländer.

»Er paddelt gern mit einem Kanu auf dem Fluss herum«, antwortete Young. »Wenn er seiner Arbeit für die Company nicht nachgehen kann, geht er forschen. Mit

Botanisiertrommel, Lupe und Zeichenblock. Als hätte er das Blut Ihres Landsmanns Humboldt in den Adern. Er hat sich da draußen übrigens schon fünfmal ein Fieber geholt. So setzen Sie sich doch! Der Boy soll Ihnen eine Tasse Darjeeling mit einem guten Schuss Gin geben. Zózimo!«

Der Junge kam herausgeeilt und empfing die Bestellung. Hardo wusste selbst nicht recht, was ihn dazu brachte, sich zu den Herren zu setzen. Seine wackligen Knie vielleicht. Brütete er wirklich etwas aus? Zózimo stellte ihm mit einer tiefen Verbeugung die Tasse vor die Nase. Der erste Schluck brannte bitter in Hardos Kehle. Tapfer schluckte er das Zeug.

»Das Chinin im Gin hilft gegen Fieber, vornehmlich Malaria«, erklärte Reed, der auf seinem Zigarrenstummel kaute. »He, Zózimo, ich glaube, ich fühle mich auch nicht ganz wohl. Bring doch mal die ganze Flasche und ein Glas.«

»Ja, Sir.«

Der gemütliche Reed strahlte über beide Pausbacken, als er die Flasche in Empfang nahm. Young zwirbelte seinen Schnäuzer, während er seinen Landsmann musterte. »Wetten, dass er sich in Wahrheit pudelwohl fühlt, Mr von Dornheim?«

»Ist doch nur zur Vorbeugung! *Saúde*, Gentlemen.«

»By the way, was wollen Sie eigentlich hier tun, Mr von Dornheim?«, wandte sich Young an Hardo.

»Das habe ich Ihnen doch bereits erzählt.«

»Ja, dass Sie verurteilt wurden, hier zwei Jahre Arbeitsdienst zu tun. Aber das meine ich nicht. Sie werden doch gewiss überlegt haben, diesen Umstand zu Ihrem Vorteil zu nutzen?«

»Ehrlich gesagt – nein. Bis auf das Sammeln zweifelhafter Erfahrungen wüsste ich auch nicht, wo hier ein Vorteil zu finden wäre.«

»Früher sind die Männer sogar freiwillig gekommen und haben sich ins Abenteuer gestürzt. Manche suchten das Gold von Eldorado, andere suchten Wissen.«

»Aha. Und welchen Vorteil ziehen Sie aus Ihrem Aufenthalt, Mr Young?«

Der lehnte sich zurück, nippte an seiner Tasse und schien dem Prasseln des Regens zu lauschen. Er lächelte zufrieden. »Ich sammle Schmetterlinge.«

Fragend runzelte Hardo die Stirn.

»Nun, Mr Dornheim, es gibt hier Exemplare, die eine Menge Geld bringen.«

»Ich versuche mir gerade vorzustellen, wie Sie mit einem Kescher herumhüpfen.« Hardo grinste. »Und wissen Sie was? Das fällt mir nicht besonders schwer. Jetzt entschuldigen Sie mich, meine Herren.«

Er stand auf, tippte sich zum Gruß an die Stirn und stiefelte zurück zu Kellers Hütte. Schmetterlinge! Diese verrückten Briten! Aber in einem hatten sie wohl Recht gehabt: Er fühlte sich nicht gut. In ihm glühte eine Hitze, die weder der Gin noch der Regen lindern konnten. War es Tropenfieber … oder ein *Gefühl*, das Ayré in ihm ausgelöst hatte?

Eigentlich hatte er sie doch nur getröstet. Immerhin schleppte das arme Ding eine traurige Geschichte und ein paar ziemlich verrückte Vorstellungen mit sich herum. Aber es war ihm ein Vergnügen, nein, eine Herzensangelegenheit gewesen, ihr die Tränen von den Wangen zu streichen.

Mit schweren Schritten ging er ins Haus. In seiner Kammer warf er sich auf die Pritsche. Im Liegen war die Übelkeit zumindest erträglicher. *Ayré.* Er sah ihr Gesicht vor sich. Diese großen schwarzen Augen. Das indigofarbene Haar. Dieser volle, ein wenig traurig geschwungene Mund … Herrgottnochmal! Er hatte schon einige hübsche Mädchen im Arm gehabt. Zuletzt Charlotte. Charlotte, die ihm den ganzen Schlamassel eingebrockt hatte. Charlotte, die Verlobte seines vorgesetzten Offiziers. Charlotte, deretwegen er ihm den Kiefer gebrochen hatte.

Er warf sich auf den Bauch, aber das verstärkte die Übelkeit wieder. Das trübe Licht, das durchs schmale

Fenster fiel, blendete ihn. Er legte den Unterarm über die Augen.

Charlotte hatte rötlich-blondes, leicht gelocktes Haar gehabt. Zarte sechzehn war sie gewesen. Ein Backfisch. Otto von Blankwitz um zehn Jahre älter. Das war nichts Ungewöhnliches: Während sich die Dame für ihren Zukünftigen aufzusparen hatte, durfte dieser sich in seiner Jugend austoben. Und beim Eheschluss trafen Welten aufeinander. Im Grunde hatte Hardo ihr also einen Gefallen getan, als er ihr zu ein paar *echten*, vorehelichen Erfahrungen verhalf.

Er versuchte, sich an ihr Gesicht zu erinnern. Vergebens. Dafür erinnerte er sich umso besser an die Ohrfeige seines Vaters – mit dem Handrücken, als müsse dieser sich vor dem Sohn ekeln.

»Du hast an alles gedacht, Hardo«, waren seine Worte gewesen. »An deine Gier. An deinen Stolz und dass du den deines Kontrahenten verletzen wolltest. Aber niemals an Charlotte. Was habe ich bei dir nur falsch gemacht?«

Diese bedrückenden Erinnerungen besserten Hardos Zustand nicht gerade. Er hatte plötzlich das Gefühl, als würde Lava durch seine Adern fließen. Mühsam erhob er sich und wankte zum Bach. Der Regen hatte aufgehört, und auf dem Gewässer tanzten Nebelfäden; sie ließen an kalte Herbsttage denken. Sich ins Wasser fallen zu lassen, war jetzt sein einziger Wunsch. Danach ginge es ihm bestimmt besser.

Erst umschauen, welches Getier in der Nähe ist, erinnerte er sich an den Ratschlag in seinem Reiseführer. *Rechnen Sie mit allem. Wie etwa mit Stachelrochen, die sich im sandigen Grund verbergen. In ihrem Stachel sitzt ein Nervengift, das bewirkt, dass eine Wunde über Jahre nicht heilt.*

Wahrscheinlich war es ein Stachelrochen gewesen, der ihn vor ein paar Wochen am Bein verletzt hatte. War es nicht auffällig, dass sich die Wunde noch nicht geschlossen hatte? Wenn er recht darüber nachdachte, spürte er ein leichtes Pulsieren an der Stelle. Nervengift? Kamen seine Schwindelgefühle und sein Fieber am Ende daher?

Er langte nach einem treibenden Zweig und stocherte unterhalb der Wasserlinie im Sand herum. Das Wasser trübte sich, ansonsten passierte nichts. Kein Rochen, keine Schlange, nicht einmal ein Fischlein. Er riss sich die Stiefel von den Füßen, wollte den Gürtel lösen, um sich auszuziehen – *warum eigentlich? Das Zeug kann was vertragen* –, und stieg in seinen Kleidern in den Bach.

Angenehm kühles Nass umspielte seine Knie. Sofort fühlte er sich besser. Kurz entschlossen tauchte er unter und machte ein paar Schwimmzüge. Herrlich. Er fühlte sich wie neugeboren.

Als er wieder nach oben kam, fiel ihm ein Helm auf,

der neben seinen Kleidern am Ufer lag. Es war kein Tropenhelm, sondern einer aus Metall. Wie hatte er den übersehen können?

Neugierig schwamm er näher und nahm ihn in die Hand. Eine runde Helmglocke, ein hoher Kamm, eine rundlaufende Krempe, die vorne und hinten zu zwei Spitzen hochgebogen war. Verrostet, die Gravuren kaum kenntlich. Es gab auch ein paar vergoldete Verzierungen. Er meinte, ein Schiff zu erkennen und das Wort *mundo* – lateinisch für *Welt*.

»Bestimmt der Helm eines Konquistadors«, überlegte Hardo. Wie alt war das gute Stück wohl? Er warf den Helm hoch und fing ihn wieder auf. Merkwürdig, dass er einfach so hier herumlag. Als hätte er auf ihn gewartet. Was hatte Young noch über das sagenumwobene Gold Südamerikas gesagt?

»Eldorado«, flüsterte Hardo.

Die *anderen* Männer badeten nie, es sei denn ganz nah am Ufersaum. Sie schienen das Wasser und alles, was darin war, zu fürchten. Nicht so Hardo von Dornheim. Er beugte sich vor und tauchte den Kopf unter Wasser. Als er hochkam, schüttelte er sich, und die Tropfen flogen von seinen unglaublich hellen Haaren. Mit ausgebreiteten Armen stürzte er sich wieder in den Igarapé und durchpflügte das Wasser mit kräftigen Stößen. So schnell und gewandt, wie Ayré es sonst nur von Ava-Männern kannte. Er schien keine Angst vor der Tiefe zu haben, sondern benahm sich, als wäre er im Fluss zu Hause.

Und das seltsame Ding, das sie im Bach gefunden hatte, schien ihm vertraut zu sein.

Als er ins Wasser gegangen war, hatte sie es schnell neben seine Sachen gelegt. Sie hatte sehen wollen, wie er darauf reagierte. Ob er diesen Gegenstand aus der Tiefe erkannte.

Hardo tauchte ganz unter, seine Füße wirbelten die Wasseroberfläche auf. Dann war er fort.

Hardo?

Wenn sie sich nun täuschte? Wenn er einfach ein Mensch war, der Gefahr lief, von einer Anakonda erwischt zu werden?

Die Furcht um ihn war plötzlich da. Ayré sagte sich, dass es übertrieben wäre, ihm jetzt nachzuspringen, doch da war sie bereits im Fluss. Der Igarapé war nicht sonderlich tief; das Wasser umspielte ihre Taille. Vielleicht tauchte Hardo ja nur. Aber gerade an den flachen Stellen lauerten die gefährlichsten Tiere.

»Hardo?«

Sie sah ihn nicht. Ihre Augen suchten das jenseitige Ufer ab. Libellen flogen Zickzack, Hornissen summten, Frösche quakten. Als Ayré näher kam, sprang eine ganze Horde riesiger Spinnen einen Baum hoch. Die waren harmlos. Die rotgelbe Nacanaca, die dicht unterhalb des Wassers dahinglitt, jedoch ganz und gar nicht. Erst als die Schlange fort war, setzte der Gesang der Frösche wieder ein, und Ayré watete langsam weiter.

Etwas streifte ihre Waden. *Nicht bewegen*, mahnte die Jägerin in ihr. Eine Giftschlange hätte bereits zugebissen. Ein Fisch, selbst ein Piranha, wäre ausgewichen. Eine Anakonda würde einen Menschen, der ruhig dastand, nicht angreifen. Langsam drehte Ayré sich um. Und erstarrte.

Es war ein Boto. Seine schöne, glatte Haut war graurosa gesprenkelt. Ein Fleck in der Farbe eines Flamingos zierte seinen Rücken. Stolz wölbte sich die hohe Stirn über der schnabelförmig geschwungenen Nase. Luftbläschen hüllten das Tier ein. Es wirkte so friedlich. Der Boto maß anderthalb Mannslängen. Er glitt dicht an Ayré vorbei, drehte dann und kehrte zurück.

Hardo?

War er hier, um sie nach Encante zu entführen? Ihr schoss ein neuer Gedanke durch den Kopf. *Und wenn ja, wäre das so schlimm?*

Vorsichtig streckte sie die Hand aus. Sein schmaler Rückenkamm glitt zwischen ihren Fingern hindurch.

Er genoss ihre Berührung. Alles in ihm drängte danach, für immer in ihrer Nähe zu bleiben, sie mit sich zu ziehen. Hinab, hinab …

Die Freude in ihrem Gesicht wich plötzlich der Furcht. Sie zog die Hand zurück und machte kehrt. Ihre Füße wirbelten den Grund auf, sodass er sie nur noch verschwommen wahrnahm.

11.

Geh zur Baustelle und überzeuge dich selbst! Aber tu es als eine unsichtbare Jägerin; sie dürfen dich keinesfalls sehen. Nyacis Worte hatten Ayré nicht losgelassen. Den Regen hatte sie in ihrer Hütte abgewartet, wo sie reichlich Zeit zum Nachdenken gehabt hatte. Nach zwei Tagen schien nun wieder die Sonne. Sie wusste, dass die Weißen das gute Wetter nutzen und auf der Baustelle arbeiten würden. Und gewiss war auch Hardo von Senhor Keller dorthin befohlen worden.

Hardo, der Boto. Sie hatte seine Delfinhaut berührt.

In ihrem Rindenkanu paddelte sie auf den großen Fluss hinaus. Das Wasser war um einiges angestiegen, die Luft noch erdiger als sonst. Es ging ein scharfer Wind, der sich gegen die Strömung stellte und kleine spitze Wellen aufwarf. Äste und ein paar Schlangen trieben rechts und links des Bootes vorbei. Die Sonne war hinter Schleiern verborgen und stand tief, als Ayré die Anlegestelle von

Santo Antônio sah. Am schwimmenden Steg hatten die großen Kanus der Weißen festgemacht; die Stimmen der *Anderen*, darunter die von Senhor Keller, wehten zu ihr herüber. Sie paddelte dicht am Ufer, damit die überhängenden Zweige sie verbargen. In der Nähe des Stegs machte sie ihr Boot fest. Dann griff sie in den Lederbeutel, in dem sie die blauschwarze Farbe der Jenipapo-Frucht verwahrte. Die nutzten manche Frauen und auch Männer, um ihre schwarzen Haare noch dunkler zu färben. Aber sie diente auch zur Tarnung. Ayré rieb sich von Kopf bis Fuß damit ein. Bis auf ein paar dicke Hüftschnüre war sie nackt und sie bewegte sich geschickt wie ein leichtfüßiges, gefährliches Raubtier.

Sie trug ihren Bogen aus gutem Pachiubaholz und einige Pfeile auf dem Rücken. Dazu ein Messer in den Schnüren. Unter dem Steg duckte sie sich hinweg und folgte der breiten Uferböschung. Jeder Schritt im Morast ließ fauligen Geruch aufsteigen, jeder Schritt im Brackwasser Mückenschwärme aufstieben. Sie tauchte ein in die fast undurchdringliche Wand aus Farnen und hohen Wurzeln und arbeitete sich die Böschung hinauf. Der Wald lichtete sich. Auf einem gerodeten Feld standen die Häuser von Santo Antônio. Halbkreisförmig umschlossen sie einen Platz, der auf der anderen Seite durch den Fluss begrenzt wurde. Einer der Engländer hatte ihr einmal erklärt, weswegen dieser Ort, der nur unwesentlich größer als die Siedlung war, einen eigenen Namen besaß: Die größte der Hütten dort war ein Versammlungsraum, in dem die *Anderen* zu ihrem Baumgott beteten. Eine *Kirche*. Warum dieser Gott hier »Heiliger Antônio« hieß, hatte sie nicht verstanden. Abgesehen von der Kirche befanden sich hier etwa dreißig Hütten und es gab Gärten und Wege, Zäune und Ställe. Die Weißen hielten dort Schweine, Ziegen und Maultiere. Das alles wusste sie von Senhor Young. Sie selbst hatte Santo Antônio noch nie betreten.

Jenseits der Häuser ging das freie Feld in den Wald über. Eine breite Schneise führte in die Tiefe des Waldes, als habe der Gott der *Anderen* mit einer Machete dort hineingehauen und den Weg geebnet. An den Seiten lagen sorgfältig behauene Baumstämme.

Eine riesige Wunde. Ayré hätte nie für möglich gehalten, dass der Wald Derartiges mit sich machen ließ. Im Wald herrschte Chullachaqui, der große Beschützer. Er bestrafte Menschen, die zu viele Bäume schlugen, zu viel Wild jagten oder zu viele Früchte ernteten. Er nahm verschiedene Gestalten an, legte Spuren mit rückwärts gewandten Füßen, ließ Pfade zuwachsen und andere sich auftun, um die Menschen zu verwirren.

Hatten die *Anderen* ihn vertrieben? Dann waren sie wirklich mächtig.

Eine Gruppe von Männern war damit beschäftigt, einen Bachlauf zuzuschütten. Wollten sie allen Ernstes das Wasser aufhalten? Es erschien ihr völlig unsinnig; es konnte nicht gelingen. Was waren das für Männer? Einige trugen zerlumpte Kleidung und waren eindeutig Ava. Andere besaßen tiefschwarze Haut und krauses Haar – wie Zózimo, der Tea Boy.

Die Aufseher waren Brasilianer. »Pause!«, schrie einer. War das nicht Senhor João? Auch er war über und über mit Schlammspritzern bedeckt. Mit einer Peitsche in der schlaffen Hand stolzierte er wie ein Hahn umher. Die Männer schlugen ihre Äxte in die Baumstämme und hockten sich laut aufatmend auf abgehauene Äste. Drüben am Bachlauf schuftete man indes weiter.

»Ihr seid faul wie die Schweine«, rief João, während er vor den Männern hin und her spazierte. »Habt ihr gestern nicht den ganzen Tag ausruhen dürfen? Aber heute soll's mal Schnaps statt Schläge geben; ich bin ja kein Unmensch. Manuel! Bring die Korbflasche her!«

Ein Junge rannte hinüber zu den Hütten und die Männer blickten ihm sehnsuchtsvoll nach. Sie waren zerlumpt und sahen verhärmt aus. Das Unglück über ihr Los stand in ihren müden Gesichtern.

Auf den Knien arbeitete sich Ayré durch dorniges Gebüsch vor. Ob es wohl schlimm wäre, wenn João sie entdeckte? Senhor Keller würde dafür sorgen, dass ihr nichts geschah, aber er war nicht zu sehen, und sie wollte ihr Glück nicht herausfordern. So kroch sie bäuchlings durch Gras, unter Wurzeln und Schlinggewächsen hindurch. Schließlich legte sie sich hinter einen umgelegten Stamm, an dessen Ende ein Ava-Mann hockte. Ayré stieß einen zischenden Laut aus.

Er drehte sich um und blickte ängstlich ins Buschwerk über ihr, wo ein Affe herumhüpfte.

»Verfluchtes Vieh, bleib bloß weg«, murmelte er.

Er sah sie nicht. Wo, bei den Göttern, hatte er seine Instinkte gelassen? Sein Nebenmann saß ein ganzes Stück entfernt und war damit beschäftigt, nicht einzuschlafen.

»Schau herunter«, sagte sie in der Sprache der Ava.

Verblüfft gehorchte er. »Wer … was … wer bist du?«

»Ich bin vom Stamm der Oja-nimete, kennst du sie?«

»Mal von ihnen gehört«, brummte er. Sein Dialekt ähnelte zum Glück ihrem. Er starrte auf ihre schwarz bemalten Brüste. »Du bist … eine Frau und … nackt!«

Wie es schien, hatte die seltsame Sitte der *Anderen*, einen unbedeckten Körper als Schande zu empfinden, auf ihn abgefärbt. »Wie heißt du?«

»Uru-Tapé.«

»Kannst du mir ein Stück in den Wald folgen, Uru-Tapé?«

Er nickte.

Rücklings kroch sie in den Schutz des Waldes zurück. Uru-Tapé kletterte über den Stamm und schlurfte ihr nach. Er schob ein Geflecht aus Lianen beiseite und kam auf sie zu. Eine Palme mit Blättern, die größer waren als ein Mensch, verbarg sie beide vor den Blicken der anderen. Hinter Ayré war eine winzige Lücke im Unterholz, durch die sie notfalls fliehen konnte. Halbwegs beruhigt richtete sie sich auf.

»Warum arbeitet ihr für die Weißen?«, fragte sie geradeheraus.

»Sie zwingen uns. Bist du eine Botofrau?« Er musterte sie von oben bis unten. »Verwandle dich doch in eine Pantherin und falle João an. So könntest du uns helfen!«

»Musst du sehr leiden?«

»Ja, ich muss leiden.«

»Warum gehst du nicht nach Hause?«

»Mein ganzer Stamm arbeitet für die Weißen, flussabwärts in einer Mission. Sie schuften auf den Feldern. Es ergeht ihnen nicht schlecht, aber sie dürfen ihre Rituale nicht mehr ausführen. Deshalb bleibe ich lieber eine Weile hier – den Weißen um Senhor Keller ist unser Glaube egal. Manchmal denke ich ans Abhauen, aber allein im Wald würde mich der böse Vantu, die große Schlange, fressen.« Seine Stimme war kaum mehr als ein Flüstern, fast verschluckt von den Geräuschen des Waldes. Sein Blick schien durch sie hindurchzugehen. Er wischte sich mit dem Handrücken über die Augen, wie um seine Benommenheit zu vertreiben. »Wir bekommen Geld, und man verspricht uns, dass wir hier leben können, wenn wir genügend davon angesammelt haben. Wenn die Eisenbahn gebaut ist. Wenn noch mehr *Andere* kommen und eine richtige Stadt bauen. Dann wird es uns gut gehen, wir bekommen Hütten und Felder. Senhor Keller sagt, wir müssten auch nicht in die Kirche.«

»Hast du schon viel gesammelt?«, fragte sie.

»Noch nicht.« Er starrte trotzig auf seine dreckigen Füße. »Ich bringe das meiste ins Kaffeehaus.«

»Ihr habt ein Haus, wo man Kaffee trinken kann?« Sie dachte an die Teehütte der beiden Engländer.

»Schnaps auch. Und da kann man mit Frauen … Sie sind aber teuer. Alles ist teuer. Morgen höre ich damit auf.« Plötzlich schlug sein Ton um. »Du bist eine Frau, ja? Keine Pantherin?«

»Ja, sicher.«

»Was … was willst du haben? Für … du weißt schon.«

»Für was?«

»Dafür, dass du … nett zu mir bist.«

Nett? Dieses Funkeln in seinen Augen – es war die ganze Zeit da gewesen, doch jetzt loderte es gierig auf.

»Die Frauen im Kaffeehaus sagen das so: nett sein. Wenn sie sich den Besuchern anbieten.«

Das meinte er. Ihr Götter! »Ich gehe wieder«, sagte sie hastig.

»Du lockst mich nackt in den Wald und willst dann nicht nett zu mir sein?«

Er hatte vergessen, dass Nacktheit für eine Ava normal war. Er war ein Entwurzelter, der nicht mehr wusste, wohin ihn das Leben trieb. Als ein durchdringender Pfiff gellte, veränderte sich seine Miene erneut: Er wirkte wieder traurig und müde. »Die Pause ist vorbei. Mach's gut, Mädchen.« Doch dann lauschte er interessiert. »He, das klingt nach einer Prügelei. Ich wünschte, jemand würde den Aufsehern mal an die Gurgel gehen.«

Die Art, wie er auf die Lichtung zurückstürzte, ließ jede Geschmeidigkeit, mit denen Ava sich durch den Dschungel bewegten, vermissen. Etwas hatte die Männer zusammengetrieben; sie umringten weitläufig – ja, was? Ayré reckte sich nach dem tief hängenden Ast eines von Schlinggewächsen umschlossenen Baums. Geschickt schwang sie sich hoch, schlüpfte durch einen Schwarm Kolibris, der sich an einer Orchideenkolonie gütlich tat, und erstieg den nächsten Ast. Zwei kleine Spechte hüpften vor ihr davon, und über ihr kreischte empört ein Affe – erstaunlich wenige Tiere für diesen ausladenden

Baum. Es schien, als habe die böse Schneise sie vertrieben. Bäuchlings kroch Ayré weiter nach vorne. Jetzt konnte sie erkennen, was unten vor sich ging: Die etwa hundert Arbeiter hatten einen Kreis gebildet; auf dem Platz zwischen ihnen standen sich ein hochgewachsener Ava und ein Weißer gegenüber.

Hardo.

Sein goldenes Haar war unverkennbar.

Beide trugen nur Hosen und waren barfuß. Ihre erhobenen Fäuste hatten sie mit Binden umwickelt. Die Beine gespreizt, die Oberkörper geduckt, umkreisten sie sich. Sogar von hier aus konnte Ayré das wütende Flackern in ihren Augen erkennen.

Hardo bewegte sich geschmeidig und sicher. Plötzlich rammte er dem Ava die Faust in die Magengrube. Dessen Stöhnen übertönte das Gejohle der Zuschauer. Der Ava holte aus, doch Hardo duckte sich unter dem Schlag hinweg und tänzelte zurück. Ayré sah Senhor João, der wild gestikulierte; er schien den Ava zum Angriff anzutreiben. Der schlug mit der Rechten zu, und wieder wich Hardo aus. Doch er bekam von João einen Schlag in den Rücken, sodass er auf seinen Gegner zutaumelte. Der Ava packte ihn, drückte ihn nach unten und rammte ihm das Knie gegen das Kinn.

Autsch. Ayré krümmte sich.

Im Zurückweichen richtete sich Hardo auf. Blut troff ihm von der Lippe. Er fuhr herum, packte João an den Schultern und schüttelte ihn durch. *Recht so*, dachte Ayré. Die gleiche Wildheit, die die Zuschauer gefangen hielt, nahm auch von ihr Besitz. Obwohl sein Gegner ein Ava war? Doch sie konnte nicht anders. Inmitten dieses Elends, dieser Schändlichkeiten, welche die Weißen ihrem Volk antaten, schlug ihr Herz für die Fäuste dieses Mannes.

So stark ist der Zauber, den er über mich geworfen hat.

Der Ava versuchte ihm mit seiner Wuchtigkeit beizukommen, doch Hardo teilte flinke Hiebe aus. Es war deutlich, dass er Erfahrung in dieser Art Kampf besaß. Dennoch konnte er nicht verhindern, dass die Faust des Ava in seinem Gesicht landete. Unterhalb eines Auges platzte die Haut auf.

Hardo tänzelte zurück, hob die Fäuste, fletschte die Zähne. Schweiß ließ seinen Oberkörper glänzen und von seinen Haaren flogen Tropfen. Er spuckte aus, fauchte etwas in Joãos Richtung, ohne die lodernden Augen von dem Ava zu lassen. O ja, er war ein prächtiges Raubtier.

Da ertönte ein Knall.

Es war Senhor Keller, der eine Feuerwaffe in die Höhe hielt, aus der es qualmte. Seit wann stand er dort? Ayré wusste es nicht. Die Zuschauer bildeten eine Gasse für ihn, als er auf die Kämpfer zuschritt.

»Dornheim!« Den Ava missachtete er. »Für Leute mit überschüssigen Kräften haben wir genug zu tun. Begeben Sie sich unverzüglich in die Werkzeugausgabe, lassen Sie sich einen Hammer und eine Schaufel geben, und dann finden Sie sich beim Schottertrupp zum Steineklopfen ein. Verstanden?«

Was Hardo erwiderte, war nicht zu verstehen. Den schwelenden Zorn in seiner Stimme konnte man jedoch nicht überhören.

»Und ihr anderen!«, brüllte Keller. »Zurück an die Arbeit, sonst ist die Schnapsration für diese Woche gestrichen!«

Jemand warf Hardo sein Hemd zu, das er sich über die Schulter legte. Im Laufen wickelte er die Binden von den Fäusten und verschwand in Richtung der Hütten. Ayré ließ sich von den Ästen gleiten. Mit einem Sprung stand sie auf dem Boden – und vor ihr ein Krieger.

Ihre Hände flogen hinauf, rissen den Bogen vom Rücken, einen Pfeil aus dem Köcher – alles eine schnelle, fließende Bewegung.

»Willst du mich töten, Ayré von den Oja-nimete?«

Erst als ihr Pfeil auf Nyaci zielte, erkannte sie ihn. Aufatmend ließ sie die Waffe sinken. Dieser Mann hatte das Talent, unvermittelt irgendwo aufzutauchen. »Du bist mir gefolgt?«

»Ich wollte deine Reaktion auf das alles hier sehen.«

Sie hängte sich den Bogen wieder auf den Rücken. »Man könnte meinen, du hättest gewusst, dass Hardo von Dornheim sich heute prügelt.«

»Ich wusste es nicht, aber ich habe es geahnt.« Er zuckte mit den Achseln. »Schließlich prügeln sich diese Männer ständig. Die Weißen, weil sie es im Wald nicht aushalten. Die Ava, weil sie das Leben nicht ertragen, das man ihnen aufzwingt. Für wen entscheidest du dich nun, Ayré? Für den Gelbhaarigen? Oder für mich?«

»Für niemanden. Lass mich allein.« Sie kehrte ihm den Rücken zu. Als sie sich langsam wieder umwandte, war er fort.

Sie schlug sich zum Steg durch. Ein junger Kaiman hatte es sich in ihrem Kanu gemütlich gemacht; mit einem dicken Ast verscheuchte sie ihn. Dann schob sie das Boot ins Wasser, sprang hinein und ergriff das Paddel. Die gewohnten Bewegungen beruhigten ihr aufgewühltes Inneres.

Sie hatte gewusst, dass die Ava für die Weißen arbeiteten. Dass die Arbeit hart sein musste, auch. Aber sie hatte nicht geahnt, wie schlimm es wirklich war.

Hardo ist alles andere als klug, was unsere Welt betrifft. Aber ich bin unfassbar dumm, was die seine angeht.

Nah am Bug stiegen Bläschen auf. Sie hörte keuchenden Atem. Dann erhob sich etwas aus der Tiefe. Ein niedriger Kamm. Gräulich-rosa gesprenkelte Haut. Der Flamingofleck. Den erkannte sie ganz deutlich wieder.

Hardo?, rief sie ihn zögerlich in Gedanken.

Der Boto prustete, Gischt stob auf.

Das Prusten wurde zu einem Wort.

A-i-reee.

Sie hörte es mit den Ohren. Und in ihrem Kopf.

A-i-reee.

Ihr Götter, träumte sie?

A-i-reee … Das Wort verschwand in der Tiefe und verklang. Stunden schienen zu vergehen, bevor sie sich wieder rühren konnte.

12.

»Nun, Dornheim? Zu was haben Sie sich entschlossen? Fügen Sie sich? Oder wollen Sie weiterhin aufbegehren? Lassen Sie uns offen reden.«

Wie ein Herrscher über sein kleines Operettenreich stand Keller hinter seinem Schreibtisch aus rötlichem Brasilholz. Aufrecht, eine Hand in der halb offenen Knopfleiste seines Jagdrocks. Mit seinem beeindruckenden Bart wirkte Keller wirklich wie ein Feldherr. *Fehlen nur noch die Schulterstücke*, dachte Hardo. *Und natürlich noch ein paar Orden.* Wieder einmal fühlte er sich an seine Regimentszeit erinnert. Und wieder einmal wünschte er sich weit weg. Möglichst nach *drüben*, wie Ayré es so hübsch nannte.

»Ich wollte mich fügen«, erwiderte er, stramm vor dem Schreibtisch stehend. »Aber von diesem Schmierlappen João und seinem Gorilla lasse ich mich nicht herumschubsen.«

»Das gehört zu unserem Vertrag.«

»Sie meinen, zu dem Vertrag, den Sie mit meinem Vater geschlossen haben.«

»So ist es, Dornheim. Und zum Vertrag der Company.«

»Wie das?«

Mit einem Seufzen, das wohl väterlich klingen sollte, löste sich Keller aus seiner demonstrativen Haltung und umrundete den Schreibtisch. Die Hände auf dem Rücken – *jetzt kehrt er wieder den Dozenten heraus*, dachte Hardo – erklärte er: »João ist nützlich, weil ihm Alfonso gehorcht, und an Alfonso richten sich die Indios auf. Sie sagen sich: Der ist einer von uns, und der gehorcht den weißen Männern, also tun wir es auch. Ohne die beiden wären die Indios viel schwieriger zu kontrollieren. Daher ist es kontraproduktiv, wenn Sie Alfonso k. o. schlagen.«

Hardo rieb sich über das malträtierte Kinn. Diesen Mann mit einem Hieb zu fällen, wäre ein Kunststück, das ihm vermutlich nicht gelänge. Aber nett, dass Keller es ihm zutraute.

»Warum lassen Sie die Indios überhaupt dort schuften?«, fragte er. »Sonderlich effektiv scheinen sie nicht zu sein.«

»Die Indios sind nun einmal vor Ort, also bedient man sich ihrer. Lassen Sie's, Dornheim, über der Frage, wie man Arbeiter möglichst gewinnbringend einsetzt, haben sich viele kluge Leute in der Company die Köpfe zerbrochen. Sie müssen das nicht mehr tun.«

»Es ist unsäglich, wie sie behandelt werden. Diese ganze Sache stinkt.«

»Sagt ein Angehöriger des Adels? Das wundert mich. Sind Sie etwa ein heimlicher Sozialist?«

»Natürlich nicht«, sagte Hardo unwillig.

»Nein, natürlich nicht. Laut den Briefen Ihres Vaters haben Sie eher unfreiwillig Ihren Beitrag dazu geleistet, auf dem Feld von Sedan ein großdeutsches Reich zu schmieden, und das war's bei Ihnen mit der Politik. Und weil Sie ein Schnösel sind, der nur an sich denkt, sind Sie ja auch hier gelandet, richtig?«

Du Mistkerl.

»Die Company diktiert den Preis: So viel darf der Trassenbau kosten, fertig. Daher ist jeder Regentag ein Verlust, und jede Pause, die länger als vorgegeben dauert, ebenso.« Für einen kurzen Moment schien Keller die Fassade des harten Knochens abzulegen. »Ich war jahrelang im Busch und habe die Eingeborenen studiert. Was mit ihnen geschieht, finde ich sehr wahrscheinlich schändlicher als Sie. Dennoch erfülle ich meine Pflicht, ohne aufzubegehren. Weil es sinnlos ist. Weil es nichts ändern würde. Weil die meisten Eingeborenen von dem Fortschritt letzten Endes profitieren werden. Also, arbeiten Sie mit mir – oder gegen mich?«

Hardo musste mehrmals Luft holen, um seinen Ärger im Zaum zu halten. Trotzdem war seine Stimme rau. »Ich hatte gehofft, von meinen zwei Jahren einen Teil erlassen zu bekommen, wenn ich mich anstellig zeige ...«, begann er.

»Sehr löblich und möglich, auch wenn ich Ihnen keine allzu großen Hoffnungen machen will.«

»... aber wenn es bedeutet, dass ich mich mit Leuten wie João arrangieren muss – ja, dann hoffen Sie nicht darauf, dass ich mich füge. Dann prügele ich mich lieber zwei Jahre lang mit seinem Schoßhündchen. Oder mit dem Nächsten, den er im Schlepp hat – weil Alfonso nicht so lange durchhalten wird.«

Die Augen seines Gegenübers loderten auf. »Dornheim! Seien Sie doch kein Narr!«

Hardo schwieg. Er spürte ein süßes Gefühl der Genugtuung. Denn für Herrn Keller war es natürlich Ehrensache, dass er einen braven und geläuterten Hardo von Dornheim zurückschickte. Keller zupfte sich nachdenklich am Bart und kehrte auf seinen Posten hinter dem Schreibtisch zurück.

»Sie sollen ein Zeichen meines guten Willens haben. Letztlich ist Ihr Problem, dass Sie noch nicht akzeptiert haben, hier zu sein. Aber ich denke, sie sollten das Land, das Ihnen so verhasst ist, besser kennenlernen. Es lieben lernen.«

»Soll ich im Kanu herumfahren, so wie Sie?«

Keller überhörte den Spott. »Ich gebe Ihnen noch einen Tag, einen *freien* Tag. Himmelherrgott, nutzen Sie ihn. Meine Bibliothek steht Ihnen zur Verfügung. Lesen Sie. Lesen Sie meine Berichte. Und vielleicht gelingt uns ein Arrangement, mit dem wir alle leben können. Was halten Sie davon?«

Hardo staunte. Er hatte tatsächlich einen kleinen Sieg errungen. »Einverstanden.«

»Gut.« Dieses Mal wählte Keller die andere Schreibtischseite, um hinter seinem Wall hervorzukommen. Er schnappte sich von einem Wandnagel seinen Hut. »Und jetzt entschuldigen Sie mich, ich habe zu tun.«

Das Land lieben lernen. An einem Tag! Wie sollte das funktionieren? Blanker Unsinn war das. Eine Machtprobe, nichts weiter. Keller wollte, dass er sich unterwarf. Dass er alles schluckte, was man ihm vorkaute. Wie man diese verdammte Trasse baute, wie man die Einheimischen behandelte, wie man sich aus der Natur holte, was man wollte, egal, wie unmenschlich die Mittel und wie lang die Wege waren.

Hardo betrachtete die undurchdringliche grüne Wand jenseits des Baches. Der Pflanzenbewuchs, die Wasserläufe, alles war ständig im Wandel. Doch der Wald an sich – der blieb immer gleich. Seine Bewohner veränderten sich nicht. Vor zwei Jahren hatte sich Deutschland zu einem Kaiserreich vereint. Davor war es ein Flickenteppich gewesen. Während die Zeit in Europa raste, blieb hier alles wie immer. Dieses Ding da, diese überdimensionierte Maus, wie hieß dieses Tier? Capybara. Es hatte sich schon vor tausend Jahren auf die gleiche Art im Schlamm gewälzt wie heute. Auch die Indios waren nicht anders als vor tausend Jahren.

Der Gedanke war faszinierend. Nein, erdrückend.

Dieses Land kann ich nicht an einem Tag lieben. Dafür brauche ich auch tausend Jahre. Er hatte genug von seiner Grübelei. Aus seiner Kammer holte er das Hemd mit dem Riss, den er Joãos Peitsche verdankte. Den Ärmel hatte er zweimal geflickt, aber es hatte nie gehalten. Mit einem Ruck riss er ihn ab. Dann trug er den Konquistadorenhelm zum Bach. Mit dem Stofffetzen und nassem Sand begann er, ihn zu bearbeiten. Um den Rost aus den Gravuren zu entfernen, brauchte er eigentlich eine Drahtbürste. Die gab es hier nicht. Dafür Schildkrötenöl, mit dem er den Helm einfetten konnte, um ihn vor weiterem Rost zu bewahren.

Blieb die Frage, warum er so viel Arbeit in dieses Stück Altmetall investierte.

Reine Ablenkung, um nicht durchzudrehen, dachte er. *So machen's die Verurteilten auf der Teufelsinsel auch*. Er lachte und hörte Schritte näher kommen. Jemand atmete erschrocken ein, und Hardo hob den Kopf. Ayré stand am Haus. Im Arm trug sie einen Korb mit nasser Wäsche. Offenbar wollte sie sie am Bach ausspülen.

»Schau mal, das ist ein …«, begann er. Und stockte, als sie kehrt machte. Schon war sie hinter dem Haus verschwunden. »Ayré! Warte doch!«

Umständlich legte er den Helm ins Gras und lief ihr nach. Auf der Dorfstraße war sie nicht zu sehen. Er rannte hinüber zur Waschhütte und riss die Tür auf. Da stand der Korb mit der Wäsche; aus dem Geflecht rann das Wasser.

»Ayré?«

Nichts, sie war weg.

Kopfschüttelnd kehrte er zum Bach zurück. Den Helm ließ er, wo er war. Stattdessen hockte er sich auf die Bank und stützte den Kopf in die Fäuste.

Seit zwei Tagen hatte er sie nicht mehr gesehen, auch wenn er ständig das merkwürdige Gefühl hatte, dass sie ganz in seiner Nähe war. Sie schien ihm aus dem Weg zu gehen. Hatte er ihr dazu einen Grund gegeben?

Bereute sie etwa den Kuss?

13.

»Was tun Sie denn hier, Mr von Dornheim? Grübeln bei dem schönen Wetter?«

Hardo blickte in den trüben Himmel, aus dem es zu nieseln begonnen hatte. Dann in Mr Reeds fragendes Gesicht. Der Engländer hatte eine lederne Tasche und eine Winchester geschultert, am Gürtel trug er eine Machete. Auf seinem Glatzkopf saß ein Tropenhelm, von dem rundum Gaze hing.

»Die Indianer sagen, ein Jaguar streife hier in der Gegend herum, und den will ich zur Strecke bringen«, erklärte Mr Reed seinen Aufzug. »Könnte auch ein Puma sein. Wenn ich Glück habe, kriege ich das Tierchen mit einem Schuss zwischen die Augen erledigt. Dann lass ich es ausstopfen und nehme es mit nach London. Gibt genügend Abnehmer, die für so etwas eine Menge Geld zahlen. Die Royal Society zum Beispiel. Wollen Sie nicht mitkommen? Etwas Gesellschaft wäre mir recht.«

»Was ist denn mit Mr Young?«

»Der ist in eigenen Geschäften unterwegs.«

»Schmetterlinge fangen?«

»Wie? Ach so, ja.« Reed grinste. »Na, kommen Sie schon mit. Forschen tut man schließlich in der Natur und nicht hinter dem Schreibtisch, nicht wahr?«

Hardo zögerte. Sollte er mit diesem schrulligen Briten umherziehen, statt die kostbare Zeit zum Lernen zu nutzen? Andererseits konnte ein Ausflug in das Land, das es zu lieben galt, genau das Richtige sein. »Gut, Augenblick.« Er holte seinen Revolver – einen Colt »Peacemaker« – und seine Machete aus der Kammer und kehrte zu Reed zurück. Er folgte ihm zum Bach und stiefelte hinter ihm durch eine Furt. *Wäre mal Zeit für eine Brücke hier*, überlegte Hardo, während er sich nasse Füße holte.

»Jaguarfleisch taugt leider nichts«, sagte Reed. »Aber vielleicht läuft uns ja ein Tapir über den Weg. Haben Sie mal einen gesehen? Das hässlichste Tier, das man sich denken kann, aber wohlschmeckend. Achtung!« Er blieb abrupt stehen, sodass Hardo fast gegen ihn prallte. Aus den Baumkronen plätscherte ein Strahl vor ihre Füße.

»Was ist das?«, fragte Hardo verblüfft.

»Ein Affe, der uns bepinkeln möchte. Verfluchte Mistviecher!« Schwungvoll nahm Reed seine Flinte ab, legte an und richtete den Lauf in die Höhe. Hardo konnte dort nichts erkennen – die Vegetation in den Kronen war ebenso dicht wie die am Boden. Doch dann nahm er einen springenden Schatten wahr. Reed gab einen Schuss ab und der Affe antwortete mit ohrenbetäubendem Gekreisch. Hardo wartete darauf, dass er vom Himmel fiel, doch der Brite hatte nicht getroffen.

»Die Affen tun das, weil sie uns hassen«, sagte Reed. »Was halten Sie von Darwins Theorie, dass der da oben unser Cousin sein soll? My goodness! Als ob meine echte Verwandtschaft nicht affig genug wäre.«

»Vielleicht will er bloß nicht abgeknallt werden. Warum jagen Sie keine Schmetterlinge, wie Ihr Landsmann?«

»Daran mache ich mir nicht die Finger schmutzig.«

»Schmutzig?«

»Ja. Die Flügel stauben.«

Seltsame Bemerkung. Seltsamer Mensch.

Während der nächsten halben Stunde schwadronierte Reed über Tee, den man hier Mate nannte. Ab und zu warf er einen Blick auf seinen Kompass. Mit der Machete bahnte er ihnen einen Weg durch den nahezu undurchdringlichen Dschungel. Es ging durch dichtes Farngebüsch und Schlinggewächs, und Hardos ohnehin mäßige Laune verschlechterte sich mit jedem Mückenstich.

»Ja, wen haben wir denn da?«, dröhnte Reed. »Sind Sie etwa auch auf der Pirsch?«

»Sie meinen wegen dieses Jaguars?«, erwiderte Mr Young, der wie aus dem Boden gewachsen vor ihnen auftauchte. Er war ähnlich ausstaffiert wie sein Landsmann. »Aber nein. Ich halte nach Pfeilgiftfröschen Ausschau.«

Bekam man für diese edelsteinähnlichen Frösche etwa auch Geld von der Royal Society? Ganz schön umtriebig, diese beiden Engländer. Solange der Trassenbau noch im Anfangsstadium war, hatten sie ja nicht allzu viel zu tun.

Young sog an seiner Pfeife. »Der Rauch hält die Moskitos fern«, erklärte er Hardo. »Sollten Sie auch mal probieren.«

»Sind Sie auf Spuren des Jaguars gestoßen?«, wollte Reed wissen.

»Gewiss! Wir haben gerade ein paar Worte gewechselt. Drei Straßen weiter, Ecke Piccadilly und Regent, Sie können ihn nicht verfehlen.«

»Good one, mate. Ich gehe mal dort drüben gucken. Passen Sie mir so lange auf den deutschen Gentleman auf?«

»Mit Vergnügen.«

Mr Reed machte sich davon. Hardo war die Pause ganz recht. Er musste husten, als Young nah an ihn herantrat. Der schmauchte so genüsslich, als säße er in einem feinen Salon in London. »Was macht Ihr Fieber?«

»Ich hatte keines.«

»So? Da hat der Gin wohl geholfen.« Young schmunzelte.

Doch plötzlich schrie er »Achtung!« und versetzte Hardo einen heftigen Stoß, sodass der nach vorne taumelte und auf die Hände fiel. Erschrocken wirbelte er herum. Youngs Machete landete neben ihm auf der Erde. »Eine Surucucu«, erklärte der Brite und gab der jetzt zweigeteilten rötlichen Schlange einen Tritt. »Lässt sich aus dem Geäst in den Nacken fallen. Wenn sie zugebissen hat, bleibt einem nur die Wahl, die Bissstelle großzügig herauszuschneiden. Andernfalls ist man tot.«

»Da-danke«, krächzte Hardo. Er ergriff Youngs Hand und ließ sich hochziehen.

»Sie hätten einen Tropenhelm mit Schleier mitnehmen sollen.«

»Ich hätte erst gar nicht mitkommen sollen.« Sein Stolz half ihm nicht über den tief in den Knochen sitzenden Schrecken hinweg. Etwas Dickes, sehr gefährlich Aussehendes brauste an seinem Gesicht vorbei; er zuckte zurück. »Ich tu's auf Kellers Wunsch hin. Soll was lernen hier«, brummte er.

Young schlug ihm auf die Schulter. »Well, Sie sind ja so etwas wie ein Sträfling, stimmt's? Da kann man keine Sonderbehandlung erwarten.« Mit einem Mal wirkte der Brite nachdenklich und er paffte, als bekäme er es bezahlt.

»Sie müssen Ihre Lage aus einer anderen … wie heißt bird's eye view auf Deutsch? Von ganz oben müssen Sie sie betrachten, aus einer vollkommen anderen Perspektive. Niemand von uns spielt eine tragende Rolle in diesem gewaltigen Unternehmen. Nicht Sie, nicht ich. Die Company hat Dutzende von Rechtsanwälten im Sold. Aber jeder von uns kann seinen Nutzen aus der Sache ziehen. Mr Reed präpariert Tiere und schickt sie nach Europa. Ich wiederum verdiene mein Geld mit Schmetterlingen.«

»Mit Schmetterlingen«, wiederholte Hardo und konnte sich ein Grinsen nicht verkneifen.

»Ja, genau.« Young lächelte. »Mit sehr, sehr hübschen Schmetterlingen.«

»Wo haben Sie eigentlich …«

»Ah, ich glaube, ich höre Mr Reed. Reed!«, schrie Young. »Erfolg gehabt?«

Die Antwort kam irgendwo aus dem Dickicht. »Nein, verdammt! Oder haben Sie einen Schuss gehört?«

»Klingt ein wenig angespannt, der Kollege. Warten Sie hier, ich gehe ihm entgegen. Sonst verfehlt er uns noch.«

Young lief in die Richtung, aus der der Ruf gekommen war. Das Grün verschluckte ihn. Hardo hörte die Stimmen der Engländer, bis sie in den Geräuschen des Regenwaldes untergingen. Wie die Natur lärmen konnte! Er blickte in die Höhe, in Erwartung weiterer herabregnender Schlangen. Eine lange Zeit verging, in der Hardo wie angewurzelt am selben Fleck wartete. Wo blieben die Kerle bloß?

»Mr Young? Mr Reed?«, rief er und formte dabei mit den Händen einen Trichter.

Nichts.

Er zog seinen Revolver, zielte nach oben und drückte den Abzug.

Nichts!

Das kann doch nicht wahr sein.

Ladehemmung. Kam in diesem Klima ständig vor, so hatte er es im Reiseführer gelesen. Hardo klappte den Lauf hoch. Zwei Patronen waren in der Trommel. Bei einem weiteren Versuch hakte der Abzug erneut.

»Young! Reed! Wo zur Hölle, stecken Sie?«

Also gut, dann würde er eben allein zurücklaufen. Er schlug die Richtung ein, aus der er mit Reed gekommen war. Nach wenigen Schritten hatte er bereits die Orientierung verloren. Es gab hier nichts, einfach *nichts*, das als Wegmarkierung herhalten konnte. Er musste an die Spiegelkabinette auf den Jahrmärkten denken, aus denen er als kleines Kind ebenfalls nicht herausgefunden hatte. Nach einer Stunde kräftezehrenden Herumirrens gestand er sich ein, dass er sich verirrt hatte.

II.

Seinem Ruf folgt sie in schwärzeste Tiefen. Sie sieht nichts mehr, hört nur entfernt das Rumpeln, die Nachwehen des Erdbebens. Und seine Stimme, klagend vor Furcht und Schmerz, die ihr das Herz zusammenschnürt.

Ihr Kopf durchbricht die Wasseroberfläche. Hier kommt sie nicht weiter. Sie muss sich verwandeln.

Was sonst leicht ist, ist jetzt Mühsal. Ihre Glieder schmerzen, als sie sich verändern, verschwinden, verlängern und neu werden. Wo ihre ledrige Haut über raue Steine schabte, tasten jetzt Finger. Wo die Flosse war, drücken Zehen in den Fels, auf der Suche nach Halt.

Ihr Atem ist jetzt leise, nicht mehr prustend. Sie hört ihn von Wänden widerhallen. Was ist das hier? Eine Höhle? Hier gab es vorher keine Höhle. Das Erdbeben muss sie erschaffen haben.

Fallende Tropfen erzeugen einen harten Laut. Wird sie je wieder herausfinden? Doch für einen solchen Gedanken ist es zu früh. Sie kriecht auf allen vieren tiefer in der Dunkelheit. Ihr Geliebter ist ganz nah, sie kann ihn spüren.

Sie ertastet seinen Körper. Auch er hat sich verwandelt. Seine menschlichen Finger erwidern den Druck ihrer Hand nur schwach. Viel zu schwach …

14.

Wie lange irrte er jetzt umher? Ein Blick auf seine Taschenuhr verriet ihm, dass ihr endgültig nicht mehr zu trauen war. Er zog den Colt und zielte nach oben.

Dieses Mal funktionierte das Schießeisen.

Der Schuss wurde von einem ganzen Chor aus Tierstimmen beantwortet. Nur nicht von den Engländern.

Er klappte die Trommel auf und prüfte, ob die letzte Patrone im Lauf saß. Dann sicherte er die Waffe und schob sie zurück in den Gürtel. Mit der Machete fuhr er fort, sich einen Weg durch Laub und Lianengestrüpp zu bahnen. Wie hatte er nur so leichtsinnig sein können, ohne eigenen Kompass loszuziehen? Wenn er wenigstens nach dem Sonnenstand Ausschau halten könnte! Aber das Blätterdach war so dicht, dass lediglich hier und da ein schmaler Strahl hindurchkam und unzählige kleine Mücken aufleuchten ließ. Wahrscheinlich hatte er schon Hunderte eingeatmet.

Er haute die Machete ins Buschwerk. Wenn er aufs Geratewohl weiterlief, hatte er wenigstens die Chance, auf den Madeira zu treffen. Die Sache war nicht gänzlich aussichtslos. Er musste nur durchhalten.

Eine gefühlte Stunde später fehlte ihm ein Stiefel: Er war in ein Bodenloch getreten und hatte ihn nicht mehr herausbekommen. Den Fußlappen verknotete er mit Gras, damit er nicht barfuß weiterlaufen musste. Eine Ameisenkolonne kreuzte seinen Weg und trieb gewaltige Spinnen vor sich her. Kurz darauf eilte eine Anakonda mit einem Wahnsinnstempo hinter einem Schwein her. Irgendwo ganz in seiner Nähe hörte er ein Knurren, wie von einer Raubkatze. Als die Dämmerung anbrach, fragte er sich, wie er die Nacht überstehen sollte.

»Das Dorf glaubt, dass du ein Botoweibchen sein könntest, Ayré. Und jetzt sagst du, einer der Weißen sei ein Botomännchen?«

Es war früher Abend. Ayré und Cocina saßen im Geflecht einer Würgefeige, ihrem alten Versteck. Der Baum, den sie einst umschlungen hatte, war längst abgestorben und verschwunden. Durch die Spalten des Schlingholzes schwirrten Glühwürmchen.

»Ich bin mir fast sicher, dass es so ist.«

Cocina legte den Kopf schief. »Aber er streitet es ab?«

»Zuerst hat er es ja zugegeben, zumindest glaube ich das. Aber alles, was ich über die Botos und Encante erzählt habe, schien neu für ihn zu sein. Ich weiß selbst so wenig darüber, aber mein Gefühl sagt mir, dass er zu ihnen gehört.« Ayré senkte die Stimme. »Vielleicht kannst du mir ja helfen.«

Cocina sah sie misstrauisch an. »Wie denn?«

»Kannst du mit den anderen Frauen reden und herausfinden, wie genau das funktioniert, wenn ein Boto einen Menschen verzaubert?« Seit sie die Bisswunde an Hardos Bein gesehen hatte, ließ sie diese Frage nicht mehr los. Was, wenn er schon vor Wochen von einer Botofrau ausgewählt worden war? »Und außerdem frage ich mich, wie lange es dauert, bis sich der Mensch ganz in einen Boto verwandelt.«

»Warum willst du das denn wissen?« Cocina schien das Thema nicht zu gefallen. »Und warum redest du nur über diesen Mann? Was ist eigentlich mit Nyaci, den Großvater für dich ausgesucht hat? Interessiert er dich denn gar nicht?«

»Ach, Cocina, hör doch auf!«

Die knuffte ihr den Arm. »Ich hätte ihn nicht abgewiesen.«

Ayré knuffte zurück. »Ich will ihn aber nicht!«

Cocina rieb sich den Arm. »Und warum nicht? Weil der junge weiße Mann in deinem Herzen ist?«

»Das ist er nicht«, sagte Ayré sofort.

»Aber deine Augen leuchten, wenn du von ihm sprichst.«

»Nein, du irrst dich. Ich *kann* ihn gar nicht mögen. Er ist so völlig anders.«

»Stell dir vor, er wäre wirklich ein Boto und würde dich mit nach Encante nehmen.« Cocina kicherte. Offensichtlich fand sie die Vorstellung ziemlich albern. »Dann würdest du auch den Alligator Iwrame treffen, der das Feuer in seinem Maul hütet. Erinnerst du dich an die Geschichte? Die Menschen wollten ihn zum Lachen bringen, um ihm das Feuer aus dem Maul zu klauen. Sie erzählten ihm Witze, und als er vor Lachen zu platzen drohte, flüchtete er in die Tiefe. Ein Boto holte ihn nach Encante. Dort wurde er in einen Delfin verwandelt, und darüber musste er so sehr lachen, dass er das Maul nicht mehr zukriegte und das Feuer erlosch … Mutter hat mir die Geschichte so oft erzählt.«

Ayré schwieg. Sie fühlte sich völlig hilflos. *So muss es sein, wenn man in den Fluss fällt, wo die Stromschnellen einen hin und her werfen, und man kann absolut nichts dagegen tun.* Sie ließ den Kopf hängen und schloss die Augen.

»Hör mal, schlafen müssen wir hier drinnen aber nicht, dazu sind wir zu alt«, sagte Cocina. Im Aufstehen gab sie Ayré mit dem Ellbogen einen weiteren Schubs, stieg über Ayrés Schulter hinweg und begann sich durch den Spalt zu zwängen. »Großvater will, dass ich zu ihm komme. Er klagt über Zahnschmerzen und ich soll seinem Zahn-Geist ein Lied vorsingen, damit der sich beruhigt.«

Weg war sie. Ayré dachte daran, wie sie als junge Mädchen hier halbe Tage verbracht hatten. Verborgen vor allen Blicken, damit man die Enkelin des Häuptlings und die Unerwünschte möglichst selten zusammen sah. Die hohle Würgefeige war der Ort ihrer Verbundenheit. Sie lehnte den Kopf gegen das verschlungene Holz und seufzte.

Encante. Der goldene Ort unten im Wasser. Eine andere Welt. Den Legenden nach herrschte dort keine Dunkelheit, sondern leuchtendes Glück. Stille, Ruhe, Lachen. Vergessen und Verzeihen.

Vergessen … Wie verlockend das manchmal klingt.

Sie versuchte sich vorzustellen, wie Delfine umeinanderschwammen, ihr eigenes Leben lebten, eine große Stadt, Encante, füllten. Erst gelang es ihr nicht. Doch als sie in den Schlaf glitt, war es ganz leicht.

Unter den mannshohen Stützwurzeln eines Baumes hatte er Schutz gefunden. Zwölf Stunden dauerte eine Tropennacht: Es war die längste seines Lebens. Als Frösche, Zikaden, Vögel und Affen nacheinander ihr Tageskonzert begannen, fielen die ersten spärlichen Strahlen durch das grüne Dach. Seine Feldflasche war leer, sein Magen ebenso. Mühselig kroch er unter den Wurzeln hervor und streckte seine Glieder, die sich wie die eines alten Mannes anfühlten.

Tau glitzerte auf Farngräsern. Im grünlichen Lichtschimmer überprüfte er, ob Tiere in seine Kleider gekrochen waren. Er zog den noch verbliebenen Stiefel aus und wickelte den Fußlappen ab, der nur noch ein Fetzen war. Wie erwartet fand er Blasen und aufgescheuerte Stellen. Wenn er einen weiteren Tag überstehen wollte, musste er sich etwas einfallen lassen. Er entdeckte eine Pflanze mit großen, fleischigen Blättern, aus deren Gräsern er Schnüre fertigte, und wickelte ein Blatt um seinen geschundenen Fuß.

Er war durchdrungen von heiligem Zorn. Jedem, der ihm vor die Hände gekommen wäre, hätte er liebend gerne die Gurgel umgedreht. Vor allem diesen *bescheuerten* Engländern. Diesem *bornierten* Keller. Seinem *selbstgerechten* Vater! Sogar auf Gott war er wütend, weil er eine so gewaltsame Natur erschaffen hatte. Und auf die gewinnsüchtigen Weißen, die rücksichtslos diese Natur zerstörten. Auf die Indianer war er wütend, weil sich keiner von diesen Gestalten blicken ließ, jetzt, da er dringend auf sie angewiesen war.

Und auf sich selbst war er auch wütend.

Vor allem auf sich selbst. Herrgott, er war ein solcher Idiot! Wie konnte er sich nur mit der Verlobten eines Offiziers einlassen? Und diese Strafe herausfordern? Wenn er hier starb, geschah ihm das ganz recht.

Die unbekannten, so harmlos wirkenden Früchte, die er sich vorhin einverleibt hatte, lagen schwer in seinem Magen. Dass ihm übel und schwindlig war, konnte natürlich auch an seinem schlechten Allgemeinzustand liegen. Obwohl der Tag gerade erst begonnen hatte, war er bereits erschöpft.

Er konnte nicht sagen, wie viele Meter – oder Kilometer – er von der Siedlung entfernt war.

Sollte er seine letzte Kugel verschießen?

Besser nicht.

»Keller! Reed! Young!«

Niemand hörte ihn.

Er schlug eine Liane ab. An der Schnittstelle bildeten sich dickflüssige Tropfen. Hatte im Buch nicht gestanden, dass man dieses Wasser trinken konnte? Vorsichtig probierte er von der Flüssigkeit. Sie schmeckte nach nichts. So gut es ging, löschte er seinen Durst. Mit einem Mal flimmerten alle Konturen. All das Bunte schien noch greller zu sein. Ein roter Vogel flatterte aus einem Busch mit gezackten Blättern; das Rot seiner Federn zog er in einer langen Spur hinter sich her.

Die unverdauten Früchte rumorten in Hardos Magen. Er war ganz eindeutig krank. *Ich werde es nicht überleben. Unmöglich.*

Er lachte auf, als er an Keller dachte. Der hatte ihm einen freien Tag gewährt, um das Land lieben zu lernen. Wahrscheinlich tobte er gerade hinter seinem Schreibtisch, weil sein ihm anvertrauter Sträfling so frech war, einen weiteren Tag im Busch zu vertrödeln. »Wissen Sie was, Keller?«, sagte er. »Ich würde mich irrsinnig freuen, Ihre Standpauke zu hören. Wirklich!«

»Wirklich?«

»Ja!«

Jetzt fange ich auch noch an, Stimmen zu hören.

Er drehte sich um.

Vor ihm stand eine Frau. Eine fast nackte und über und über mit primitiven Zeichen bemalte Frau. Schwarze, ellenlange Haare, die in einer Brise flatterten. Aber es ging kein Wind, es herrschte brütende, flirrende Tropenhitze. Das Rot ihrer Bemalung leuchtete unwirklich und grell.

Sie griff in ihr Haar und deutete auf seines.

Du bist wie er, sagte sie. Aber ihre Lippen hatten sich nicht bewegt.

»Wer bist du?«

Kennst du Ayré?

»Ob ich ... was?«

Nein, du kennst sie nicht. Noch nicht.

»Wovon redest du?« Um Himmels willen, er sprach mit einer Erscheinung.

Noch nicht ...

Er konnte nicht fassen, was er sah und hörte. »Verdammt, ich halluziniere!«

Die Anderen *verstehen die Stimmen der Wälder nicht.*

Ihre Stimme tat ihm weh. Er fuchtelte vor seinem Gesicht herum. »Verschwinde!«

Ihrbegreiftnichtsihrhörtnichts ...

Die Übelkeit kroch wie Lava seine Speiseröhre hinauf. Er krümmte sich und erbrach die verdammten Früchte. Danach fühlte er sich besser. Als er sich aufrichtete, sich mit dem Handrücken über den Mund wischend, war die Frau verschwunden.

Stattdessen sah er vor sich eine weite grüne Fläche. Der See war von Wasserpflanzen überzogen und hatte ähnlich beeindruckende Ausmaße wie der Rio Madeira. Er versuchte, sich die Landkarte dieser Gegend in Erinnerung zu rufen. So ein großes Gewässer musste doch verzeichnet sein? In jedem Falle befand es sich südlich des Flusses, und anhand der Sonne wusste er auch zu bestimmen, wo Norden war. Konnte der See mit dem Fluss verbunden sein? Wenn er am Seeufer Richtung Norden ging, müsste er irgendwann auf den Rio Madeira treffen. Die Zuversicht ließ den Hunger zu einem erträglichen Klumpen in Magenhöhe schrumpfen und die Schmerzen in den Füßen zu einem erträglichen Brennen. Er würde es schaffen. *Du kriegst mich nicht klein. Ich heiße Hardo von Dornheim. Ich bin der, der dich bezwingt, du Hölle.*

Er lief am Ufer entlang, so weit es ging, doch dichtes Schilf zwang ihn, sich wieder ein Stück in den Wald zurückzubewegen. Solange er die Sonne nicht aus den Augen ließ, war das in Ordnung. Er sah eine Stelzwurzelpalme und beschloss, sich von dieser einen Wanderstab abzuhacken. Die Hand an der Machete, schritt er auf die Palme zu.

Drei holpernde Herzschläge später fand er sich in tiefer Dunkelheit wieder.

15.

»Ich hatte ihm einen Tag Bedenkzeit gegeben.« Senhor Keller kraulte seinen Bart. Sein Blick ruhte auf den Unterlagen auf seinem Schreibtisch. »Er ist wohl noch unterwegs.«

In der anderen Hand hielt er eine dicke Zigarre. Ayré wich vor ihrem Qualm zurück. Rauch war immer gefährlich und besaß eigenes Leben. Sie machte einen Schritt zur Seite. »Über Nacht?«, fragte sie zweifelnd.

»Warum nicht?« Mit der Zigarrenhand blätterte er ein Blatt um, sodass Ayré abermals der Rauchfahne ausweichen musste. Er lachte. »Die Nächte im Busch gehören zu meinen schönsten Erinnerungen! Als ich im Jahre 1855 mit meinem Vater hierherkam, verbrachten wir viele Wochen im Busch, um Vermessungen für den Ausbau der Infrastruktur vorzunehmen. Ich hatte dir bereits davon erzählt, nicht wahr?«

Sie wusste nicht, was *Infrastruktur* bedeutete, aber Keller, der in Erinnerungen schwelgte, nahm ihr unsicheres Nicken ohnehin nicht wahr. Seine Augen leuchteten.

»Auf dem Amazonas hielten wir uns einige Tage bei einem Stamm auf, der ausschließlich in Kanus auf dem Wasser lebt.« Er lehnte sich zurück und paffte. »Diese Wilden haben auf dem Fluss ihre Kinder geboren und sind auf dem Fluss gestorben. Die Nächte dort! Die unglaubliche Weite des Sternenhimmels! Herrlich.«

So milde war seine Stimmung selten. Sie dachte daran, wie sie ihn auf der Baustelle erlebt hatte: als einen Herrscher über Leben und Tod. Er hätte die sich prügelnden Kontrahenten, Hardo und Alfonso, viel früher auseinandertreiben können. Wenn er gewollt hätte.

»Senhor von Dornheim«, erinnerte sie ihn.

»Er hat wohl diesen Tag genutzt, um eine falsche Entscheidung zu treffen, und hat sich davongemacht.«

Sie hatte davon gehört, dass Hardo einen *freien Tag* bekommen hatte, was bei den Weißen ein Tag ohne Arbeit bedeutete. Und natürlich war ihr der gleiche Gedanke gekommen. »Ich war vorhin in seiner Kammer«, sagte sie.

»So? Ich habe dich gar nicht durchgehen sehen.«

Weil sie durchs Fenster gestiegen war. Sie hatte heimlich nachschauen wollen, ob Hardo seine Sachen mitgenommen hatte. Die seltsamen Binden, von denen sie jetzt wusste, dass sie beim Prügeln – beim *Boxen* – die Hände schützen sollten, lagen noch da. Und auch alles andere, was ihm gehörte. »Ich wollte seine Schmutzwäsche holen«, wich sie aus. »Dabei bin ich über seinen Seesack gestolpert. Den bräuchte er doch eigentlich, um seine Sachen darin zu verstauen?«

Keller runzelte die Stirn. »Kann schon sein.« Er paffte und blies, und sie machte einen weiteren Schritt seitwärts. »Vielleicht will er den Anschein erwecken, sich auf einem Tagesausflug zu befinden, um einen Vorsprung herauszuschinden. Warum bist du denn so zappelig? Machst du dir etwa Sorgen um ihn?«

»Ich ... ja, also ...« Das Ticken der Wanduhr machte sie nervös. »Er hat doch keine Erfahrungen mit dem Dschungel ...«

»Ja, das stimmt wohl. Wir werden einfach abwarten.«

Er widmete sich wieder seinen Papieren. Ayré wusste, dass sie entlassen war. Das Laken, das sie von Hardos Pritsche gezogen hatte, trug sie ins Waschhaus. Sie holte Wasser vom Bach und füllte den Zuber.

Sie benötigte die Hilfe der Geister. Die würden bestimmt wissen, wo Hardo war.

Vielleicht war er ja in Encante? Oder er irrte hilflos im Wald umher und wusste nicht, was mit ihm geschah, weil er sich noch nie zuvor in einen Boto verwandelt hatte. Er musste sich schrecklich fürchten.

»Na, was grübelst du, Ayré?« Senhor Schmidt war unbemerkt eingetreten, mit Block und Bleistift bewaffnet.

»Ich dachte an Senhor von Dornheim. Sie wissen nicht vielleicht, wo er sein könnte, Senhor Schmidt?«

»Woher soll ich das wissen?«

»Ach, nur so.« Betrübt beugte sie sich wieder über ihre Arbeit.

»Reed und Young erzählten nur, er sei plötzlich nicht mehr dagewesen.« Schnaufend kniete er sich vor eine Truhe, die mit Verbandszeug gefüllt war. »Sie haben wohl vergeblich nach ihm gerufen und dann geglaubt, er fände seinen Weg allein in die Siedlung zurück.«

»Aber sie wissen doch, wie leicht man sich verirren kann. Es reicht bereits, sich nur ein paar Schritte von den Häusern zu entfernen!«

»Dornheim hat sich aus dem Staub gemacht. Das ist alles.«

»Das kann ich mir nicht vorstellen.«

»Nein? Du denkst, du könntest in den Kopf eines weißen Mannes gucken?« Er hielt eine der aufgerollten Leinenbinden vor sein Gesicht und drehte sie hin und her. Dann legte er sie zurück in die Truhe. »Nein, der hat sich abgesetzt. Heute früh hat das Postboot aus Bolivien festgemacht. Dornheim wartet sicher im Busch darauf, dass es wieder ablegt, um etwas weiter flussaufwärts aufzuentern.

Meine Güte, fressen etwa die Ratten das Verbandszeug? Auf der Baustelle scheinen ja Unmengen gebraucht zu werden.«

Ayré schwieg.

Schmidt hatte seine Bestandsaufnahme beendet und schloss die Truhe wieder. »Vielleicht hat Dornheim es auch an den Stromschnellen vorbeigeschafft und will auf eines der Kanus, die zum Amazonas fahren. Reed meinte, er hätte es auffällig gefunden, dass Dornheim sich ihm so rasch anschloss.«

»Ach ja?« Ihre Stimme hob sich vor Ärger. »Kann es sein, dass es Senhor Reed gelegen käme, wenn man ihm nicht zum Vorwurf machen kann, er habe Senhor von Dornheim im Stich gelassen?«

Schmidts Augen verdunkelten sich. Er stemmte sich hoch. »Du bist eine Indianerin und willst allen Ernstes wissen, wie ein Weißer denkt? Lass dich bloß nicht zu Beleidigungen hinreißen, sonst setzt es was.«

Dieser Ort war verflucht. Der Kazike und Cocina hatten Recht. Sie sollte nicht hier sein. Sie war zu leichtfertig gewesen. Zu naiv. Sie war vom Zauber der *Anderen* angelockt worden wie eine Fliege von einer fleischfressenden Pflanze.

Wo, ihr Geister und Götter, steckt Hardo?

16.

Zweieinhalb Meter. Zwei! Und ein halber! Meter! Das war alles, was ihn von der Freiheit trennte.

Höher war die Grube nicht. Hundert-, nein, tausendmal hatte er versucht, herauszusteigen. Mühelos konnte er zur Bruchkante hinaufgreifen. Doch wenn er sich hochzuziehen versuchte, glitten seine Finger an der nassen, lehmigen Erde ab. Zum Hochspringen fehlte eine Anlaufmöglichkeit. Die Wände waren zu weit auseinander, um sich mit Rücken und Füßen gegen sie zu stemmen. Was er auch versuchte, es endete darin, dass er in den Matsch fiel.

Zu den tausend Versuchen kamen tausend Ideen, die er in Gedanken prüfte und verwarf. Vielleicht würde es so stark regnen, dass sich die Grube mit Wasser füllte und er sich nach oben treiben lassen konnte? Ein Blitz, der einen Baum fällte, an dessen Ästen er sich hochziehen konnte? Er hatte sogar versucht, die Wände niederzureißen, doch dazu waren sie zu sehr mit winzigem Wurzelwerk durchzogen. Immerhin hatte er es geschafft, so viel Erde abzutragen, dass er über einen knöchelhohen Sitzplatz verfügte. Er sackte darauf nieder und fing mit den Händen ein paar Regentropfen auf.

Gegen den Hunger konnte er nichts tun. Die Wilden aßen Gewürm. Maden, die sie aus Baumrinden puhlten. Angeblich sehr nahrhaft. Ihn schauderte allein der Gedanke. Nun, drei Tage in diesem Loch – und er würde die Kakerlaken vom Grund sammeln.

Doch ganz so unbekannt war ihm die Situation nicht. Er dachte an die Stunden im Karzer des Schulkellers, als er ein kleiner Junge gewesen war. Später, während seines Wehrdienstes, hatte er oft durch den Schlamm robben müssen, mit nichts als einem Kanten Kommissbrot im Magen. Ja, und die zwei Wochen im Zuchthaus, nachdem er Blankwitz niedergestreckt hatte, waren auch kein Zuckerschlecken gewesen.

Er zupfte einige Wurzeln aus dem Erdreich und versuchte, sie zu einem Strang zu flechten. Wenn er ein Seil hätte, könnte er die Machete daran festbinden und sie hinaufwerfen. Sie würde sich irgendwo verfangen, und er könnte sich hinausziehen.

Nach einer Stunde gab er es auf.

Also, Junge, was bleibt dir noch?

Die Hoffnung, dass dies eine Falle war und ein Indianer auftauchte, um nach seiner Beute zu schauen? Nein, diese Grube war eindeutig von der Natur gemacht.

Was, wenn ein Raubtier zu ihm herabsprang und ihn tötete? Angenommen, *er* tötete es.

Konnte ihm der Kadaver nützlich sein? *Na klar.* Er lachte. *Ich baue mir aus den Knochen eine Leiter.* Er zog seinen Colt aus dem Gürtel. Dann riss er seinen ohnehin zerschlissenen Hemdsärmel ab. Gut, dass er beim Militär doch einiges gelernt hatte. Wie etwa, eine verdreckte, nasse Waffe zu reinigen. Er nahm sie auseinander und putzte die Einzelteile mit dem Ärmel. Ebenso die letzte verbliebene Kugel.

Er musste vorbereitet sein. Auf die nächste Nacht. In einer gottverlassenen Fallgrube.

Am liebsten würde Ayré auf die Nacht warten, um zum Kaziken zu gehen. Aber die Zeit drängte. Hardo konnte verletzt sein – unfähig, sich zu bewegen. Also ignorierte sie die Blicke der Frauen und Männer, die vor ihren Hütten saßen und sich zweifelsohne fragten, was sie schon wieder beim Stammesoberhaupt wollte.

»Kazike!«, rief sie durch den geschlossenen Vorhang. »Ich muss mit dir sprechen.« Dann hockte sie sich vor dem Hütteneingang auf den Boden. Er war da; sie hörte ihn murmeln und eine Frau kichern. Es war üblich, dass er einen Besucher warten ließ – anders als bei den Weißen, wo so etwas als unhöflich galt. Wer zum Häuptling wollte, musste Geduld zeigen. Und davon besaß sie im Augenblick keine. Sie stellte fest, dass sie sich einiges von den *Anderen* abgeschaut hatte.

Nach einer halben Ewigkeit rief er sie hinein. Er lag in seiner Hängematte, gemeinsam mit einer seiner vier Frauen. Zaé lag eng an ihn gekuschelt. Die Tatsache, dass ein paar Krieger zusahen, störte die beiden nicht. Ayré musste an Hardos ausgeprägte Schamhaftigkeit denken. Flüchtig nickte die Häuptlingsfrau ihr zu und fuhr fort, die Brust ihres Gemahls mit einer Salbe einzureiben. Ayré kannte den scharfen Geruch; diese Medizin linderte Zahnschmerzen. Cocinas Gesang hatte offensichtlich nichts bewirkt.

»Setz dich, Ayré.« Er streichelte Zaés dichtes Haar. »Kommst du, um mir zu sagen, dass du dich für Nyaci entschieden hast?«

Ayré setzte sich vor seiner Hängematte auf den Boden. »Nein, Kazike. Ich meine, nein, ich will ihn nicht, aber deshalb bin ich nicht gekommen. Einer der Weißen, Hardo von Dornheim, hat sich im Wald verirrt. Kannst du die Geister rufen, damit sie dir sagen, wo er steckt?«

Sein Stöhnen verriet, wie wenig begeistert er davon war. »Die fremden Männer sollten nicht hier sein. Ihre Lebensweise ist schlecht für uns.«

»Aber er ist nicht schlecht, ich kenne ihn.«

»Du *kennst* ihn?«

Die Art, wie er das Wort betonte, bedeutete: Du kennst sein tiefstes Inneres? Seine geheimsten Gedanken und Wünsche? Alles, was er je tat?

»Ich glaube, wir sind ihm egal«, gab sie zu.

Langsam nickte Upiramé. »Gleichgültigkeit ist die Wurzel vielen Übels. Komm, meine Zikade«, er küsste Zaé auf den Scheitel, »lass mich mit Ayré allein, ja?«

Zaé machte einen Schmollmund, erhob sich aber. Mit wiegenden Hüften schritt sie an Ayré vorbei.

»Eigentlich sollte ich mich nicht einmischen.« Upiramé setzte sich auf und begann wieder zu schaukeln. »Möglicherweise hat der Chullachaqui ihm falsche Spuren gelegt, damit er sich verirrt.«

»Möglicherweise hat Chullachaqui damit gar nichts zu tun.«

»Möglicherweise war es Mapinguari, das Ungeheuer, das die Füße verkehrt herum hat.«

»Möglicherweise ist Mapinguari ganz woanders unterwegs.«

Seufzend langte er in die von der Decke hängenden

Schalen, bis er alles beisammen hatte, um sich eine Pfeife anzuzünden. Einmal hatte Ayré ihm Zündhölzer mitgebracht. Zwar hatte er sie benutzt, doch als sie aufgebraucht waren, hatte er sie ermahnt, keine neuen mitzubringen. Denn die Geister der Kochfeuer könnten eifersüchtig sein.

»Hast du etwas mitgebracht, das ihm gehört?«

»Ja.« Aus dem Beutel an ihrer Hüfte holte sie Hardos Hosenträger und reichte sie Upiramé. Der musterte sie erstaunt, fragte jedoch nicht, was das war. Er legte sie in eine Hornschale, streute Kräuter darüber und zündete alles mit einem brennenden Kienspan an.

Ayré hielt sich die Nase zu. Brennende Hosenträger stanken furchtbar.

Unverdrossen atmete Upiramé den schwarzen Qualm ein. Er sog an der Pfeife und legte sie in einen hängenden Schildkrötenpanzer. Aus einer anderen Schale nahm er eine Kalebasse. Ayré wusste, dass sich ein verflüssigter Geist darin befand. Ein Rauschmittel, aus einer Liane gewonnen, das dem Kaziken ermöglichte, die Welt der Geister zu betreten. Sein Totemtier war der hochgiftige Pakuxi-Frosch – er würde es überstehen.

Er wiegte sich vor und zurück und sang in hohen Tönen. Seine faltigen Lider flatterten. Ayré hatte nicht die geringste Vorstellung von dem, was er jetzt sah. Diese Reise durften nur Schamanen antreten.

Damals, als die sechs Frauen, die Verlorenen Frauen, verschwunden waren, hatte er seinen Geist ebenfalls auf die Reise geschickt. Vage hatte er von einer Welt gesprochen, in der Farben hundertmal intensiver waren als hier. Nur er war stark genug, ihren Anblick zu ertragen.

Ihre Augen tränten von dem Qualm. Sie versuchte, leise zu husten. *Ihr Götter, schickt ihn dorthin, wo Hardo ist*, flehte sie im Stillen. Ein Frosch zu sein war gut – der Frosch war ein listiges Tier. Der Frosch Pakuxi hatte auch die äußerst giftigen Zehennägel des Ungeheuers Mapinguari gefressen und war seitdem selbst eines der giftigsten Tiere der Welt. Wenn es Upiramé gelänge, sein Totemtier in den Schnabel eines Vogels springen zu lassen, damit dieser ihn über den Wald trug, wo er alles überblicken konnte …

Sie sah, wie er die fremde Welt verließ und in die hiesige zurückkehrte. Sein Atem verlangsamte sich. Halb blind griff er nach einem Palmblatt und wedelte den gröbsten Qualm weg.

Nach einer solchen Reise wirkte er stets noch älter, als er ohnehin war. Er ließ sich in die Hängematte sinken. »Ich … brauche jetzt Schlaf, Ayré. Geh …«

»Kazike«, flüsterte sie, »hast du ihn gefunden?«

»Ich spürte Gefahr. Doch mehr nicht. Nein, ich fand ihn nicht. Geh. Wenn du Zaé siehst, schick sie herein …«

Seine Lider fielen zu. Sofort begann er zu schnarchen. Im Hinausgehen hakte Ayré den Vorhang auf, damit frische Luft eindringen konnte. Sie sah, dass die Sonne ein gutes Stück weitergewandert war; sie hatte viel mehr Zeit in der Hütte des Häuptlings verbracht, als ihr lieb war. Enttäuscht wanderte sie zu ihrer eigenen Hütte am Rande des Dorfes. »To'mo! To'mo?«

Das Äffchen war nicht da. Seit To'mo ausgewachsen war, zog es ihn immer öfter in den Wald. Bald würde er sie verlassen. Und dabei war es nur wenige Monate her, dass sie ihn als ein fiependes und zerbrechliches Etwas auf dem Waldboden gefunden hatte. Sie war allein gewesen – er war es auch. Zwei verwandte Seelen, die einander dringend brauchten. Aber jetzt zog es To'mo immer öfter zu seinesgleichen. Die Natur gab es so vor.

Wo soll ich nur anfangen, nach Hardo zu suchen?

Wenn Hardo wirklich in den Fängen einer Botofrau war, würde es ihn zum Fluss ziehen. Mit dem Kanu hatte Ayré eventuell eine Chance, ihn rechtzeitig zu finden.

Sie schulterte Bogen und Köcher, nahm einen Speer und trat aus der Hütte. Cocina schlenderte über den Platz und blieb stehen, als sie Ayré losmarschieren sah. Doch sie sagte nichts. Ayré blickte in den Himmel, über den hoch oben Wolken zogen. Die Nacht war nicht mehr fern.

17.

Auf das Naheliegende kam er viel später: Seinen Fetzen, der sich einmal Hemd genannt hatte, riss er in Streifen und verknotete sie zu einem Seil. Damit die Machetenklinge es nicht zerschnitt, wenn er sich daran hochzog, opferte er die Lasche seines Stiefels und bog sie um die Klinge. Um die Lasche kam das Seil. Der Regen hatte aufgehört, doch das Wasser reichte ihm inzwischen fast bis zu den Waden. Er warf die Machete aus der Grube und zog an dem Seil. Sie klatschte zu seinen Füßen ins Wasser.

Zweiter Versuch, diesmal ein Stück weiter links. Er zog. Und wich der fallenden Machete aus. Wenn er sich nicht als vollkommener Pechvogel erwies, würde der dreihundertfünfundvierzigste Versuch gelingen. Er hatte Zeit. *Ich werde wie ein Hund krepieren, wenn ich noch eine Nacht hier durchstehen muss. Aber ich habe Zeit.*

Ayré hob das Paddel aus dem Wasser und schloss die Augen. Sie lauschte dem vielstimmigen Wald. Ein Arara pfiff. Wind fuhr durch die großen Blätter einer Mi'aca-Palme. Wasser plätscherte. Eine Biene summte an ihrem Ohr vorbei. Ein Tier wechselte mit einem Sprung die Baumkronen. Irgendwo hinter ihr krachte ein Ast herunter, und sie hoffte, dass es nicht Chullachaqui war, der einen Hilflosen in die Irre führen wollte.

Hardo, wo bist du?

Hardo?

Ich bin hier.

Ich rufe dich.

Sie versuchte sich vorzustellen, wie ihr Geist ihren Körper verließ und in die Lüfte flog. Und was man von so weit oben sehen konnte: ewiges Grün, durch das sich ein mächtiger Fluss schlängelte. Und die Igarapés, die von diesem abzweigten. Und natürlich den Ta-ri-watu, einen schmalen See, den die *Anderen* Lago Santo Antônio nannten.

Hardo.

Hardo, wo bist du?

Kannst du meinen Geist sehen?

Sie hob die Hände.

Yacurona, Göttin des Wassers, finde ihn für mich.

Sie öffnete die Augen. Für einen Moment fehlte ihr die

Orientierung. Dann fiel ihr wieder ein, dass sie den Fluss hinuntergefahren war.

Östlich von ihr befand sich der See Ta-ri-watu. War es Zufall, dass sie an ihn gedacht hatte?

Ein Kolibri schwirrte auf sie zu. Er war winzig, mit glänzenden grünen und blauen Federn. Dicht vor ihrem Gesicht verharrte er. Sie spürte den Luftzug seines unglaublich schnellen Flügelschlags. Sogar die Spitze seines schmalen Schnabels meinte sie wahrzunehmen. Das Köpfchen leicht zur Seite geneigt, blickte er sie an. Der Vogel wollte nicht verschwinden. Schließlich hob sie eine Hand, ohne zu wissen, ob sie ihn vertreiben oder einladen wollte, sich auf dem Handrücken auszuruhen.

»Willst du mir etwas sagen?«, flüsterte sie. »Hast du mein stummes Rufen gehört?«

Da flog der Vogel im Zickzack in Richtung des Sees davon. Ayré beschloss, ihm zu folgen.

Er träumte von Delfinen. Von den kleinen Tucuxi, die wie Meeresdelfine schnatterten und über das Wasser sprangen. Er träumte von Piranhas, die umherschwammen. Von riesigen Fischen, die die Indios Pirarucu nannten. Deren Zungen nutzten sie als Feilen, und aus den silbrigen

Schuppen fertigten sie Schmuck. *Woher weiß ich das denn?*, fragte er sich im Traum. Zugleich wusste er, dass er in der Grube gekauert saß, die Arme um den nackten Oberkörper geschlungen, und erbärmlich fror.

Doch sicherlich von mir, antwortete Keller und kraulte sich den Bart. Käfer krabbelten darin. *Ich erzähle manchmal Geschichten, von Dornheim. Sie sollten öfter zuhören. Steigert die Überlebenschancen ungemein.*

Die Grube. Hardo erwachte aus seinem Dämmerzustand. Seine Hand zuckte zum Revolver. Wollte ihn ziehen, ihn spannen. Was hatte ihn geweckt?

Bestimmt war es nur eine Ratte gewesen.

Er sackte zurück in den Halbschlaf und sah einen Mann mit Backenbart und weißem Kragen vor sich. *Vater, bist du gekommen, um zu sehen, wie ich zugrunde gehe?*

Sein alter Herr sah traurig aus.

Tut es dir nun leid, dass du mich weggeschickt hast?

Sein Vater streckte die Hand aus und berührte Hardos Stirn.

Ich glaube, ich habe Fieber.

Die Hand zog sich wieder zurück.

Vater! Geh noch nicht. Ich … Bitte! Aber sein Vater war fort. Hardo versuchte verzweifelt, sich seine Gesichtszüge zurück ins Gedächtnis zu rufen. Doch das Gesicht, das vor seinen Augen erschien, war ein anderes.

Ayré.

Schwarzes Haar mit blauem Schimmer. Fast schwarze Augen. Eine Schönheit.

Er hob die Hand und wollte sie berühren, doch er schaffte es nicht.

»Ayré«, murmelte er. »Ayré. Bist du es wirklich?«

Ja, ich bin es. Ich habe dich gesucht.

Nun, er träumte. Also nicht verwunderlich, dass ihm war, als sei sie tatsächlich bei ihm. Hier in dieser gottverlassenen Hölle von einer lächerlichen Zweieinhalb-Meter-Grube. Und weil sie nur ein Traum war, konnte sie verschwinden, wie sein Vater und Keller.

Er sammelte seine Kräfte, um sie zu sich herabzuziehen. Vergebens. Doch sie schien seine Absicht zu erkennen; sie setzte sich an seine Seite. Wenigstens den Arm wollte er um sie legen, wenigstens das. Es dauerte Stunden, Tage; es war, als wollte man durch ein Becken voller Harz schwimmen.

Er schaffte es nicht. Nichts mehr wünschte er sich, als dass dies kein Fiebertraum sei und sie wirklich bei ihm säße. *Ayré, muss ich sterben?*

Sie sah ihn an. *Wir alle müssen sterben. So wie meine Mutter. Komm mit mir. Komm … mit … mir …* Ihre Augen wurden zu einem dunklen See, in den er kopfüber stürzte. Das Fallen dauerte endlos. In dem schwarzen Wasser glitzerten Tausende Lichter, und Hardo erblickte ganz nah bei sich einen Boto.

Er träumte noch vieles und Wirres. Er war auch ständig wach. Und schlief – so genau vermochte er diese Phasen nicht zu unterscheiden. Sein Gesicht, sein ganzer Körper glühte. Das Tropenfieber war zurückgekehrt, oder es war ein neues Fieber, oder war es sein erstes? Alles war verworren, unverständlich, unbegreiflich.

Die Geräusche der Nacht waren wie eine tickende Uhr, die den nahenden Tod ankündigte. Plötzlich zerriss ein grauenhafter Schrei das nächtliche Waldkonzert. Für einen Augenblick herrschte Stille, dann setzte das Gezirpe, Getriller und Gekreisch wieder ein. Und einen weiteren langen Augenblick dauerte es, bis Hardo begriff, dass dieser Schrei sein eigener gewesen war.

Sein Körper bebte wie unter Hieben, als er aufschluchzte. Die linke Hand schlug er vors Gesicht, so schrecklich hörte es sich an. Die andere umfasste den Griff des Revolvers.

Eine Kugel.

Als hätte es so sein sollen.

Langsam zog er ihn.

»Nein«, schrie er. »Ich will nicht sterben. *Ich will noch nicht sterben!*«

Er ließ die Waffe wieder los, schlug sich ins Gesicht,

schlang die Arme um sich. Wie konnte es hier keinen Ausweg geben? Es konnte nicht sein, es konnte nicht, konnte nicht! »O Gott! O Gott, nein!«

Ich

Will

Nicht

Sterben.

Sein nächster Schrei kam tief aus seiner Kehle. Eher das Heulen der Hölle selbst. Etwas dort draußen antwortete.

Der Tod, jetzt kommt er mich holen.

Das Laub raschelte anders. Es war nicht der Wind, es war kein kleines Tier. Es war ein großes. Der Tod kam auf krallenbewehrten Pfoten.

Hardo hörte es fauchen. Konnte das ein Jaguar sein?

Er hob den Kopf. Die Schwärze der Nacht war dem Zwielicht des Morgens gewichen. Ein Schatten legte sich über den Grubenrand. Wieder vernahm er ein Fauchen, diesmal sehr viel lauter. Die Angst pochte in seinem Schädel. Er sah nur Schwärze, und doch erkannte er, glaubte zu erkennen, wie der Jaguar über ihm die Reißzähne entblößte und die gewaltigen Muskeln zum Sprung anspannte. *Nein. Ich will nicht sterben.*

In all den brodelnden Wogen des Entsetzens, die ihn überrannten, war es ein klarer Gedanke.

Er zog den Colt, spannte den Hahn, zielte und schoss.

Ein Donnerschlag.

Und Stille. Das Hämmern in seinem Kopf ließ nach, und Hardo vernahm jetzt das leise Rauschen seines Blutes in den Ohren. Dann war alles schwarz.

Der Schatten kippte; er sah ihn herabstürzen. Das Wasser platschte, als etwas Schweres hineinfiel. Es spritzte bis zu seinem Hals herauf. Noch einmal spritzte es, als ihm der jetzt nutzlose Revolver aus der Hand glitt. Hatte er den Tod besiegt? Er war klar im Kopf, und daher wusste er, dass es viel zu dunkel war, um *wissen* zu können, dass es sich um einen Jaguar handelte. Er hoffte, dass es so war.

Doch dieses Keuchen …

Langsam ging er in die Knie, mit kerzengeradem Rücken, als könne er flüchten. Er streckte die Hand aus, spreizte die Finger. Er ertastete etwas Zerbrechliches. Eine Vogelfeder. Haarsträhnen. Haut. Seine Fingerkuppen glitten über einen Nasenrücken, über geöffnete Lippen, dann in das brackige Wasser. Er stieß gegen die Rundung einer Schulter. Die Erkenntnis kroch ihm wie das Eis der Hölle den Rücken herauf. Er hatte einen Menschen getötet.

18.

Das Wasser schoss an kantigen Wänden in die Höhe und stürzte über schwarzgraue Felsenriffe hinab in das weiße Tosen. Ayré sah zu, wie die Flut einen riesigen Baumstamm über den Wasserfall schob, als sei er ein kleines Schilfrohr.

Auch das Ufer, an dem sie stand, war treppenartiges Gestein. Die nebelige Gischt berührte ihre Füße. Der Fels glänzte vor Nässe; sie musste aufpassen, um nicht auszurutschen, obwohl ein Sprung in die Tiefe verführerisch war. Es musste großartig sein, durch eine eigene Welt aus tosender Gischt zu fliegen.

Sie war die ganze Nacht auf dem See und dem Igarapé unterwegs gewesen. Immer wieder hatte sie Hardos Namen gerufen. Immer wieder. In Gedanken und mit allem, was ihre Kehle hergab. Immer wieder.

Sie fühlte sich wie ein Baum, der von einer Würgepflanze vollständig umschlungen und erstickt worden war. Abgestorben, vermodert, ausgehöhlt. Irgendwo tief in ihr lauerte noch die Frage, ob er lebte. Aber jetzt wollte sie nicht zuhören; es war zu anstrengend. Einzig, einen Fuß vor den anderen zu setzen, besaß sie noch Kraft. Ayré kehrte zu dem Einbaum zurück und schob ihn ins Wasser. Unschlüssig ergriff sie das Paddel.

Da erblickte sie den Flamingo. Er saß auf einem dicken Ast ganz in ihrer Nähe. Erstaunlich, diesen Vogel gab es hier nur selten. Er spreizte die Flügel und zeigte sein prächtiges Gefieder. Sein langer Hals war aufs Schönste gebogen und mit dem Schnabel schien er zu lächeln.

Du wirst nicht finden, was du suchst.

In ihrem Kopf hatte sie den Vogel ganz deutlich sprechen hören.

Kehr um, Tochter des Flusses. Zu Hause findest du die Antwort.

Ayré schluckte. »Sprichst du mit mir?«

Kehr um, Ayré. Es ist etwas geschehen.

»Was hast du gesagt? Was ist geschehen?« Ayré schwirrte der Kopf.

Doch der Flamingo hob die Schwingen und flatterte davon, ohne ihre Frage zu beantworten. Ayré sah ihm nach und versuchte, ihren Herzschlag zu beruhigen. War es ein Zauberwesen, das ihr helfen wollte? Oder eine Botofrau, die Ayré auf eine falsche Fährte zu lenken versuchte?

Kehr um, hatte der Flamingo gesagt. Ayré packte ihr Paddel und wendete.

Mit langsamen Flügelschlägen glitt sie über das Wasser. Sie war von Freude und Hoffnung erfüllt. Nun musste Ayré nur noch die richtige Entscheidung treffen, und alles würde gut werden. Er *würde das Mädchen schon zu ihr führen.*

Zufrieden nahm sie wieder ihre ursprüngliche Gestalt an und verschwand in den glitzernden Wellen.

Zu Hause findest du die Antwort. Der Einbaum knirschte im Ufersand und Ayré stieg aus dem Kanu. Unterwegs hatte sie ein paar Schlangen erlegt, die band sie an den Hüftgürtel. Sie nahm Bogen und Köcher auf und wanderte zum Dorf zurück. Den ganzen Tag hatte sie für den Rückweg gebraucht. Jetzt war es wieder dunkel.

Im Dorf wurde getrommelt. Alle Hütten waren mit Fackeln hell erleuchtet. Als sie näher kam, sah sie die Schatten der Krieger vor einem großen Feuer tanzen. Es war der Tanz der erfolgreichen Jagd. Es war der Tanz der Mächte, die sich im Kampf gegenüberstanden. Eine Weile blieb sie stehen und bewunderte die schweißüberströmten Körper der Männer. Sie hatten sich über und über mit roter Farbe und roten Federn geschmückt. Sogar ihr Knochennadelschmuck glänzte rot. Sämtliche Frauen des Dorfes hatten einen großen Kreis um die Tänzer gebildet. Sie hockten auf ihren Fersen und klatschten. Auch sie waren geschmückt: mit gelber Farbe, gelben Federn, Blüten und Schneckenhäusern.

Ayré wusste, dass sie bei dieser Feier nicht willkommen war. Möglichst unauffällig schlenderte sie hinüber zu Cocina und ging hinter ihrer Freundin in die Hocke. »Ich bin's. Was ist denn vorgefallen? Man könnte meinen, die Krieger hätten ein besonders großes Krokodil erlegt, bloß sehe ich keines?«

Cocina warf ihre mit rosafarbenen Orchideen geschmückten Haare zurück, als sie sich zu Ayré umdrehte. »Du bist zu oft bei den *Anderen*. Deshalb kriegst du so wenig mit.«

»Ich habe den ganzen Tag einen der Weißen gesucht. Er wird in der Siedlung vermisst.«

Cocinas Gesichtsausdruck war merkwürdig. Als fragte sie sich, ob Ayré ihren Verstand verloren hatte.

»Jetzt rede schon, Cocina!«

»Hat dieser Vermisste zufällig goldenes Haar? Mit einem rötlichen Schimmer?«

Plötzlich war Ayré unbehaglich zumute. In ihrem Magen regte sich eine Würgeschlange. Hatte sie sein Haar erwähnt? »Ja«, murmelte sie.

»Den hat eine Jagdgruppe von vier Männern in einem Erdloch gefunden. Er hat Naxo getötet. Huakehue, Puya und Em'bocho haben ihn hergebracht.«

Die Schlange schien auseinanderzuspringen wie die Klappmesser der *Anderen*. Ayré krümmte sich, weil der Schlag in den Magen tatsächlich körperlich wehtat. Hardo von Dornheim lebte! Doch die Erkenntnis wurde erstickt von diesem einen Satz: *Er hat Naxo getötet.*

Cocina deutete hinüber zum anderen Ende des Platzes. »Man hat ihn in den Baumkäfig gesteckt. Bestimmt wird man ihn töten wollen. Ayré? Ayré!«

Ayré hörte nicht mehr hin. Sie war aufgesprungen und rannte.

Am schlimmsten waren die Trommeln. Die Schläge wanden eine Schlinge um sein Herz und zwangen es in den gleichen scheußlichen Rhythmus. Das *Bamm!* hallte in seinem Schädel, es machte ihn wahnsinnig.

Die Tage im Dschungel. Die Jahre in der Grube. Die Sekunde des Schusses. Schließlich die Ewigkeit danach, bis zwei brüllende Männer herabgesprungen waren. Er hatte gar nicht gewusst, dass da unten so viel Platz gewesen war.

Danach hatten sie seinen Kopf in das Wasser am Erdboden gedrückt. Er war gestorben, dessen war er sich sicher. Doch dann war er gefesselt und aus der Grube gezerrt worden. Ein Schlag auf den Hinterkopf hatte ihn endgültig ausgeknockt.

Und als er wieder erwacht war – da hatte er sich zur Abwechslung in der Höhe wiedergefunden.

Er hockte in einem aus Lianen geflochtenen Käfig. Eng und geformt wie ein Wespennest. Dagegen war selbst die Grube bequem gewesen.

Er war ein Gefangener.

Und – warum?

Nun, darauf hatte er irgendwann eine Antwort gefunden. Stunden hatte er damit zugebracht, die Ereignisse zu rekonstruieren: sein Umherirren, der Sturz in das Erdloch, Hunger, Durst, Verzweiflung. Diese blanke, alles verzehrende Angst …

In seiner Panik hatte er geglaubt, von einem Raubtier angefallen zu werden. Doch er hatte einen Menschen erschossen.

Es war das grässlichste Gefühl, das er sich denken konnte. Alles, alles täte er, um das rückgängig zu machen. Und das Wissen, es nicht zu können, war genauso grässlich. Nicht einmal im Kessel von Sedan damals anno ’70 hatte er getötet. Soweit er das wirklich wusste.

O Gott im Himmel, ich hab nicht töten wollen. Das war doch ein Mensch. Warum ist das passiert, warum, warum?

Indios waren Menschen. Er hatte es schon geahnt, als er Ayré geküsst hatte. Und er hatte es jetzt begriffen, in jenem Augenblick, da der Tod gekommen war. Er dachte an die Völkerschauen daheim, wo man exotische Menschen wie Tiere im Zoo ausstellte. Er selbst hatte als Junge so eine Schau besucht – mit Schwarzen und Eskimos auf dem gleichen Gelände; die einen hatten gefroren, die anderen geschwitzt.

Wilde waren Menschen.

Musste man erst den einen lieben und einen anderen töten, um das in seinem ganzen Ausmaß zu begreifen?

Warum, warum, warum?

Das Warum führte zum Was.

Was wollten die Indios jetzt mit ihm tun?

Er hockte zusammengekauert auf den Knien, die Arme um den nackten Oberkörper geschlungen.

Der Tod, der Tod, der Tod.

Er hatte getötet. Und war selbst ganz offensichtlich dem Tode so nah wie zuvor.

Einer der älteren Männer stellte sich Ayré in den Weg, als diese versuchte, geduckt hinter den Zuschauern vorbeizulaufen. Er packte sie am Arm. »Was hast du vor, Ayré?«

»Lass mich los!«

Er riss die Hand so heftig zurück, als habe er sich an ihr verbrannt. »Wage es nicht«, sagte er etwas ruhiger. Doch er ließ sie vorbei.

Unschlüssig schüttelte sie den Kopf – sie hatte ja gar keine Ahnung, was sie tun wollte. Nur Hardo sehen, sich überzeugen, dass er lebte, das wollte sie jetzt. Von den tanzenden Kriegern und den klatschenden Frauen schien sie niemand zu bemerken, aber sie wusste, dass sie unter Beobachtung stand. Sie rannte zu der Stelle am Waldrand, wo der Käfig wie eine riesige Beere von dem Geäst mehrerer ineinander verwachsener Baumkronen hing. Zwei Speerlängen über dem Erdboden. Oder vier Meter, wie die *Anderen* es viel genauer ausgedrückt hätten.

Nur gelegentlich wurde der Käfig genutzt. Das letzte Mal vor ein paar Monaten, als man einen riesigen Affen gefangen hatte. Man hatte geglaubt, ein böser Geist sei in das Tier gefahren, da es zwei Säuglinge getötet hatte. Nach Tagen des Räucherns hatte man ihn laufen lassen. Ob man unter Hardos Käfig ein Feuer aus beißendem Kraut entzünden würde?

Das Licht der Fackeln drang kaum bis hierher. Unterhalb des Käfigs kam Ayré zum Stehen und reckte sich. In das Geflecht hatte man kunstvolle Knotenrätsel eingeflochten; sie sollten neugierige Geister anlocken, um den Gefangenen zu quälen.

Ja, dort oben war ein Mensch. Dort oben war Hardo.

Bist du sicher, Ayré? Konnte der geschundene Mann wirklich Hardo sein? Dieser starke Mann voller Hochmut? Aber sie sah ja sein Haar, es leuchtete noch immer, sogar in der Düsternis.

»Hardo. Ich bin's. Ayré.«

Der Käfig begann zu schaukeln, als Hardo sein Gewicht verlagerte. »Ayré«, sagte er.

Das Wort war von Unglauben, seine raue Stimme von Erschöpfung erfüllt. Seine Finger schoben sich durch die Öffnungen des Käfigs und umklammerten die Lianen. Sie konnte erkennen, dass in seinem bleichen Gesicht Blut klebte. Er lebte. *Tupan und allen Göttern sei Dank, er lebt.*

»Ayré, bist du es wirklich?«

»Hardo, sag mir, was passiert ist.«

»Du weißt es nicht?«

»Ich war unterwegs, weil ich dich gesucht habe.«

»Mich gesucht«, echote er verständnislos.

»Ja.«

Er schien zu überlegen, was diese Worte bedeuteten. Dann begriff er und da war wieder dieses schöne Leuchten in seinen hellen Augen. Nur ein Aufblitzen, aber sie hatte es gesehen. Er freute sich, dass sie ihn gesucht hatte.

Doch Augenblicke später wurde sein Blick wieder düster und verzweifelt.

Und dann erzählte er es ihr.

19.

Ayré lief zu Upiramé. Der Häuptling saß auf einem Stuhl, den man an den Rand des Platzes gestellt hatte. Der Rest des Stammes hockte auf dem Boden. Einige der Männer trommelten, andere tanzten. Die Frauen ließen Kalebassen mit vergorenem Saft kreisen, zu Ehren des getöteten Naxo.

»Stör ihn nicht«, zischte Zaé, als Ayré sich dem Kaziken näherte. Oxi und Mayútici, die anderen Frauen, bemerkten Ayré zwar nicht, doch sie standen rechts und links von Upiramé, sodass Ayré nicht an ihn herantreten konnte.

»Bitte, Zaé«, flehte Ayré. »Ich muss ihn sprechen.«

»Aber doch nicht jetzt!«

»Es ist wichtig …«

Der Kazike drehte sich um und erblickte sie. Er schob Mayútici beiseite. »Ayré?« Er winkte sie näher und klopfte neben sie auf den Boden. »Komm her. Und, Zaé, mach nicht so ein Gesicht.«

Was die Angesprochene trotzdem tat. Ayré machte sich so klein wie möglich.

»War es Zufall, dass die Krieger den Weißen fanden?«, fragte sie.

»Wenn man an Zufälle glauben mag.«

»Du musst ihn freilassen, Kazike. Er ist unschuldig.«

Er neigte sich ihr zu. »Du musst lauter reden.«

»Er ist unschuldig!« Sie kämpfte gegen das Getrommel und die Tränen an.

»Unschuldig? Er hat Naxo getötet!«

»Aber es war ein Versehen!«

»Wenn man an Versehen glauben mag.«

Mit dem Handballen wischte sie sich über die Augen. »Er steckte tagelang in einer Falle. Tagelang. Er war verwirrt und verzweifelt!«

»Hat er das gesagt?«

Sie zog die Nase hoch und blickte den Kaziken an. Sie sah nur sein scharfes Profil; er hatte das Kinn auf die Faust gestützt und beobachtete das Treiben am Feuer.

»Er hat ...«, begann sie und stutzte. »Hast du denn nicht mit ihm geredet?«

»Noch nicht. Wie auch?« Er griff zur anderen Seite, wo einige Leckereien standen, und führte einen knusprigen Schlangenspieß an den Mund. »Ich spreche seine Sprache nicht, und er nicht die meine, hast du das vergessen? Wenn ich ihn befrage, lasse ich dich holen. Die Nacht wird er im Käfig verbringen.«

»Warum?«

»Damit er ein bisschen kleiner wird. Schau, Ayré. Er ist ein *Anderer*. Er ist mächtig. *Sie* sind mächtig. Sie zerstören den Wald, der seit Urzeiten besteht; Nyaci hat mir davon erzählt. Nicht einmal Chullachaqui, der Herrscher des Waldes, scheint sie aufhalten zu können. Sie sind gefährlich.«

»Aber er doch nicht«, widersprach sie matt.

»Er hat einen der besten Krieger getötet.« Mit einem Mal erhob sich Upiramé und begann den Takt mitzuklatschen. Nun erst bemerkte Ayré, dass die Männer ihre Schildkrötenpanzertrommeln beiseitegelegt und zu Vogelknochenflöten gegriffen hatten. Die beiden rangniederen Schamanen des Dorfes waren zu drei Tänzern getreten und bliesen ihnen mithilfe von Schilfröhrchen ein Pulver in die Nasen. Die schweißüberströmten Glieder der Tänzer zitterten, und die rote Farbe lief wie Blut an ihnen herunter. Ihre Körper begannen zu zucken und noch wilder zu tanzen, dabei stießen sie schrille Schreie aus.

Es war der Tanz der Sieger. Ihre Begeisterung war fast mit den Händen zu greifen. *Sie freuen sich, einen Weißen besiegt zu haben*, dachte Ayré erschauernd.

Alles andere als Hardos Tod erschien ihr unwahrscheinlich. Fieberhaft überlegte sie, wie sie das verhindern konnte. Plötzlich fiel ihr das wichtigste aller Argumente ein. Sie wartete, bis Upiramé wieder saß, und legte eine Hand auf seinen Arm. »Kazike? Etwas über Hardo habe ich dir noch gar nicht verraten. Er ist ein Boto.«

»Ein Boto?« Interessiert wandte er ihr sein Gesicht zu. »Wie kommst du darauf?«

»Was sagst du zu seinem Haar?«, fragte sie stattdessen.

Er strich sich über das Kinn. Sein Blick verlor sich in der Finsternis, in der der Käfig hing. »Golden wie das deines Vaters, der ein Boto gewesen sein soll, das stimmt. Aber ein Boto könnte eine andere Gestalt annehmen. Wenn er einer wäre, hätte er sich längst in eine Raubkatze verwandelt und den Käfig zerfetzt.«

»Aber nur, wenn er sich bereits verwandelt hat«, entgegnete Ayré. »Hardo ist erst vor kurzer Zeit verzaubert worden. Er weiß noch nicht, dass er ein Boto ist.«

»Hm. Hast du dafür Beweise?«

»Er hat eine Bisswunde am Bein und sagte mir, dass ein Tier im Fluss sie ihm zugefügt hat. Außerdem habe ich gesehen, wie er eine andere Gestalt angenommen hat.«

»Ist das wahr, Ayré?«

Sie senkte den Blick. »Nun ja, ich habe die Verwandlung selbst nicht gesehen. Aber er ist in einem Igarapé getaucht und nicht mehr nach oben gekommen. Und plötzlich war da ein Boto.«

»Hm. Und sonst?«

Er hat mich mit einem Blick verzaubert ... Doch das konnte sie nicht aussprechen. Zumal ihr der Gedanke, dass ihre Zuneigung nur auf einem Zauber beruhte, wie Verrat vorkam.

Upiramé schwieg lange und starrte weiterhin in die Dunkelheit hinaus. »Ich wünschte, dieser Mann wäre weit weg«, sagte er schließlich. »Aber vielleicht hat es doch seinen Grund, dass er hier bei uns ist ...«

»Willst du die Geister befragen?«

Nachdenklich schüttelte er den Kopf. »Ich werde mich mit den anderen Schamanen beraten.«

Das gefiel ihr ganz und gar nicht. Es war nicht so, dass sie Rétahehue und Zambucho misstraute. Aber Zambucho war ein unnachgiebiger Mann, und Naxo war sein Sohn gewesen.

Endlich kehrte sie zurück. Mit einem Speer, an dessen steinerner Spitze ein Beutel hing. Hardo schob einen Arm bis zur Schulter durch das Geflecht und ergriff den Beutel. In Windeseile hatte er ihn aufgeschnürt und fand gebratene Maniokstücke, Fleisch und ein paar kleine Früchte darin. Ein Festmahl. »Sind das deine Leute, Ayré?«

»Ja, du bist im Dorf der Oja-nimete. Ich habe unseren Häuptling gebeten, dich freizulassen, aber er will nicht.« Sie klang sachlich, aber ihre Stimme vibrierte.

»Hat er gesagt, was mit mir geschehen soll?«

Sie zögerte. »Er will sich mit den Schamanen beraten. Das kann die ganze Nacht dauern oder auch Tage.«

Ayré schien mehr zu wissen, als sie zugeben wollte, und das verhieß nichts Gutes. Warum auch? Er hatte ein Stammesmitglied erschossen. Sie alle hatten keinen Grund, milde mit ihm umzugehen.

Die barbarische Musik war verklungen und oben auf dem Platz war es unruhig geworden. Die Indios gingen wohl in ihre Hütten, um zu ruhen. Jemand rief etwas; Ayré wirbelte herum und nahm eine abwehrende Haltung ein. Ein Mann erschien und gestikulierte heftig. Offenbar wollte er, dass sie hier wegging. Ihre Erwiderung klang äußerst giftig.

»Ich komme wieder, sobald ich kann«, rief sie rasch herauf, dann war sie aus Hardos Blickfeld verschwunden.

Die Sicht war schlecht, das schwache Licht aus dem Dorf erreichte kaum seinen Käfig. Dennoch erkannte er, dass sie nicht wie sonst ihr weiß-rotes Blütenkleid trug, sondern – nichts. Ganz deutlich sah er die schmalen Hüften, eine schlanke Taille. Wunderschön geformte … Brüste. Er wünschte sich, diesen Anblick an einem anderen Ort und zu einer anderen Zeit genießen zu können. Nur einen Gürtel hatte sie sich um ihre nackte Taille gebunden. Daran hingen tote Schlangen, die ihm wieder bewusst machten, wo er war. Ayré war nicht Teil der weißen Welt dort in der Siedlung, sondern dieser hier, der wilden Welt. Deutlich hatte der Dschungel ihm gezeigt, dass er *nicht* geliebt werden wollte. Und wie eine Zustimmung zu diesen Gedanken begann es wie aus Kübeln zu schütten.

»Vielleicht will der Dschungel einfach nur *sein*«, murmelte er in sich hinein. »Ohne die Kellers und Youngs und Dornheims.«

20.

In der Nacht hatte Ayré kein Auge zugetan. Glücklicherweise war To'mo dagewesen und hatte zugelassen, dass sie stundenlang mit ihm kuschelte. Als der Morgen anbrach, ging wieder ein heftiger Regenguss nieder, der sogar in ihre Hütte schwappte. Sie suchte Essen und Wundmaterial zusammen und trug es zum Waldrand.

Unterhalb des Käfigs hatte man inzwischen zwei Wächter aufgestellt. Die Männer zögerten, als sie Ayré hinaufsteigen sahen. Doch dann wiesen sie auf das Seil, das sie an einem Ast befestigt hatten, und gestatteten Ayré, daran hochzuklettern. Auf Höhe des Käfigs suchte sie nach Halt.

Hardo war pitschnass. »Dieser Regen wird noch irgendwann mein Fleisch von den Knochen lösen«, sagte er matt.

»Guten Morgen, Hardo.«

»Gut?«, schnaubte er. »Was ist an diesem Morgen gut?«

»Wer weiß das schon?« Sie knüpfte den Beutel von ihrem Gürtel und schob ihn durch das Geflecht.

Er lächelte schwach. »Entschuldige, Ayré. Es freut mich, dass du dir die Mühe machst, hier heraufzusteigen, statt mich wie gestern mit einem Speer anzuspießen. So komme ich mir etwas weniger wie ein Rollbraten vor, bei dem jemand guckt, ob er gar ist.«

Er und sein Spott. Den würde er wohl nie verlieren. Sie wertete es als gutes Zeichen. Auch dass er wieder alles verschlang, als habe er seit Tagen nichts gehabt. Doch sie sah, wie zerschunden und zerstochen sein Körper war.

Sie stieg hinab. »Xaya'to, Tapé-to!«, rief sie. »Lasst ihn für einen Augenblick hinaus, damit ich seine Verletzungen behandeln kann.« Die Männer waren sich unschlüssig, und sie setzte nach: »Wenn er krank wird, nützt er dem Kaziken nichts.«

Die beiden steckten die Köpfe zusammen und schließlich stieg einer nach oben. Auf dem Ast oberhalb des Käfigs machte er tanzende Bewegungen, um mögliche Geister, die derzeit an den Knoten des Käfigs herumrätselten, zu beruhigen. Dann machte er einen langen Schritt auf den Käfig. Misstrauisch sah Hardo ihm zu, wie er einige Knoten löste und das Geflecht auseinanderdrückte. Ayré winkte Hardo heraus. Er hatte Mühe, sich durch den Spalt zu drücken. Quälend langsam ließ er sich am Seil herab.

Xaya'to sprang einfach herunter und als er zurück zu seinem Posten ging, gab er Hardo einen Stoß. Der funkelte ihm böse hinterher. Seine Hände ballten sich.

Doch er hielt still. Gewiss auch deshalb, weil beide Wächter jetzt ihre Speere auf ihn richteten. Inzwischen war das halbe Dorf auf sie aufmerksam geworden. Die Frauen hatten aufgehört, Schildkröteneier aufzuschlagen oder Schmuckfarben aufzukochen. Und die Männer auf den Feldern stützten sich auf ihre Harken.

»Beeil dich, Ayré«, sagte Tapé-to.

Ayré hasste es, so angestarrt zu werden. »Du musst deine Hose ausziehen. Du hast Blutegel an den Beinen«, erklärte sie Hardo.

»Was?« Hardo zog seine Hose aus, so schnell es ihm möglich war. Ayré betrachtete seine zerkratzten Beine. Die Bisswunde war immer noch da, und sie hatte sich nicht verändert, seit Ayré sie das letzte Mal gesehen hatte. Wenn das kein Beweis dafür war, dass es sich dabei um einen Zauber handelte … Außerdem zählte sie drei Egel, und im Beinausschnitt der Unterhose hockte auch einer. Beherzt griff sie zu, und Hardo japste vor Schreck.

»Keine Sorge. Die sind nicht schlimm, aber einen angegriffenen Menschen können sie schwächen.«

»Ich fühle mich durchaus angegriffen.«

»Sei nicht so wehleidig. Setz dich.«

»Ich bin nicht wehleidig.« Er sackte auf den Hintern wie ein aufgeschlitzter Manioksack. »Nach allem, was ich durchgemacht habe! Sieh mich doch an!«

»Für deine Verletzungen habe ich Salben.« Ayré holte aus ihrem Beutel einen Tontiegel. »Das ist Schlangenfett …«

»Schlangenfett!«

»Es ist sehr gut. Halt still.« Sie rieb all seine Wunden und Blutergüsse damit ein, bis er glänzte. Die Weißen wuschen ihre Wunden gerne zuerst mit Wasser aus, was sie keineswegs sauberer machte; besser war, wenn der Schweiß allen Dreck austrieb. Hardo beobachtete mit Misstrauen, was sie tat. *Es ist schön, ihn anzufassen*, dachte sie. »Wie fühlst du dich?«

»Schlimm.«

»Ist dir heiß?«

Er hatte den Kopf in den Nacken gelegt und in den gleißend blauen Himmel gestarrt, der kein Wölkchen mehr zeigte. Jetzt sah er sie aus schmalen Augen an. »Du meinst, ob ich Fieber habe? Könnte sein. Ihr habt nicht zufällig Gin da?«

»Ich habe etwas Besseres.« Sie holte eine kleine Pfeife hervor.

»Ich rauche doch gar nicht.«

»Jetzt warte doch!« Sie ging zum nächstgelegenen

Kochfeuer, ohne die Frauen zu beachten, und entzündete die Kräuter. Mit der qualmenden Pfeife stellte sie sich wieder vor Hardo. »Eigentlich ist dies eine Aufgabe für die Schamanen, aber die werden dich nicht behandeln. Darum werde ich deinen Fiebergeist ausräuchern.«

Sie sog an der Pfeife, bis der würzige Rauch in ihrer Kehle kratzte, und blies ihn in Hardos Richtung. Mit düsterem Blick ließ er die Behandlung über sich ergehen. Das ungewohnte Rauchen war ihr unangenehm, aber sie hielt tapfer durch.

Alles war besser, als wieder im Käfig zu stecken, selbst der stinkende Qualm einer Pfeife. Er war Ayré nah und ertrug daher die Zeremonie ohne Murren.

Heute trug sie ein aus Rindenfaser gewebtes Röckchen. Und, anders als die anderen Frauen, ein Tuch um die Brust. Ihre schönen Haare hatte sie zu einem dicken Zopf geflochten. Ihre schlanken, sehnigen Glieder hatten ein paar Kratzer abbekommen – wohl während ihrer Suche nach ihm. Seinetwegen hatte sie sich verletzt.

»So, das war's«, verkündete sie.

Ihr Lächeln war Balsam für seine Seele. Aber das währte nicht lange. Sie war fertig – er würde wieder hinauf müssen. »Ayré, warte!« Er neigte sich vor und wollte sie berühren, doch im Rücken spürte er eine Speerspitze, und er zog die Hand wieder zurück. »Können wir noch einen Augenblick reden?«

Sie sprach kurz mit dem Mann hinter ihm, dann nickte sie Hardo zu.

»Ayré.« Unwillkürlich senkte er die Stimme, auch wenn er wusste, dass niemand sonst ihn verstand. »Du musst in die Siedlung gehen und sagen, was passiert ist. Du musst Keller und den anderen den Weg hierher zeigen, damit sie mich herausholen.«

Sie zuckte zurück. »Das kann ich nicht.«

»Warum nicht?«

»Ich darf den Weißen nicht sagen, wo unser Dorf liegt.« Ihre schwarzen Augen waren erschrocken geweitet. »Sonst wird es uns so ergehen wie vielen anderen Stämmen. Die Oja-nimete könnten *ausgelöscht* werden.«

»Ich wusste gar nicht, dass du solche Furcht empfindest.«

»Ich empfinde Angst, seit ich gesehen habe, was auf der Baustelle passiert.«

»Aber du arbeitest doch für Keller?«

»Ja, schon. Aber das bedeutet nicht, dass ich mein Volk verrate. Wo mein Stamm ist, hat er nie wissen wollen, und ich hätte es ihm auch nicht gesagt.«

»Ich will doch nur, dass Keller mich hier herausholt!«, sagte er verzweifelt. »Und was hält dich überhaupt hier? Bist du denn eine Oja-was? Oja-nimete?« Mit der Hand beschrieb er einen zornigen Bogen. »Ich sehe doch, wie man hier mit dir umgeht. Diese Leute wollen dich gar nicht. Du verschwendest deine Loyalität an Menschen, die dich verachten.«

»Loyalität? Was bedeutet dieses Wort?«

»Treue.«

»Kann man Treue verschwenden? Oh, wie überheblich du bist!«

»Du gehörst hier nicht hin.«

»In die Siedlung gehöre ich auch nicht. Ich gehöre nirgends richtig hin! Weißt du überhaupt, wie schlimm das ist?«

»Ich weiß, wie es ist, nicht von denen akzeptiert zu werden, auf die es ankommt. Es tut weh, ja. Aber ich glaube, dass du deshalb nirgends hingehörst, weil du es nicht wagst, dich zu entscheiden.«

»Wie könnte das in meiner Macht liegen?«

»Hast du denn je darüber nachgedacht?« Hardo spürte wieder die Speerspitze in seinem Rücken und er musste sich zwingen, dem Mann keinen Kinnhaken zu verpassen. »Ayré, du musst gehen. Deine Leute bringen mich sonst um.«

»Ich werde dir helfen. Auf meine Art.«

»Und wenn ich Keller sage, dass er deine Leute in Ruhe lassen soll …«

»Nein.« Ihr Blick war so düster wie noch nie. Entschlossen erhob sie sich, sammelte ihre Sachen ein und ging. Sofort waren die beiden Wachhunde bei ihm und hatten ihn an den Armen gepackt. Sie schubsten ihn zum Seil. Ihm blieb keine Wahl, als danach zu greifen und sich hochzuziehen.

21.

Er war so dumm. Ayré hatte seine hässlichen Worte nicht verdient. Sie war die Einzige, die halbwegs auf seiner Seite war. Wie konnte er sie gegen sich aufbringen? Sie würde ihr Volk nicht verraten, natürlich nicht. Wie hatte er das nur von ihr verlangen können? Er musste endlich lernen, nicht so aufbrausend zu sein. Er hatte bereits einmal aus der Wut heraus einem Menschen etwas angetan. Gut, dieser blasierte Blankwitz hatte seine Faust verdient, keine Frage. Aber Ayré hatte nicht einmal hässliche Worte verdient.

Wenn das doch nur in seinen Schädel ginge! Er rüttelte an dem Geflecht, versuchte es aufzureißen. Aber das hatte er nun schon oft probiert. Die Lianenstränge waren zu zäh. Er öffnete den Mund für einen gewaltigen Schrei.

Doch er sackte nur auf die Knie. Das alles war so falsch.

So wie bei Blankwitz. Mit einem Faustschlag hatte

alles angefangen. Mit einem getöteten Indio hatte es geendet.

Er bereute zutiefst, was er getan hatte. Aber die Wilden glaubten ihm nicht und konnten ihn auch nicht gut genug verstehen. Sollte er darauf hoffen, sie mit Ayrés Hilfe doch noch überzeugen zu können? Doch nun hatte er auch sie vor den Kopf gestoßen. Ihm fiel nur eine Möglichkeit ein, seine Haut zu retten: Er musste abhauen.

Sie war so dumm. Sie wusste doch, dass Hardo in Not war. Wie konnte sie da seine Worte – Senhor Keller hatte dafür einmal einen hübschen Ausdruck gebraucht – auf die Goldwaage legen? Er war erschöpft, sah sich in Lebensgefahr, was er vielleicht auch war.

Ja, er wollte, dass sie ihr Dorf verriet, und hatte damit Unmögliches von ihr verlangt. Aber sein Leben hing davon ab.

Da sie es nicht tun würde, musste sie ihm auf andere Art helfen.

Konnte sie ihn heimlich befreien?

Unmöglich, er war zu gut bewacht. Sie würde warten müssen, was mit ihm geschähe, und versuchen, auf Upiramé einzuwirken.

An To'mo gekuschelt, blätterte sie in dem Buch, das sie erstanden hatte. Faszinierte betrachtete sie die Zeichnungen und die unglaublich gleichmäßigen Zeichen. Wie war es möglich, dass so harte Menschen etwas so Schönes erschaffen konnten? Gab es da etwa einen Zusammenhang? *Ihren Willen kann man nicht brechen*, überlegte sie. *Und deshalb wird Hardo überleben.*

Was sie beabsichtigt hatte, war gelungen: Ayré war ins Dorf zurückgekehrt. Und damit in seine *Nähe.*

Wie fasziniert dieses Mädchen von den Dingen der weißen Männer war! Der Affe hob kurz den Kopf, als spürte er, dass sie beobachtet wurden.

Sie wusste, dass ihr Plan aufgehen würde. Er *würde die Aufgabe erfüllen, ob er wollte oder nicht. Aber zunächst musste sein Nebenbuhler ausgeschaltet werden.*

Am Abend war Ayré zurückgekehrt. Ein kurzes Gespräch war ihnen vergönnt, doch sie schien nicht recht zu wissen, was sie sagen sollte, und er – nun, er wusste es auch nicht. Es war, als hätte sich eine unsichtbare Mauer aufgebaut:

Sie war eine Indianerin, er ein Weißer, und da führte kein Weg zueinander. In der Siedlung, ja, da hatte er das noch ignorieren können. Hier jedoch sagte jeder Baum, jedes Tier, jeder Blick dieser Menschen: *Das geht nicht.*

Hardo war in einen unruhigen Schlaf gefallen, doch nun hatte ihn etwas geweckt. Was war das gewesen? Er horchte, doch es lag tiefe Stille über dem Dorf. Sogar die Moskitos schienen zu schlafen. Doch dann hörte er ein leises Geräusch. Ein Knistern, ganz nah, als reibe jemand Leder über ein Waschbrett.

Sofort dachte er an eine Surucucu. *Lässt sich aus dem Geäst in den Nacken fallen. Wenn sie zugebissen hat, bleibt einem nur die Wahl, die Bissstelle großzügig herauszuschneiden. Andernfalls ist man tot.* Wer hatte ihm das gesagt? Keller? Aus den Augenwinkeln hielt er nach einem giftgrünen Leib Ausschau. Da war der Schwanz! Das Biest war hinter ihm! Er musste versuchen, es zu fassen zu kriegen. Aber schon hatte er das Mistding aus den Augen verloren. Da, die Ahnung eines dicken, grünen, geschwungenen Streifens. Plötzlich war der Kopf dicht vor seinen Füßen. Er schoss vor, Hardo wollte ihn packen … Im selben Augenblick griff jemand blitzschnell durch das Geflecht nach der Schlange und riss sie zurück. Der Käfig knarrte protestierend, als die Hand sich wieder hinauszwängte und die Schlange mit sich zerrte. Hardo glaubte seinen Augen nicht: Außen am Käfig hing ein großer Affe. Ganz deutlich sah er die Augen, zwei schwarz glänzende Obsidiane, und er erkannte die Intelligenz in ihnen. Das Tier stieß sich ab und der Käfig schwang heftig.

Als alles wieder still und unbewegt war, rieb Hardo sich verwirrt das Gesicht. War das eben wirklich passiert? Oder hatte er geträumt?

Wie auch immer. Es war Zeit, etwas zu tun.

Er lauschte. Irgendwo mussten die Wachposten sein. Es galt in jedem Falle, so leise wie möglich zu sein. Er konzentrierte sich auf das Geflecht seines Käfigs. Wo hatte der Wächter die Knoten gelöst? Hardo schob seine Finger durch die Öffnungen und tastete die Außenseite ab. Er hoffte inständig, dass das Knarren des Käfigs in den Geräuschen des Dschungels unterging, doch es kam ihm viel zu laut vor. Hatten die Wächter es gehört? Wie weit waren sie entfernt? Nicht auszuschließen, dass genau unter ihm einer stand und ihm gleich die Speerspitze in den Hintern bohrte. Er hielt inne und wartete ab. Nichts geschah.

Also weiter. Dieser so lächerlich wirkende Lianenkäfig erwies sich als ebenso gut gesichert wie ein mit Kette und Schloss verrammelter Hundezwinger. Ganz schön schlaue Indios. Da! Er fand eine Stelle, die sich vielversprechend anfühlte. Wenn er doch nur mit der ganzen Hand herankäme … Er schaffte es, den Unterarm hindurchzuzwängen. Wenn er diesen einen Knoten löste, hatte er eine Öffnung, die groß genug für den ganzen Arm war. Sein Atem kam keuchend. Gleichzeitig versuchte er zu hören, ob sich unten irgendetwas tat, doch es war so anstrengend, leise zu atmen, dass er sich nicht darauf konzentrieren konnte. Ein paar Sekunden ausruhen … Und weiter.

Der verdammte Knoten lockerte sich.

Er konnte ihn aufziehen. Die Liane war wie ein sperriges Ding, das zurück in seine alte Position wollte. Doch die nächsten beiden Knoten waren leichter, jetzt konnte er den Kopf und eine Schulter durch die Öffnung stecken. Er entdeckte einen der Wachleute schlafend unter dem Käfig. Hardo sah sich um, doch er konnte den zweiten Wachposten nirgendwo entdecken.

Also weiter. Den nächsten Knoten lösen. Je mehr Bewegungsfreiheit er hatte, desto leichter ging es. Schließlich konnte er nach dem Seil greifen und es zu sich herüberziehen. Er stellte seine nackten Füße auf einen Knoten und konzentrierte sich darauf, lautlos nach unten zu kommen. Sein unterdrückter Atem kam in Stößen. Sterne tanzten vor seinen Augen, da er nicht genug Luft bekam.

Noch bevor er den Boden erreicht hatte, spürte er etwas in seinem Rücken. Sofort wusste er, dass es eine Speerspitze war.

Verdammt.

Einer der Wächter trat vor ihn. Helle Zähne blitzten auf, als er lächelte. Und Hardo fragte sich, weshalb er den stachligen Knochenschmuck in den Nasenflügeln des Wächters so deutlich erkennen konnte.

Weil der Morgen so plötzlich gekommen war. Eine Welle der Enttäuschung schlug über Hardo zusammen. Er hatte es nicht geschafft.

Der Indio sagte etwas, das spöttisch klang. Er winkte seinem Kumpan, der hinter Hardo hervortrat. Die Speerspitze deutete zwischen Hardos Augen. Was sie sagten, verstand er nicht, doch da sie auffordernd in Richtung des Dorfes nickten, konnte er es sich ausmalen.

Solche Mühe hättest du dir nicht machen müssen. Siehst ja, wir wollen dich eh unten haben.

Um dir jetzt den Hals umzudrehen.

»Ayré! Ayré!«

Sie fuhr aus dem Schlaf hoch. Wer …? Cocina?

Cocina betrat Ayrés Hütte. To'mo sprang aus Ayrés Umarmung und hüpfte an Cocina vorbei ins Freie.

»Was ist denn?« Ayré setzte sich auf und rieb sich das Gesicht.

»Der weiße Mann wollte flüchten.«

»Was?«

»Er hat's nicht geschafft. Die Schamanen haben die Befragung angeordnet und wollen ihn jetzt sehen, bevor ihm die Flucht doch noch gelingt. Du sollst kommen und übersetzen.«

Ayré war sofort hellwach. Sie schlang sich den Rock um die Hüften und folgte Cocina hinaus. Ihr war schlecht vor Angst.

Das ganze Dorf hatte sich auf dem großen Platz in einem dichten Kreis versammelt. Erst als Cocina auf die Schulter eines Mannes klopfte, machte man den Mädchen Platz. Ayré betrat das Innere des Kreises, und die Menschen tuschelten aufgeregt miteinander. Upiramé hockte auf seinem Stuhl. Rétahehue und Zambucho, die beiden Schamanen, saßen zu seinen Seiten. Und vor ihm, in der Mitte des Kreises, stand Hardo.

Seine Hände waren im Rücken gefesselt. Ob man ihn wegen seines Fluchtversuchs geschlagen hatte, ließ sich nicht sagen – er sah so oder so zerschunden aus. Ein Ruck ging durch ihn, als er sie sah. Für einen Herzschlag, bevor er den Blick abwandte, sah sie ein warmes Gefühl der Zuneigung aufleuchten. Mehr als das. Liebe.

22.

Sein benebelter Kopf brauchte einen Moment, bis er begriff, dass Ayré hier war, um zu übersetzen. Sie bildete den dritten Punkt eines Dreiecks, das ansonsten aus ihm und dem Häuptling auf seinem barbarischen Thronstuhl bestand. Letzterer richtete das Wort an Hardo.

»Er heißt Upiramé«, erklärte Ayré. »Das bedeutet ›Der den Tapir jagt‹. Er möchte deinen Namen wissen.«

»Hardo.« Er räusperte sich. »Hardo von Dornheim.«

Der Häuptling war klein, seine Haut gebräunt und faltig, sein Alter ließ sich nicht schätzen. Die roten Kreise und gezackten Linien, die seine Haut zierten, wirkten bedeutungsschwer. An den Hand- und Fußgelenken trug er Vogelfedern in allen nur denkbaren Farben. Um den Hals eine Kette mit einem Anhänger, der wie eine Fratze aussah. Wie man den hergestellt hatte, wollte Hardo besser nicht wissen – er sah aus, als habe man ein getrocknetes Affengesicht auf ein Stück Holz gezogen.

Upiramé sprach weiter. Ab und zu hielt er inne und blickte zu Ayré, die übersetzte.

»Upiramé hat sich mit den Schamanen Rétahehue und Zambucho beraten. Zambucho will dich befragen. Sie alle bitten dich um die Wahrheit.«

Der Mann, der nun vortrat, ähnelte in seiner Aufmachung dem Häuptling, nur war sein Federschmuck weniger prächtig und sein Blick weniger freundlich. Seine Fragen kamen schnell und scharf wie Pistolenschüsse.

»Bist du ein Boto?«, übersetzte Ayré.

Wie oft hatte er diese Frage nun schon gehört? »Nein.«

»Vielleicht bist du dir dessen nur noch nicht bewusst, sagt er.«

»Wenn es so wäre, wüsste ich's ja nicht.«

Ayré hatte die Hände vor der Brust verschränkt, als wolle sie verhindern, dass sie in ihre Übersetzung eigene Gestik einflocht. Ihr Blick war knapp an seinem Gesicht vorbei in die Ferne gerichtet. Es war nicht zu übersehen, dass sie angespannt war. Ihre Gegenwart erfüllte ihn mit Zuversicht. Sie wirkte bemüht, nicht zu zeigen, dass er ihr etwas bedeutete.

»Zambucho will wissen, was das ist.«

»Was denn?«

»Die Uhr.«

Die Uhr? Seine Taschenuhr. Der Deckel war aufgesprungen; der Häuptling nahm sie in die Hand und betrachtete die Fotografie. Aha, die alte Indianergeschichte: Der Wilde hielt es für Zauberei. »Sag ihm, dass ich darin den Geist meiner Mutter eingeschlossen habe.«

»Das hast du nicht«, entgegnete sie prompt. »Senhor Keller hat mir erklärt, dass in Fotografien keine Geister hausen.«

Ihm lag auf der Zunge, dass sie es dennoch behaupten solle. Und als ahnte sie es, funkelte sie ihn warnend an.

Er liebte sie. Diese schwarzen Augenseen, die ihn in unbekannte Tiefen ziehen wollten. Fast unnatürlich fühlte sich dieses Drängen an, wie eine fremdartige Sehnsucht. Am liebsten wäre er nah an sie herangetreten, bis sich ihre Nasenspitzen berührten. Am liebsten würde er sie dann küssen und gleichzeitig von dieser Schwärze eingesaugt werden. *Das* wäre gewiss ein schöner Tod.

»Hardo!«

»Wie soll ich eine Uhr erklären, sodass er es versteht? Er denkt, da drin ticke ein Geist!« Waren es Tränen, die in den Winkeln dieser wunderschönen Augen glitzerten?

»Bitte sei nicht störrisch. Bitte.« Sie schniefte und wischte sich mit zitterndem Handrücken über die Nase. Sie hatte Angst um ihn.

Der Schamane sprach erneut, was Ayré mit einem Kopfschütteln beantwortete. Auch die Augen dieses Mannes konnten glühen. Obwohl Hardo zu dem Mann herabblickte, fühlte er sich ein wenig klein.

»Er will wissen, wo die Verlorenen Frauen sind«, erklärte Ayré.

»Ich habe keine Ahnung.«

Sie übertrug es in ihre Sprache; der Schamane stieß entnervt den Atem aus und machte eine befehlende Geste. Hardo wurde von hinten zu Boden gedrückt. Er wälzte sich herum und trat einem der bunt bemalten Männer gegen das Bein. Der Mann knickte seitwärts ein, doch sofort warfen sich weitere Männer auf Hardo. Eine Faust klatschte in sein Gesicht. Hätte er doch nur die Hände frei, er würde ihnen schon zeigen, wie man anständig boxte! Verfluchte Wilde! Der ganze Platz verwandelte sich plötzlich wieder in Lärm. Geschrei, Geheul, und irgendwo darunter hörte er Ayrés Stimme. Sie war ganz nah.

Er sah ihre Hände, wie sie die Männer zurückzustoßen versuchten. Zu wissen, dass sie ihm helfen wollte, tat gut. Aber es war Upiramés Stimme, die die Leute zur Räson brachte. Der Tumult verebbte. Hardo wollte aufspringen, doch man rollte ihn auf den Bauch.

»Beweg dich nicht!«, rief Ayré.

Er erstarrte. Ihm brach der Schweiß aus bei dem Gedanken, dass die Klinge einer Machete über seinem Nacken schwebte. Grob zerrte man an seinem Kopf.

»Bei allen Göttern, halt still.«

Diesmal war es nur ein Flüstern. Seine Haare stellten sich auf.

Mehrere Männer knieten jetzt neben ihm. Etwas drang in sein Ohr.

Ayré, was machen die da? Er wagte nicht den Mund aufzutun.

»Es ist ein Blasrohr. Huakehue – er wird dir einen Giftpfeil ins Ohr schießen …«

»… wenn du jetzt nicht Folge leistest.« Auf allen vieren war sie ganz nah an ihn herangekrochen und strich ihm einige verschwitzte Strähnen aus der Stirn. Seine Augen waren vor Entsetzen geweitet, sein Gesicht so hell wie sein Haar.

»Er soll sagen, was er über die Verlorenen Frauen weiß«, sagte Zambucho. »Wenn er ein Boto ist, weiß er es.«

Ayré wollte aufschreien. Das führte doch zu nichts! Dennoch übersetzte sie die Worte ins Portugiesische.

Hardo krächzte. Er musste sich überwinden zu sprechen. »Ich – ich weiß nichts.«

»Er weiß nichts!«

Der Schamane begann um ihn herumzulaufen. Hardos Blick folgte ihm, so weit es ihm möglich war. Wie schrecklich es für ihn sein musste, so hilflos zu sein, nichts als Zambuchos Füße vor Augen, wollte sie sich nicht ausmalen. Warum nur musste er ständig seine Stärke demonstrieren? Solange er seine Überheblichkeit nicht ablegte, würde er von einer misslichen Lage in die nächste taumeln. Bis er irgendwann über sich selbst stolpernd zugrunde ging.

Und das wäre nicht auszudenken. Weil sie dieses herrische Geschöpf liebte.

Sie liebte ihn.

Ich liebe ihn.

Ihr Götter, was soll jetzt werden? Ich habe solche Angst.

Zambucho feuerte weitere Fragen ab, die Ayré für Hardo übersetzte.

»Hast du Naxo, den Jäger, mit Zauberei getötet?«

»Nein.«

»Hast du die Verlorenen Frauen entführt?«

»Nein.«

»Bist du ein Boto?«

»Zum tausendsten Mal: nein.«

»Er sagt, er sei keiner, Schamane.« Hilfesuchend blickte sie zu Upiramé. »So lasst ihn doch in Ruhe, bitte! Es hat doch keinen Sinn, das seht ihr doch!«

Langsam stand Upiramé auf und hockte sich neben Hardo. »In seinen Augen ist keine Bosheit. Aber können wir ihm trauen?«

»Es gibt einen Weg, das herauszufinden«, sagte jemand hinter Ayré. Sie wirbelte herum. Nyaci!

Er nickte ihr zu und wandte sich an den Häuptling. »In meinem Stamm, den Caripuna, entscheidet man solche Fragen mit einem Zweikampf.«

»Dein Erscheinen ist ein Wink der Götter«, sagte Upiramé zu Nyaci. »Du wirst gegen ihn kämpfen. Wenn er es schafft, *dich* zu besiegen, wird er leben.«

Nyaci nickte. »Ich bin bereit, Kazike.«

Ayré starrte zu Hardo hinab. Die Worte, ihm das zu übersetzen, steckten in ihrer Kehle wie Baumharz.

23.

Hardo fragte sich, ob sein Käfig-Logis dem, was jetzt folgte, nicht vorzuziehen sei. Sämtliche Dorfbewohner umringten den Platz. Zwei alte Männer schlugen ihre Trommeln. Nyaci wartete zehn Meter entfernt. Der Indio war nackt bis auf seine Hüftschnüre. Auch ohne Federschmuck und Kriegsbemalung war er eine großartige Erscheinung. Hardo hatte bei ihm ein ungutes Gefühl. Die Blicke, die der Krieger Ayré zuwarf, beunruhigten ihn. Etwas Besitzergreifendes lag darin.

Er war, wie Nyaci, nackt. Bis auf die Unterhose, die man ihm gnädigerweise gelassen hatte. Einer der Schamanen trat heran, und Hardo musste an die Geschichte von seinem Onkel denken, der bei einem Duell im Frankfurter Stadtwald ein Ohr verloren hatte. Statt eines schwarzledernen Pistolenkoffers balancierte ein Schamane zwei lange Stangen auf den Unterarmen.

Nyaci kam auf Hardo zu. Er zückte ein Messer. Zu

Hardos Verblüffung zog er es sich über den Unterarm. Dann hielt er Hardo das Messer mit dem Griff voraus hin.

»Du sollst dich auch schneiden«, sagte Ayré.

Er biss die Zähne zusammen. Bloß keinen kleineren Schnitt als der Nyacis. Au, verdammt! Er spürte das heiße Blut in seine Handfläche laufen.

Nyaci forderte seinen Dolch zurück, den er in seinen Hüftschnüren verstaute. Als Nächstes bekam Hardo einen der Stöcke ausgehändigt, an denen Frösche befestigt waren.

»Wir nennen den Frosch Ku'ka: kleiner Schreck«, erklärte Ayré. »Auf seiner Haut ist Gift. Ihn zu berühren, ist nicht gefährlich. Es sei denn, man hat eine offene Wunde. Auch die allerkleinste genügt, um …«

»… zu sterben.«

»Ganz so schlimm ist es nicht.« Ayrés Ton war jetzt kühl und gefasst. »Aber man leidet entsetzliche Qualen. Erst nach einem Mondumlauf lassen sie nach.«

Hardo betrachtete die Spitze des zwei Meter langen Stocks. Der kleine, rot gesprenkelte Pfeilgiftfrosch, den man daran festgebunden hatte, schwitzte dicke Tropfen giftiges Sekret. Das in Todesangst versetzte Tier versuchte sich auf diese Art zu verteidigen.

»Du kannst dich weigern. Oder während des Kampfes aufgeben. Aber das wird Upiramé als Wink der Götter verstehen, dass du uns Schaden zufügen willst.«

»Gibt es Regeln?«

»Ihr dürft den Platz nicht verlassen. Ansonsten ist alles erlaubt. Hardo«, sagte sie mit Nachdruck, »es kommt bei diesem Kampf nicht allein auf den Sieg an. Du musst den Göttern gefallen …«

»Ayré!« Upiramé winkte herrisch. Sie musste in die Reihen der Dorfbewohner zurücktreten. Die hatten einen weitläufigen Kreis gebildet. Die Kochstellen waren fortgeschafft, der lehmige Boden gesäubert. Eine Trommel ertönte. Eine zweite.

Er hielt den Stock abwehrbereit vor die Brust. *Den Arm schützen, den Arm schützen*, hämmerte er sich ein, als er sich seinem Gegner näherte.

Nyaci begann zu tanzen.

Sie hatte Hardo nicht mehr erklären können, was den Kampf ausmachte. Wie hätte er auch verstehen sollen, dass ein Kampf tanzend begonnen wurde?

Nyaci würde natürlich versuchen, mit seinem Frosch Hardos Schnitt zu berühren. Irgendwann würde er mit seinem Stock zuschlagen wie eine Schlange. Doch zunächst tanzte er. Ganz ohne Körperbemalung, ganz ohne Schmuck. Seine Bewegungen waren voller Anmut. Gekonnt nahm er den Rhythmus der Trommeln auf, sprang und drehte sich und ließ den Stock über dem Kopf kreisen. Auf solche Art umwarben Krieger die Mädchen, die sie begehrten. Und Nyaci war eine herrliche Erscheinung. *Ich bin mächtig*, sagte sein Tanz. *Ich kann dich vor allem beschützen. Wenn du mich erwählst, segnen dich die Götter.*

Sie nickte Hardo zu, wollte ihn aufmuntern, es seinem Gegner gleichzutun. Nur sehr zögerlich machte er einige Schritte. Sie wusste, wie geschmeidig er sich bewegen konnte – auf der Baustelle hatte sie es gesehen. Dennoch schien ihn die Furcht zu lähmen, sich lächerlich zu machen. So zu tanzen, musste ihm so fremd sein, wie seinen Körper zu zeigen.

Als Nyaci auf ihn zuschoss, reagierte er schnell. Mit seinem Stock wehrte er den Angriff ab.

Großer Tupan, sei auf seiner Seite.

Das war knapp gewesen! Er spürte jetzt noch den Aufprall in den Armen. Nyaci wusste nicht nur elegant zu tanzen, sondern auch kraftvoll zuzuschlagen. Sein Pfeilgiftfrosch hatte Hardo an der Schulter berührt. Nur berührt, ohne dem Frosch zu schaden – der Indio wusste Entfernungen exakt einzuschätzen. *Angriff – Finte – Ausweichen – Punch*!

Mit einem langen Satz sprang Hardo vor und schaffte es, seinen Gegner am Ellbogen zu berühren. Ein Raunen ging durch die Zuschauer.

Nyaci gab den Schlag zurück. Hardo sprang nach hinten, der Frosch sauste dicht vor seinem Gesicht vorbei. Die kleinste, fast unsichtbare Wunde genügte; es musste nicht der Schnitt am Arm sein. Er hielt nach Verletzungen auf Nyacis Haut Ausschau. Da, Schorf am Knie – er zielte mit dem Frosch darauf.

Zu langsam.

Nyacis Frosch klatschte auf seinen Handrücken. Knapp, verdammt knapp! Nicht nachdenken – konzentrieren!

Die Wut kochte in ihm hoch. Auf Nyaci, auf Upiramé. Auf sich selbst, dass er sich hierzu zwingen ließ. Er schlug zu, wich aus, umkreiste den Gegner, schlug zu, täuschte an, verteidigte, schlug zu … Irgendwann war es nicht anders als im Ring.

Und irgendwann würde er straucheln.

Ayré sah, dass Nyaci ungeduldig wurde. Sein Gegner hatte sich als gewiefte Schlange erwiesen, die es schaffte, dem langen Schnabel des Vogels auszuweichen. Immer wieder stocherte Nyaci auf Hardo ein. Von den verzweifelten Ku'ka-Fröschen troff das Gift.

Beide Männer waren stark. Doch Nyaci war ein Ava. Hardo kämpfte in einer für ihn fremden Welt. Mit fremden Mitteln. Vernünftig betrachtet konnte er nicht gewinnen. Plötzlich ging ein geschlossenes Raunen durch die Ava. Hardo war drei Schritte rückwärts ausgewichen. Er ruderte mit den Armen … verlor seinen Stab … stürzte.

Nyaci stand über ihm. Er packte den Stab mit beiden Händen; der Frosch schwebte über Hardos Arm, den er seitlich ausgestreckt hatte, im vergeblichen Bemühen, ihn außer Reichweite zu bringen. Gleich würde Nyaci den Stock hinunterstoßen, wie einen Speer.

Für einen Augenblick schaute Nyaci triumphierend und siegessicher in die Runde. Da sprang der Frosch von der Spitze und machte einen Satz über Hardos Kopf hinweg. Alle schrien auf. Völlig verblüfft starrte Nyaci den Frosch an, der davonhüpfte, ein paar Gifttropfen hinter sich lassend. Im gleichen Augenblick trat Hardo gegen Nyacis Beine, riss ihn zu Boden und warf sich auf ihn. Keuchend presste er den Stab quer auf Nyacis Brust. Es wäre ihm jetzt ein Leichtes, die Schnittwunde mit dem eigenen Frosch zu berühren. Vier Herzschläge lang blickte er seinem Gegner in die Augen. Ayré hatte das Gefühl, dass das ganze Dorf den Atem anhielt.

Hardo erhob sich, ging zu dem Schamanen und reichte ihm den Stock.

Der durchgeschüttelte Froschkörper wurde ihr zu eng. Sie hüpfte in den nächsten Bach, streifte die rot glänzende Haut ab und wurde zum Fisch. Dann zu einer Anakonda; etwas Großes musste es jetzt sein. Ah, so war es besser. Genüsslich aufseufzend glitt sie durchs Wasser, zufrieden darüber, das verhängnisvolle Ende des Zweikampfes abgewendet zu haben.

»Sein Sieg ist ein Zeichen der Götter, dass er leben soll. Aber kann ich ihm deshalb trauen? Er ist immer noch ein *Anderer.*« Upiramé rieb sich das Kinn, während er die Frage offenbar sich selbst stellte. Nyaci war spurlos verschwunden. Hardo stand am Rande des Dorfplatzes, den die Oja-nimete immer noch umringten.

»Kazike ...«, begann Ayré.

Unwillig wandte sich der Häuptling ihr zu.

»Lass ihn schwören, dass er friedlich bleibt und nicht flüchtet. Die weißen Männer kennen diesen Brauch.« Sie redete schnell, damit ihr niemand ins Wort fiel. »Ich habe einmal gesehen, dass Senhor Keller, ihr Häuptling, jemanden auf ein Buch schwören ließ. Er musste die Hände darauflegen.«

»Ein Buch. So etwas haben wir nicht.«

»Doch, ich! Warte, ich hole es sofort!« Sie rannte zu ihrer Hütte und kehrte mit dem Buch zurück.

Behutsam nahm Upiramé es in die Hände und strich über den Ledereinband. Dann schlug er es auf. »Ein wundersames Ding, in der Tat. Voller Zeichen und gewiss voll mächtiger Geister. Also gut. Sag ihm, dass er seine Hände auf das Buch legen und versprechen soll, dass er das Dorf erst dann verlässt, wenn ich es ihm gestatte. Andernfalls soll seine Haut bei lebendigem Leib von seinem Körper faulen.« Er reichte ihr das Buch. Sie trat damit vor Hardo.

»Du sollst deine Hände darauflegen und schwören, dass du so lange im Dorf bleibst, bis Upiramé dir erlaubt zu gehen.«

Ungläubig blickte er von ihr zu Upiramé und wieder zu ihr. »Ist das euer Ernst?«

»Wird es deiner sein?«

Er zögerte. »Ja.« Seine Brauen waren unheilvoll gerunzelt. Aber er legte die Hände auf das Buch. »Ich schwöre. So«, er zog sie wieder zurück. »Und was passiert jetzt?«

»Jetzt darfst du dich frei bewegen …«

Upiramé ergriff wieder das Wort. »Du wirst darauf achten, dass er den Schwur hält, Ayré. Du wirst ihn Tag und Nacht nicht aus den Augen lassen.«

Etwas in ihr wollte johlen vor Glück. Es würde eine schwierige, anstrengende Aufgabe werden. Und nichts wollte sie lieber tun als das.

III.

Ihre Finger fahren durch sein Haar. Sie weiß, dass es golden ist. Sie kennt seinen Körper, jeden Muskel, jede Bewegung ist ihr vertraut. In seiner Gestalt als Delfin. Und als Mensch, so wie jetzt.

Sie möchte ihm sagen, wie verzweifelt sie ist. Aber sie schweigt. Er wird sterben, die Blutung ist nicht aufzuhalten. Der scharfe Grat eines herabfallenden Felsbrockens hat seine Seite aufgeschlitzt. Sie selbst ist über und über mit seinem Blut beschmiert, da sie es mit den Händen und dem ganzen Körper zu stillen versucht hat.

Noch lebt er. Sie denkt an Encante. An die goldgrünen Hügel, die goldglänzenden Blütendolden, wie sie Seite an Seite durch mannshohen Tang schwammen. Nie mehr werden sie das tun.

Sie legt sich auf ihn, umschlingt ihn. Ihre Tränen benetzen sein Gesicht. Er wispert ihren Namen in ihr Ohr.

24.

»Gefällt es dir?«

»Ist kein Grand Hotel, aber auch sehr nett.«

»Was du immer so redest ...«

Er drehte sich zu ihr um. *Bitte, weißer Mann, verachte es nicht*, sagten ihre Augen. Er breitete die Arme aus. »Es ist auf seine Art schön, wirklich.« Die reine Wahrheit: Es gefiel ihm. »Werden wir beide jetzt gemeinsam hier ... wohnen?«

»Ja. Es sei denn, du möchtest dir eine eigene Hütte bauen.«

»Na ja, das würde sich wohl kaum lohnen, oder?«

»Vermutlich nicht.« Sie knotete ihre Finger ineinander, und er kratzte sich hinter dem Ohr. Er, ein gestandenes Mannsbild, das eben einen verrückten Zweikampf überstanden hatte, war so unsicher wie sie.

Die Hütte maß etwa drei mal drei Meter und war so niedrig, dass er den Kopf leicht schräg legen musste. Ein ganzer Wald aus Kräuterbündeln, Körben und Schlangenhäuten hing von der Palmblattdecke. Unten an den Wänden reihten sich Tongefäße aneinander. Dass knapp über dem Erdboden eine Hängematte Platz fand, war ein kleines Wunder. Dunkel war es hier nicht, denn die aus Reisig gefertigten Wände waren nur stellenweise mit Lehm abgedichtet.

Es duftete nach Kräutern, nach Nüssen, nach süßen Blüten, Honig und Tierfell. Und irgendwie auch nach Ayré, obwohl es eigentlich unmöglich war, ihren feinen Duft unter all diesen intensiven Gerüchen auszumachen. Aber dies war ihre Hütte, und es erschien ihm ganz selbstverständlich.

Ayré zauberte aus ihren Töpfen Salben und Verbandmaterial in Form von Palmblättern hervor. Rasch hatte sie den Schnitt versorgt.

»So. Das wird schnell abheilen. Da bleibt nur eine Narbe zurück.«

»Als anschauliche Erinnerung, dass ich um dich gekämpft habe.«

»Es ging doch gar nicht um mich.« Verlegen strich sie sich eine Strähne hinters Ohr. Eine hinreißende Geste. »Du schläfst in der Hängematte. Ich werde Upiramé fragen, ob er mir eine von seinen geben kann, bis ich eine für mich gemacht habe.«

»Eine zweite Hängematte? Meinst du denn, dass sich das lohnt?«

»Wir passen nicht zu zweit in meine Hängematte.«

So hatte er das nicht gemeint, um Gottes willen. Er kam sich vor wie ein Schuljunge, der zum ersten Mal einen Unterrock unter einem Kleid hervorspitzen sah. Er bemühte sich um eine würdevolle Haltung, doch das war angesichts der niedrigen Decke zum Scheitern verurteilt. Wenigstens trug er wieder seine Hose. »So lange werde ich doch nicht hier sein, dass du dir extra eine basteln müsstest?«, versuchte er die Lage zu retten. »Ich habe gar kein Nachthemd.«

Warum hatte er das jetzt gesagt? Sein Gesicht glühte.

Sie starrten sich an. Da, sie lachte! Er sah ganz deutlich, dass sich ihr Mundwinkel hob.

Plötzlich konnte auch er sich nicht zurückhalten und prustete los. Wie von selbst öffneten sich seine Arme; er machte einen Schritt auf sie zu und sie auf ihn. Mehr brauchte es nicht, um die Hände auf ihre Schultern legen zu können. Sie starrten sich an. Ihr Mund war so prächtig, ihre Zähne so hell. Ihr Gesicht von Sonnenstrahlen erhellt, die durchs Blätterdach fielen. Die Innigkeit der Umarmung brachte in ihm etwas zum Schwingen. Fühlte sich so das reine Glück an? Mehr noch. Zufriedenheit. Alles außerhalb dieser Hütte existierte jetzt nicht.

Ayré löste sich sanft von ihm. »Setz dich doch.« Sie zog zwei Keramiktöpfe hervor und kramte darin herum. »Sieh mal«, sie hielt eine Schere hoch. »Die hab ich auf dem Postboot aus Bolivien gekauft.«

Es klang, als präsentierte sie ihm einen goldenen Gegenstand.

»Sie ist der Beweis für die Findigkeit der *Anderen*. Man fügt zwei Messer zusammen und hat etwas, mit dem man viel genauer schneiden kann. Ich finde es großartig.«

»Welche Schätze hast du denn noch so?«

Sie griff nach der anderen Keramikdose und hob den Deckel. Vorsichtig entnahm sie einen in Palmblätter gewickelten Gegenstand. Sie löste die Verschnürung und wickelte ein Blatt nach dem anderen ab. Sie machte es spannend. War es Gold? Oder der Schatz einer versunkenen Kultur? Stolz präsentierte sie eine Kaffeemühle. »Ich weiß, was das ist – Zózimo der Tea Boy hat mir gezeigt, wie man sie bedient. Ich mahle damit Gewürze. Aber nur selten, daher packe ich die Mühle immer gut weg. Sogar Upiramés Hauptfrau wollte sie mir abkaufen; sie bot mir dafür ein ganzes Bündel Schlangenhäute an.« Sorgfältig verstaute sie sie wieder. »Sie funktioniert inzwischen nicht mehr so gut.«

In Gedanken schenkte er ihr drei der neuesten Modelle.

»Und dies hier natürlich«, geradezu feierlich zog sie das Buch aus einer Basttasche. Er hatte gar nicht bemerkt, dass sie es mitgenommen hatte. »Es hat mich den Lohn eines ganzen Mondumlaufs gekostet.«

Sie reichte es ihm und er hob vorsichtig den Deckel. Die Illustration auf der zweiten Seite zeigte ein überdimensional großes Geschoss, von dem drei amerikanische Flaggen wehten. Männer mit Zylindern betrachteten ehrfürchtig das wundersame Gebilde.

»Sag mal ... Kannst du eigentlich lesen?«

Ayré schüttelte den Kopf. »Ich würde es gerne, aber es gibt weit und breit niemanden, der es mir beibringen könnte. Senhor Schmidt hatte mir zwei Stunden seiner Zeit geopfert, aber es stellte sich heraus, dass er gar nicht richtig lesen kann.«

Die Frage, die sich in den kleinen Raum stahl, war offensichtlich.

»Wissen kann gefährlich sein«, sagte Hardo langsam. »Was ist, wenn du enttäuscht wirst von dem, was du liest?«

»Das würde mich nicht abhalten. Kannst du es mir beibringen? Oder denkst du, ich schaffe es nicht?«

»O doch, natürlich. Ayré«, er schloss *From the Earth to the Moon* von Jules Verne, »wenn du lesen könntest, wäre dir wahrscheinlich aufgefallen, dass man nur auf ein bestimmtes Buch schwört. Dieses ist es nicht.«

»Nein?« Erschrocken riss sie die Augen auf. »Ich dachte, jedes Buch ist so kostbar, dass es eines Schwurs wert ist.«

»Ich würde dich liebend gerne unterrichten. Aber du kennst mich ja – ich bin ein ziemlich ungeduldiger Kerl; ich weiß nicht, ob ich als Lehrer etwas tauge ...«

Plötzlich wurden ihre Augen schmal. »Dein Schwur ist also nicht gültig«, stellte sie fest.

»Ich fürchte, nein.« Er reichte ihr den Roman. »Aber ich verspreche dir, ich werde nicht davonlaufen, Ayré.«

Ein ohrenzerreißendes Kreischen kam von der Decke. Ein dunkles Knäuel landete auf seiner Schulter und sprang von dort in Ayrés Arme. Sie schaffte es gerade noch, das Buch wegzulegen, bevor sie ein keckerndes Kapuzineräffchen umfing. Der kleine Kopf ruckte nervös hin und her.

»To'mo!« Ayré drückte die Nase in das Fell. »Was ist denn los?«

»Das Kerlchen mag mich wohl nicht.«

»Aber er hat dich ja kaum angesehen.«

»Dafür als Baum benutzt.«

»To'mo«, sie hob das Tier hoch, »bleib doch ruhig! Man könnte ja meinen, uns greift eine Ameisenherde an.«

Hardo stellten sich die Nackenhaare auf. Im Urwald hatte er gesehen, was Ameisen anrichten konnten. Plötzlich sprang das Tierchen zurück an die Decke, wo es durch eine Öffnung verschwand. Draußen schimpfte es weiter.

»To'mo hat sich bestimmt nur vor einem anderen Affen erschreckt. Die großen sind manchmal sehr frech. Was ist denn? Du schaust so irritiert.«

Die nächtliche Begegnung mit dem Affen, der ihn vor einer Schlange gerettet hatte, war ihm wieder in den Sinn gekommen. Aber er hatte keine Ahnung, wie er ihr das erklären sollte. Hinterher sah sie es noch als Beweis dafür, dass er eins von diesen Zauberwesen war. »Es ist alles in Ordnung.«

»Gut. Jetzt mache ich uns etwas zu essen. Du hast doch bestimmt Hunger?« Sie begann in den Töpfen zu kramen, und er kam sich vor wie eine zu groß geratene Bodenvase: immer im Weg.

25.

»Woran denkst du?«

»Wer, ich?«

»Aber Hardo. Ist hier noch jemand?«

»Ich … ach, nichts, wieso?«

»Weil dein Gesicht leuchtet.«

»Ach so. Ist ja auch ein schöner Tag heute. Viel Sonne, die Vögel zwitschern …«

»So ist es doch jeden Tag.«

»… und die Moskitos stechen«, er schlug sich auf den Nacken. »Wo sind wir eigentlich?«

»Da müssen wir hinauf«, Ayré deutete auf einen schwarzen Felsen, der sich zwischen den Bäumen in der Höhe verlor. »Man kann ganz leicht hinaufklettern.«

Leicht, soso. Im Gegensatz zu ihr, die wie eine Katze hinaufeilte, kam er sich vor wie ein Eisbär, den man vor der Eiger-Nordwand abgesetzt hatte. Aber das tat seiner guten Laune keinen Abbruch. Auch hatte Ayré ihn mit salzigem Maniokbrei und Piranha-Filets versorgt, die sie hinter dem Haus in einer Pfanne gebraten hatte. Es war ein Festmahl gewesen. Jetzt fühlte er sich tatsächlich so stark wie ein Bär. Alles war mit einem Mal in die Ferne gerückt: die drohenden zwei Jahre in Kellers Klauen, der Zwist mit seinem Vater. Die Tatsache, der Gefangene eines wilden Stammes zu sein.

Er war mit Ayré zusammen. Das war der Grund. Das allein.

Ihm war die Brust zu eng, so sehr genoss er ihre Gegenwart. Er fühlte sich leicht, und so gelang ihm der Aufstieg mühelos. Als er sich schließlich durch dichtes Geäst zwängte und Ayré auf dem Plateau des Felsens sitzend fand, stockte ihm der Atem.

Sie hatte die Arme um die nackten Knie geschlungen und blickte in die Ferne. »Ist es nicht herrlich, Hardo?«

Ja, das ist es. Der Wind spielte mit ihrem offenen Haar und den dunkelblau schillernden Federn, die an ihren Ohren hingen. Ihr Profil war vollkommen. Eine gewölbte Stirn, die Nase nicht ganz gerade, sondern mit leicht gereckter Spitze. Die Lippen voll, voller als bei einer europäischen Frau, das Kinn schmal. Ein langer Hals, lange, sehnige Glieder. Er erinnerte sich, sie anfangs als schlaksig empfunden zu haben. Jetzt erschien sie ihm fraulicher. Ein schimmerndes Jaguarweibchen.

Vollkommen.

»Aber du guckst ja gar nicht!« Auffordernd deutete sie nach vorne.

Er setzte sich an ihre Seite. Die Aussicht war traumhaft. Wie eine fette Schlange lag der Lago Santo Antônio, der lange, schmale See, im Grün des Waldes. Hardo musste an verflüssigtes Türkisgestein denken, das wie erstarrt auf einem Bett aus dunklem Samt lag. Die dichten Kronen des Waldes dampften. Vögel schossen daraus hervor und schraubten sich hinauf in den Himmel. Am Horizont warfen Wolken ihren Regen als fransigen Teppich herab.

Er ließ sich auf die bemooste Unterlage fallen und verschränkte die Arme hinter dem Kopf. »Hier könnte ich ewig liegen. Kommst du oft hierher?«

Sie nickte. Ihr Blick war nachdenklich. »Hier fühle ich mich ein wenig … zu Hause.«

»So ganz allein?« Er hob sich auf die Ellbogen, um sie eingehender betrachten zu können.

»Manchmal …«, sie zögerte. »Manchmal kommt es mir vor, als sprächen die Geister des Sees zu mir.«

»Und was sagen sie?«

»Dass sie mich lieb haben.«

Er wollte sie umarmen und ihr zeigen, dass es ein echtes, ein *menschliches* Wesen gab, das sie gern hatte. Er setzte sich wieder auf und schlang, wie sie, die Arme um seine angezogenen Beine. »Glauben die anderen im Dorf wirklich, dass du ein gefährliches Zauberwesen bist?«

Sie schlug die Augen nieder. »Das habe ich dir doch schon erzählt.«

Er berührte ihre Schulter. »Ja, aber ich verstehe es immer noch nicht ganz …« Er spürte, wie sie sich versteifte.

»Ich verstehe bei dir auch vieles nicht.« Trotzig starrte sie nach vorne. »Ihr wollt immer alles erforschen und durchschauen. Aber wir sind auch wissensdurstig, weißt du?«

Ihr – sie meinte die sogenannten *Anderen*. Unschlüssig räusperte er sich und kratzte sich das stoppelige Kinn. Ob Keller oder Humboldt bei ihren Reisen solche Begegnungen diplomatischer absolviert hatten? Herrje. »Vielleicht mögen wir nicht über uns reden, weil wir uns als uninteressant empfinden.«

»Unsinn. Du bist hier, ganz und gar unfreiwillig, du hasst den Wald …«

»Hassen ist ein ziemlich starkes Wort.«

»… du gibst mir unablässig zu verstehen, wie sehr du dich fortwünschst. Du bist *ganz anders* als alle Menschen hier und glaubst, du seist uninteressant?«

Er war verblüfft. »Du hast vergessen zu sagen, dass ich ein Boto bin.«

»Du gibst es also endlich zu?«

»Ayré!« Er warf die Hände hoch. »Nein!«

»Ich habe in der Siedlung etwas von einer Frauengeschichte gehört, in die du verwickelt gewesen sein sollst. Ich war ganz verwirrt, weil ich dachte, nur weil jemand eine Geschichte erzählt, kann er doch nicht derart bestraft werden? Aber so war es nicht gemeint, nicht wahr?«

Aha, daher wehte also der Wind. Ayré wollte ihn einschätzen können. Sie wollte wissen, ob er … Mädchen benutzte und … wegwarf.

Er spürte die Hitze der Verlegenheit in seinem Kopf. Der ansonsten leer zu sein schien: Ausflüchte wollten ihm nicht einfallen. Ach, verdammt, vielleicht sollte er einfach erzählen, wie es mit Charlotte gewesen war.

Hardo hatte sie an einem schönen Sonntag am Frankfurter Römer kennengelernt.

Und die hübsche junge Dame verhielt sich ganz anders als erwartet: Sie umarmte ihn. Küsste ihn, biss ihm ins Ohrläppchen. Sie nahm sogar seine Hand und legte sie auf ihre Brust. Charlotte wollte wissen, wie es sich anfühlte, einen Mann zu begehren. Bevor sie an von Blankwitz verschachert wurde. »So hab ich's neulich in einem Roman gelesen«, waren ihre genauen Worte gewesen. »Da hat die Heldin von ihrer heimlichen, nur einen Tag währenden Liebe ihr ganzes Leben gezehrt.«

»Und dann ist … wie hieß er? … hinzugekommen?«, fragte Ayré.

»Von Blankwitz. Du meinst, er hat uns in flagranti erwischt? Nein. Charlotte hat ihm gebeichtet, mich geküsst zu haben. Sie hatte ein schlechtes Gewissen. Vielleicht hat die Romanheldin das ja auch so gemacht? Bei uns sind die Frauen, was solche Dinge betrifft, na ja … fürchterlich naiv. Blankwitz hat natürlich geglaubt, das alles sei von mir ausgegangen.«

Ayré hörte konzentriert zu.

»Ich hätte versuchen können, es aufzuklären. Aber zum einen war ich zu stolz. Und zum anderen hätte ich Charlotte bloßgestellt. So konnte sie wenigstens als verfolgte Unschuld in die Ehe gehen. Außerdem, wie hätte es geklungen, wenn der Mann sich verteidigt, indem er sagt, das Weib habe ihn schier überfallen?«

Er erzählte die dumme Geschichte bis zum Ende – Blankwitz, der sich vor ihm aufplusterte, ihm dann eine Backpfeife mit dem Handrücken gab; dann Hardos Uppercut, der schicksalhafte Aufwärtshaken. Er wartete auf Ayrés Entrüstung. Doch sie nickte nur.

»Im Kampf entblößt du dein Innerstes. Aber wenn man dir auf die nackte Brust schaut, schämst du dich. Und dann behaupte noch einmal, dass dir die Bräuche der Ava seltsam vorkommen.«

Er musste lachen.

»Bei uns ist es ganz natürlich, wenn Frauen zu Männern gehen und sie ermuntern«, ergänzte sie.

»Ich kann mir das – nicht so recht vorstellen«, murmelte er. Sie rückte näher an ihn heran und strich mit zarter, flügelgleicher Hand über seine Wange. Der Druck verstärkte sich, zwang ihn, den Kopf in ihre Richtung zu drehen. Ihr Gesicht war ganz nah. Er spürte ihren Atem, sah ihre geöffneten Lippen.

Sie lächelte. »Ich habe es nur noch nicht ausprobiert.«

»Erst jetzt.«

»Ja, erst jetzt.«

Jäh warf sie die Arme um ihn, ihre Lippen pressten sich auf seine. Er vergaß alle Bedenken und tauchte in die Zauberwelt des Urwalds ein. Er erwiderte den Kuss, schmeckte ihre Süße. Seltsame Bilder wirbelten vor der Schwärze seiner geschlossenen Augen. Zuckende, schimmernde Farbflecken blendeten ihn. *Merkwürdig,* schoss ein einsamer Gedanke durch seinen vor Freude erfüllten Kopf, *sie sehen ein bisschen aus wie Delfine.*

26.

Seine Hand lag warm um ihre. Seite an Seite standen sie am Ufer des Sees.

»Wir nennen ihn Ta-ri-tupa, die Tränen des Tupan.« Ayré war viel zu selten hier. Sie genoss den herrlichen Ausblick. »Der See soll so alt wie die Welt sein. Wir stellen uns die Welt als einen Baum vor, einen Baum des Wassers: Der große Amazonasfluss ist der Stamm, und all die anderen Flüsse seine Äste. Die Seen sind die Blätter. An jenem Tag, als die Sonne zum ersten Mal aufging, platzten seine Früchte auf. Große Fischschwärme sprangen heraus. Sie stürzten ins Wasser, wo sie der Gott Uirapuru in Vögel verwandelte und in die Luft fliegen ließ. Guaraci ist die Sonne, Jaci der Mond. Er reist durch die Welt der Dunkelheit und erhellt Encante. Caapora beschützt die Tierwelt und Anhangá hilft dem Jäger. Tupan ist unser höchster Gott. Er schuf die Gewürzpflanzen aus den Federn der Vögel …« Sie unterbrach sich.

»Erzähl doch weiter, Ayré.«

»Tupan bedeutet ›willkommen, der Gott schütze euch‹. Er kann Edelsteine weinen. Und oft erinnert das Wasser wirklich an flüssiges und erstarrtes Gestein.«

»Was bedeutet ›Ayré‹?«

»Schrei.«

»Erstaunlich. Dass Ayré wie ein Schrei klingt, war mein erster Gedanke, als ich deinen Namen hörte. Wie der Schrei eines exotischen Vogels.«

»Manchmal denke ich, meine Mutter hat mich schon als Säugling gut eingeschätzt. Sie hieß Ygaré-passna: Der Mond, der sich auf dem Wasser spiegelt.«

»Oder einfach Wassermond«, sagte er lächelnd.

»Und was bedeutet ›Dornheim‹?«

»Na ja ... Da wo die Dornen zu Hause sind, so könnte man es wohl übersetzen.« Er lachte. »Was wohl heißt, dass ich mich hier im Busch ganz wohlfühlen sollte.«

»Und ›Hardo‹?«

»Irgendetwas Germanisches. Der Harte, oder so.«

»Oder so. Euch ist das nicht so wichtig, hm?«

»Nicht so wie euch.« Er deutete auf den See. »Der See mündet in einen Igarapé, und der in den Rio Madeira, stimmt's?«

»Ja, dort«, sie wies in die Ferne.

»Hier irgendwo muss es gewesen sein«, begann er zögerlich. Seine freie Hand wies zum Rand des Sees. »Hier sah ich die Frau. Da war ein Fels, ähnlich wie der, auf den du mich vorhin geschleppt hast, und da war der See … Jedenfalls, diese Frau, sie war über und über mit Zeichen bemalt; Zeichen, die auch deine Leute tragen.« Er rieb sich über das Gesicht, als habe er Mühe, seine Erinnerungen zu ordnen.

»Vielleicht eine Geist-Frau«, hauchte Ayré. »Aus der jenseitigen Welt.«

»Also, wie ein Geist sah sie nicht aus.«

»Du glaubst, das beurteilen zu können?« In ihrer Frage lag kein Spott.

Er nickte und wandte sich ihr zu. Jetzt hielt er sie an beiden Händen. Der Blick in seine hellblauen Augen erinnerte sie an den Kuss und die sanften Umarmungen.

»Als ich im Busch festsaß, sah ich eine ganze Menge Leute. Meinen Vater. Und dich. Ich habe mit euch gesprochen. Aber es waren nur Halluzinationen.« Auf ihr verständnisloses Stirnrunzeln, denn dieses Wort war ihr fremd, sagte er: »Ihr würdet es Geistererscheinungen nennen, aber es waren nur Einbildungen. Diese Frau jedoch, sie war wirklich da. Sie war *da*.«

Er zog sie an sich und küsste ihre Schläfe. Er war so durch und durch menschlich. So menschlich in seiner Stärke – seinem Selbstbewusstsein – und seiner Schwäche – seinem Hochmut. Obwohl er nicht viel wusste von dieser für ihn so fremden Welt, fühlte sie sich in seiner Umarmung beschützt. *Ich … ich will immer bei dir sein,* dachte sie. *Wenn er mich nun fragte, ob ich mit ihm ginge …*

Allein der Gedanke war Wahnsinn. Sie wusste genug über seine Welt, um zu wissen, dass sie dort nicht überleben konnte.

Ach, ihr Götter, ich flehe euch an.

»Möglicherweise war diese Frau eine Göttin.«

»Eine Göttin«, echote Hardo.

»Oder ein Botoweibchen, das dich holen wollte.«

Er schob sie ein Stück von sich, um sie ansehen zu können. »Nicht doch. Was sollte die mit mir machen?«

»Dich mit nach Encante nehmen, natürlich.«

»Bist du etwa eifersüchtig?« Er strich ihr lächelnd übers Haar. »Vielleicht können wir die Frau finden, wenn wir den Felsen aufspüren.«

»Wir sollten auf den See hinaus. Von dort könntest du die Stelle leichter wiedererkennen.«

»Gute Idee. Bloß haben wir kein Boot.«

»*Damit* fahren wir auf den See? Wie zwei Käfer auf einem treibenden Blatt?«

»Aber ja, das trägt uns ganz problemlos.« Es war ihr vollkommener Ernst.

»Unmöglich!«

»Du fandest es auch unmöglich, barfuß herumzulaufen, und sieh her, es macht dir keine Probleme.«

»Tut es wohl, aber ich beiße halt die Zähne zusammen.«

»Wenn das hilft, machst du das jetzt eben auch.«

Hardo seufzte. Er fand den Gedanken, am Ufer entlangzugehen, plötzlich viel aussichtsreicher. Er versuchte sich damit zu beruhigen, dass ein Sturz in den Lago kein Drama wäre, schließlich gab es keine Strömung und keine Wellen. Andererseits mochte gerade dieses modrige Wasser unbekannte Gefahren bergen, wie etwa Hunderte von kleinen, fiesen Blutegeln.

»Schau, so wird das ein richtiges Boot. Du musst die Enden hochbiegen und zusammendrücken. Ja, genau so. Halt sie fest.«

Mit dem Speer bohrte sie einige Löcher in die Ränder, und mit Rankpflanzen nähte sie sie zusammen, sodass ein kleiner Vordersteven entstand. Am anderen Ende schuf sie auf dieselbe Art das Heck. So verwandelte Ayré mit schnellen Handgriffen aus einem drei Meter langen Rindenstück, das sie von einem zerfallenen Baum geschält hatte, tatsächlich ein Boot.

»Jetzt suche ich uns nur noch schnell zwei Ruder.« Sie kehrte mit zwei dicken Palmästen zurück, deren Enden aus dicken, fächerförmigen Blättern bestanden. »Die halten nicht lange. Aber für unsere Zwecke reichen sie.«

Er wollte das Boot gerade an einem Ende anheben, um ihr beim Tragen zu helfen, doch da hatte sie es schon hochgehoben und über den Kopf geschwungen. Es waren nur ein paar Meter ans Ufer. Sie schob das Gefährt ins Wasser und hielt es fest.

»Hinein mit dir!« Sie lachte.

Er machte ein übertriebenes Kreuzzeichen und einen langen Schritt hinein. Rasch hockte er sich auf den Hintern, da es wild hin und her schwankte. Als Ayré hineinsprang, bewegte es sich kaum. Geschmeidig schlug sie die Beine unter und ergriff eines der behelfsmäßigen Paddel. Er nahm das andere. Ihre Bewegungen abzustimmen, geschah ganz intuitiv. Da er hinter ihr saß, konnte er ausgiebig ihre Rückenmuskulatur bewundern. Das Band, mit dem ihr Kleid im Nacken zusammengebunden war, hatte sich gelöst. Ihre rötliche Haut glänzte wie Bronze.

Sie warf ihre Haare zurück, als sie über die Schulter zu blicken versuchte. »Wir müssen drehen, damit wir das Ufer sehen.«

Er war so sehr in das Bild ihres Rückens versunken, dass er nicht gemerkt hatte, wie schnell sie vorangekommen waren. Das Ufer war jetzt hundert Meter entfernt. Ein Vogelschwarm zog über sie hinweg. Die Sonne stand tief.

»Siehst du schon etwas?«, fragte Ayré.

»Ich sehe nur Grün.«

Er hatte keine Ahnung, aus welcher Perspektive er vor Tagen den See gesehen hatte. Vielleicht würden sie ein paar Kilometer am Ufer entlangpaddeln müssen. Trotzdem gefiel ihm die Bootspartie. Es war so friedlich hier draußen.

Sie legte ihr Paddel beiseite und rutschte auf den Knien zu ihm herum. »Hardo? Darf ich dich um etwas bitten?«

»Natürlich.«

»Solltest du dich je in einen Boto verwandeln – dann kehr trotzdem noch einmal zu mir zurück.« Sie biss sich auf die Unterlippe. »Ich könnte es nicht ertragen, wenn du ohne ein Abschiedswort gingest.«

Sie sagte es so völlig selbstverständlich, dass er zu verblüfft war, um irgendetwas zu erwidern. Ihm war klar, dass sein Schweigen ihren Irrglauben bestärkte. Doch als er den Mund endlich öffnete, wandte sie sich wieder der trüben Wasseroberfläche zu.

Ayré blickte nachdenklich aufs Wasser hinaus. Eine Kette von Bläschen stieg an die Wasseroberfläche, und sie musste an eine Schnur denken, die nach Encante führte.

Wie viele Wochen waren vergangen, seit Hardo gebissen worden war? Hätte er sich nicht schon längst verwandeln müssen? Oder hatte sie in diese Wunde einfach zu viel hineingedeutet? Dieses Gefühl, dass damit etwas nicht stimmte – konnte es so trügerisch sein?

Sie blinzelte zu ihm herüber. Die Sonne fing sich wie so oft im Gold seines schweißfeuchten, zerzausten Haares.

Mit dir ginge ich gerne nach Encante, dachte sie.

»Ich könnte dich jetzt hineinwerfen.« Sie grinste. »Am besten gefesselt. Und dich so zwingen, dich zu verwandeln.«

Er riss die Augen in gespielter Empörung auf. »Ach ja? Das ist ja wie eine mittelalterliche Hexenprüfung!«

»Wie meinst du das?«

»So was hat man früher bei uns gemacht.« Er machte eine wegwerfende Handbewegung.

»Aha! Zumindest die Vergangenheit der Weißen kannte Magie. Interessant zu wissen.«

Ein Schlag ließ das Boot erzittern.

Sie sah etwas Graues, Geflecktes dicht unter der Wasseroberfläche vorbeirauschen. Ein zweiter Schlag folgte.

»He!« Hardo packte mit einer Hand die Bootskante, mit der anderen ergriff er Ayrés Hand. »Was ist das?«

Sie erwiderte seinen Druck. Das Tier glitt unter dem Rindenboot hinweg. Plötzlich hob sich das Gefährt, und sie wurden Hand in Hand ins Wasser geschleudert.

27.

Die Bläschen, die sie gesehen hatte – sie waren der Atem eines Botos gewesen! War das die Botofrau, die ihren Geliebten nun endlich nach Encante bringen wollte? Wurde sie langsam ungeduldig? Ein massiger Körper streifte Ayré, und das Wasser schwappte über ihr zusammen.

Grünliche Düsternis hüllte sie ein. Vor Schreck hatte sie vergessen, Luft zu holen. Sie hatte Angst. Das Wasser schien so dick wie Gallert. Wo war Hardo? Sie durfte nicht zulassen, dass ihm etwas geschah! Sie strampelte, versuchte zu ergründen, wo oben und unten war. Über ihr war plötzlich alles schwarz. Sie war unter das Boot geraten. Sie reckte die Hände nach oben, spürte den Luftzug, ertastete die Kante der Rinde. Sie krallte sich fest.

Sie wollte hinauf. Doch sie konnte Hardo nicht zurücklassen, auch wenn er ein guter Schwimmer war. Gegen den Boto würde ihm das nicht viel nützen. Da sah sie das Tier dicht an sich vorbeigleiten. Geschmeidig, ja, und irgendwie voller Schönheit, trotz der stark gewölbten Stirn über der schnabelförmigen Schnauze. Die Augen des Botos musterten sie.

Ihr war, als kennte sie ihn.

Er war nicht groß, anderthalb Speerlängen vielleicht. Dennoch wirkte er bedrohlich. Wollte er sie verzaubern? Würde sie in wenigen Augenblicken den Wunsch verspüren, sich an seinem schmalen Rückenkamm festzukrallen und sich von ihm hinabziehen zu lassen?

Der Boto glitt davon; seine Schwanzflosse bewegte sich auf und ab und war fort.

Ayré hielt nach Hardo Ausschau. Im Augenwinkel sah sie seine Beine, die Wasser traten. Jetzt konnte sie endlich auftauchen. Ihr Kopf stieß aus dem Wasser, und gierig sog sie die Luft ein.

Nicht weit entfernt ließ die Sonne feinen Sprühnebel glänzen, den der Delfin ausstieß. Über ihr Keuchen hinweg vernahm sie seinen Atem. *Tschaaaa*. Er kehrte zurück.

Hardo brauchte einen Augenblick, um sich zu orientieren. Dass das Wasser so trüb war, machte es nicht leicht. Seine Kleider behinderten ihn bei seinen Schwimmbewegungen. Wo war Ayré? Und was war passiert?

Ein Boto hatte sie angegriffen. Ein Zahnwal, ein Delfin, ein *Inia boliviensis.* Ganz deutlich war die gewölbte Stirn zu erkennen gewesen. Die typischen Flecken und kleinen Bissnarben, wahrscheinlich von Piranhas. Aber waren diese Delfine nicht eigentlich friedlich? Verdammt, da war er wieder! Der Boto durchpflügte die grüne Brühe mit wilden Bewegungen, wie ein Hai. Er schien sich geradezu auf ihn zu stürzen. Im Vergleich zu diesem gewandten Wesen hatte Hardo das Gefühl, steif wie eine mit Wasser vollgesogene Puppe zu sein. Der Schnabel schoss heran und zielte auf Hardos Bauch. Hardo versuchte eine Ausweichbewegung, doch vergeblich. Der Delfin neigte sich, und seine Stirn prallte gegen Hardos Brust.

Hardo wurde schwarz vor Augen. Die Luft in seinen Lungen wurde herausgepresst. Er musste nach oben, zum Teufel, nach oben! Wild ruderte er mit den Armen und gelangte an die Wasseroberfläche. Gierig sog er die Luft ein. Er sah das Boot, sah Ayrés Kopf dahinter; sie würde es ins Rindenboot schaffen, doch sicher war sie darin nicht. Wie weit war das Ufer entfernt? Achtzig, neunzig Meter? »Ayré!«, schrie er. »Zum Ufer!«

»Hardo! *Pass auf!*«

Ein Stoß riss ihn zurück unter Wasser.

Hardo! Nein! Ayré holte tief Luft und tauchte hinab. Mit kräftigen Stößen schwamm sie dorthin, wo sie den Boto vermutete. Dann sah sie ihn. Matt schimmerte das Licht auf seiner fleckigen Haut. Blitzschnell umkreiste er Hardo, stieß ihn abermals mit der Stirn tiefer ins Wasser. Mit aller Kraft kämpfte sie sich zu den beiden vor. Es erschien ihr ungeheuerlich, und doch – wenn es nicht anders ging, war sie imstande, das Tier zu töten. Sie tastete nach dem Messer an ihrem Gürtel und zog es heraus.

Rasch stieß sie sich nach oben, schnappte Luft, schwang sich wieder hinab.

Der Delfin drehte sich; sein Schwanz schlug ihr das Messer aus der Hand. Dies schien keine zufällige Bewegung zu sein. Noch eine Drehung, und jetzt war sein Kopf dicht vor ihr.

Lass – mich, Ayré.

Sie bildete sich die Worte nur ein. Oder nicht?

Wer bist du?, dachte sie.

Schweigen. Düsteres Schweigen.

Verschwinde!, schrie sie ihm in Gedanken entgegen. Da warf sich Hardo über den Delfin und schlang ihm die Arme um den Leib. Er drückte fest zu, doch der Delfin befreite sich mit einem gewaltigen Ruck. Hardo versuchte erneut, nach oben zu kommen. Die Stirn des Botos prallte gegen seinen Bauch.

Die Angst, nein, Wut hämmerte in Ayrés Kopf, machte sie fast blind. Sie schoss auf den Boto zu, stieß die Hände gegen seine Seite. Farbige Blitze jagten durch ihren Körper, schmerzende Wellen der Panik.

Hardo spürte Sand unter den Fingern. Er blinzelte, hob verwundert den Kopf. Bäuchlings lag er auf einer Sandbank, die schmal und gerade in den See reichte. Wie kam er hierher? Müde, ausgelaugt, nass und wie ein Käfer auf dem Sand liegend kam er sich wie ein Schiffbrüchiger vor. Irgendetwas war passiert, an das er sich nur erinnern musste. Sein gepeinigter Schädel wollte es noch nicht verraten.

Als er sich aufzurichten versuchte, fuhr ein Schmerz durch seine Brust. Er sah an sich herunter: Das Hemd war klitschnass, inzwischen von gelblichem Grau und löchrig. Er hob es hoch, in Erwartung einer vom Wasser ausgewaschenen Wunde, die ihn, vernünftig betrachtet, hätte umbringen sollen.

Aber da war nur ein riesiger Bluterguss.

Was zum …?

Der Delfin! *Verdammt!* Er sprang hoch und wankte über den unebenen Sand.

»Ayré! Ayré!« Er stolperte um die eigene Achse, wischte sich die Haare aus der Stirn. *Es darf nicht sein. Sie darf nicht* … »Ayré!«

Bitte, lieber Gott …

»Ayré!« Fahrig rieb er sich mit dem Handballen über das Gesicht. »Bitte, Ayré, wo …«

Das Boot! Es dümpelte am anderen Ende der Sandbank. Er rannte darauf zu. Als er es fast erreicht hatte, fiel er der Länge nach hin. Mit seinen Händen stieß er gegen den Rand der Rinde und gab dem Boot einen unfreiwilligen Stoß. Es glitt ins Wasser.

Ein Fuß ragte heraus.

Er kroch über den Sand, kämpfte sich auf die Knie. In irgendeinem Winkel seines Kopfes staunte er über sich selbst: *Da ist ein Mensch, den du noch kaum kennst, der so anders ist, wie ein Mensch sein kann, aber du würdest dein Leben für ihn geben, und gäbe es ihn nicht mehr, wäre dir nach Sterben – was ist das für ein Irrsinn?*

Ayré. Da lag sie.

Sein erster Gedanke war, sie herauszuheben, an sich zu pressen. Dann würde das Boot wieder abdriften. Also zog er es in Richtung Ufer. Er kämpfte sich durch kniehohes Wasser, durch einen Teppich von Pflanzen, der wie ein Dutzend Hände nach ihm zu greifen schien. Im Morast versank er bis zu den Waden, aber endlich hatte er es geschafft und das Rindenboot aufs Ufer gezogen. Er hob Ayré heraus – ein letzter Kraftakt – und sank mit ihr in den Sand.

»Ayré?«, flüsterte er. Er strich ihr das nasse Haar aus dem Gesicht. Wasser tropfte auf ihre Wangen. *Das kommt ja von mir*, dachte er verwundert. Wann hatte er zuletzt geheult? Ewig war das her, sein Vater hatte es ihm beizeiten ausgetrieben.

Aber der altbekannte, wohlvertraute, stets willkommene Zorn, wenn er an seinen Vater dachte – er wollte sich nicht einstellen. Hatte der Vater die Mutter damals ebenfalls so in den Armen gehalten, als sie gestorben war?

»Ayré.« Er wiegte sie. »Bitte lass mich nicht allein.«

Bitte lass mich nicht allein. Ayré hörte die Worte und wusste, dass Hardo lebte. Grenzenlose Erleichterung breitete sich in ihr aus und ließ sie die schweren Lider heben.

Sie bemerkte seinen großen Kummer. Zu sehen, wie er schwand und stattdessen ein Leuchten in Hardos Augen trat, war pure Freude.

»Ayré.«

Sie schlang einen Arm um seinen Hals und blickte ihm in die hellblauen Augen. Er hatte geweint.

Um mich.

Ihr Götter. Ich liebe ihn.

Plötzlich musste sie Wasser spucken, bis ihr die Kehle wehtat. Er half ihr, sich aufzurichten. Sie meinte, sich die Seele aus dem Leib zu husten. Aber das war nicht schlimm. Sie lebte ja. Er lebte. »Ist – ist er fort?«, krächzte sie.

Hardo küsste sie auf die Stirn. »Du hast ihn wohl vertrieben.«

»Er wollte dich hinabziehen.«

»Wie du siehst, bin ich noch hier.« Er lächelte sie an.

»Ich schätze, die Stelle, an der ich die Frau sah, finden wir heute nicht mehr. Lass uns in deine Hütte zurückgehen.«

»Das klingt gut.« Sie lächelte schwach.

Sie halfen einander hoch und fassten sich an den Händen. Es fühlte sich ganz selbstverständlich an. Sie gehörten zusammen.

28.

In der Nacht tat er kein Auge zu. Ayré hatte eine weitere Hängematte direkt neben ihrer aufgehängt. Es war unvermeidbar, dass sich ihre Schultern und Hüften berührten. Er lauschte Ayrés Atemzügen. Bei dem Gedanken, dass er sie tot geglaubt hatte, zog sich sein Magen schmerzhaft zusammen.

Als sie am nächsten Morgen mit dem Frühstück die Hütte betrat, hatte er höchstens eine Stunde geschlafen. Sie musste sich leise hinausgeschlichen haben. Er lächelte und küsste sie.

Seine prächtige, schöne, *lebendige* Ayré.

Behutsam sorgte sie für Abstand. »Der ganze Stamm ist auf den Beinen. Die Schwester des Kaziken ist vorhin unverhofft eingetroffen. Ein großes Willkommensmahl wird zu ihren Ehren vorbereitet …«

»Muss schön sein, willkommen geheißen zu werden«, brummte er.

»Ich habe To'xie bei den Pflanzungen getroffen. Natürlich hat sie schon von dir gehört und ist neugierig. Geduld war noch nie ihre Stärke. Sie verlangt nach dir.«

»To'xie.« Das klang verdächtig toxisch. Was konnte er nach dem Zweikampf und dem seltsamen Delfinangriff jetzt von *ihr* erwarten? »Was bedeutet ihr Name?«

»Freundliche Sonne. Aber ihre Zunge kann gefährlich sein. Ihr Gehör auch.«

»Klingt, als müsse man sie mögen.«

Ayré hatte To'xie zuletzt vor fünfzig Mondumläufen gesehen. Wie damals war To'xie auch heute von respekteinflößender Erscheinung. Sie schien nicht älter geworden zu sein, dafür aber um einige Speckrollen um die Hüften reicher. Falls sie einige graue Strähnen mehr hatte, waren sie unter der blauschwarzen Farbe der Jenipapo-Frucht gut verborgen. Sie trug die gefärbten Haare zu einem üppigen Vogelnest hochgesteckt.

»Hier drüben!« To'xie winkte mit einem dicken Arm, der wie ein Segel flatterte. »Hier bin ich!«

Hardo war Ayré zwei Schritte voraus, er drehte sich zu ihr um. »Warum bleibst du stehen?«

»Wegen des Kautschukgeists.«

Verständnislos hob er die Schultern.

»Wir glauben, dass sich Frauen bestimmten Pflanzen nicht nähern dürfen«, gellte To'xies markantes Portugiesisch herüber. »Deshalb sollen sie keine Feldarbeit tun. Hat dir das Ayré nicht erzählt, junger Mann?«

»Ich kann es mir schon denken. Im Kautschuk sitzt ein Geist, der es nicht mag, wenn man ihm zu nahe kommt.«

To'xies Lachen war wie das Dröhnen eines Gewitterdonners. »So ist es. Mir ist es aber egal, was der Geist von mir denkt.«

Sie winkte die beiden näher und musterte Hardo neugierig. Lachfältchen lagen um ihre kleinen Augen. Sonst war nichts faltig an ihr, denn sie war dick. Ein bunt gewebter Stoff spannte sich um ihre schweren Brüste, und um die Hüften trug sie einen über und über mit bunten Steinchen und Schneckenhäusern geschmückten Baumfaserrock. Ihre Ohren und ihr Kinn zierten Knochennadeln.

»Du musst wissen, dass ich als junge Frau geraubt worden bin. Und in meinem neuen Stamm ist es genau umgekehrt: Männerhände dürfen den Kautschuk nicht berühren. Aber es ist doch der gleiche Baum? Du kannst dir vorstellen, goldener Mann, dass mich das zum Grübeln brachte.«

Hardo trat an den Baum heran. Der Kauchu, wie die Ava ihn nannten, war unscheinbar. Schlank, von geradem

Wuchs und nicht sehr hoch, wirkte er geradezu schlicht neben den anderen Pflanzen mit ihren dicken Blättern und bunten Blüten. Er warb nicht um Aufmerksamkeit. In seiner Rinde waren Schnitte, als habe ihn ein Puma gekratzt. Darunter war ein Eimer befestigt, der die austretende Milch auffing. Den Kautschuk. Im Gegensatz zu den Weißen hatten die Oja-nimete nicht viel Verwendung dafür. Man dichtete damit Blasrohre ab und kittete Tonscherben. Und man kaute darauf herum.

Mit einem Messer kratzte To'xie einen gehärteten Tropfen ab und rollte ihn zwischen den Fingern.

»Der Kautschukgeist ist schwach«, sagte sie. »Er ist schüchtern. Er mag seinesgleichen nicht. Darum wächst er lieber allein. Und er weint, wenn man ihn ritzt.«

Hardo wirkte beeindruckt. »Du scheinst, anders als die meisten Indios, über diesen Dingen zu stehen.«

To'xie steckte sich den Klumpen in den Mund und begann zu kauen. »Uyacam – der mich raubte – machte mir eine Tochter. Ni'kau. Bei ihr war es ganz schlimm mit dem Geisterglauben, an jeder Ecke, vor jedem Baum blieb sie stehen und beschwor die Geister, sie weitergehen zu lassen. Eines Tages kamen Missionare und sagten, das sei alles Unsinn. Ich glaubte ihnen gern: Endlich war ich nicht die Einzige. Ich zerstritt mich mit meinem Mann darüber und ging in die Mission. Dort lebte ich ein Jahr. Aber so klug diese Männer dort sein mögen, sie verstehen nicht unser Wesen. Das besteht ja nicht nur aus Geisterglauben. Wir sind freiheitsliebend, und mit dem, was man dort einen geregelten Tagesablauf nennt, konnte ich nichts anfangen. Außerdem gab es in der Mission ein paar Männer, die einen schlugen, wenn man nicht gehorsam war. Also kehrte ich zu Uyacam zurück.«

Sie kratzte noch einen dicken Klumpen ab, den sie sich in die Backen steckte. Geschmeidig, trotz ihrer Figur, schritt sie näher.

»Nicht, weil du ihn liebst?«, fragte Ayré.

To'xie rollte die Augen und brummte etwas Unverständliches. Dann richtete sie das Wort an Hardo. »Ich habe ja die interessantesten Dinge über dich gehört.« Sie machte einen Schritt auf ihn zu. »Bist du ein Boto?«

»Ich begreife immer noch nicht, wieso ihr das alle glauben wollt.«

»Ayré, sag du es ihm.«

Ayré zog die Schultern hoch. Vorsichtig blickte sie zwischen den beiden hin und her. »Er mag das Thema nicht sonderlich.«

»Ach, rede schon!«, blaffte To'xie sie mit vollen Backen an.

»Ich mag das Thema«, warf Hardo ein. »Wenn's dann endlich vom Tisch ist …«

Sie trat vor ihn. Nervös strich sie sich eine Strähne hinters Ohr und begann, an ihrem Federohrring zu spielen. »Na ja …«, sie biss sich auf die Unterlippe. »Da wäre dein Haar …«

Er nickte.

»Und du kannst schwimmen und tauchen. Das können sonst nur Ava.«

»Ich hab's beim Militär gelernt.«

»Und weißt du noch, als du einmal baden gegangen bist? Ich bin dir nachgestiegen. Du warst fort. Stattdessen war dort ein Boto.«

»Das war ich aber nicht.«

»Du hast dieses komische Ding aus dem Wasser gezogen und wiedererkannt. Diesen Eisenhut. Trägt man das in Encante?«

»Welches Ding? Oh … das?«

»Außerdem hast du diese Wunde am Bein, die von einem Boto stammen könnte.«

»Das war bestimmt nur ein Stachelrochen!«

»Und dann …« Tief senkte sie den Kopf. »Botos werfen einen Zauber über die Menschen, sodass sie sich in sie verlieben. Ich war noch nie verliebt. Erst jetzt. In dich. Ich – ich würde dir überallhin folgen. Auch nach Encante.«

In einer trotzigen Geste warf sie den Kopf in den Nacken und funkelte ihn herausfordernd an. Fassungslos starrte er zurück.

To'xie kam näher und legte jedem eine Hand auf die Schulter. »Ich würde sagen, das sind alles sehr gewichtige Argumente.«

Hardo bekam nichts heraus. Er schien gebannt von Ayrés Blick.

»Es könnte ja sein, dass du es nur noch nicht weißt«, sagte To'xie. »So etwas soll vorkommen.«

»Somit ... somit wäre alles Abstreiten weiterhin sinnlos«, stotterte er, ohne die Augen von Ayré zu lassen. »Sehr geschickt, To'xie.«

»Wir könnten dir helfen, es herauszufinden«, fuhr To'xie genüsslich fort.

»Aber ...«

Ayré trat zurück. »Kein Aber! Hör endlich auf, dich herauszureden! Deine Unwissenheit ist gefährlich, das hast du doch gestern gesehen. Die Botos werden dich sonst zu sich holen, ob du willst oder nicht. Wir müssen die Wahrheit herausfinden!«

»Wie sähe denn diese Hilfe aus? Soll ich über einen Abgrund balancieren? Für dich würde ich es tun.«

To'xie schlug ihm auf die Schulter. »Oh, es ist ganz gefahrlos«, lachte sie.

»Klingt absolut überzeugend.«

29.

»Dies ist der Weg zu den Geistern.« Upiramé reichte Hardo ein Röhrchen mit einem Pulver. »Du musst es einatmen.«

»Einatmen?!« Mit Verlaub, der kleine Kerl war wahnsinnig.

»Du wirst einen kurzen Schmerz spüren. Danach wirst du dich von der irdischen Welt lösen, und dein Totemtier wird dich mitnehmen.«

»Aber ich habe ja gar kein Totemtier.«

Der Häuptling legte die Fingerspitzen aneinander, als habe er einen begriffsstutzigen Schüler vor sich. »Wenn du ein Boto bist, wäre der Boto dein Totemtier. Genau das wollen wir ja herausfinden. Außerdem bin ich überzeugt, dass auch *Andere* Totemtiere haben können. Sie wissen es nur nicht.«

Der Häuptling entzündete eine lange Pfeife und paffte los. Dann reichte er sie an die anderen Männer weiter.

Schon bald tränten Hardo die Augen. Ayré begann ihn mit roter Paste zu verzieren. Mit ihrem Zeigefinger malte sie einen Delfin auf seine Brust. »Es ist so weit«, murmelte sie in sein Ohr. Ihm war, als hauche sie einen Kuss auf seine Ohrmuschel.

Upiramé machte eine auffordernde Geste. »Jetzt. Du musst es schnupfen, so viel und so schnell wie möglich. Ayré wird dich stützen.«

Sie kniete dicht neben ihm und hielt seinen Kopf im Nacken. Er hob die Phiole an die Nase, sprach in Gedanken ein Stoßgebet und schnupfte.

In seiner Nase explodierte ein Feuerball. Was er spürte, war die Mutter allen Schmerzes.

»Cocina!« Ayré winkte unauffällig. Sie war am Eingang des Frauenhauses stehen geblieben. Überall in den aufgespannten Hängematten schaukelten Frauen und Mädchen, flochten Körbe, bastelten Schmuck aus Federn oder knackten Nüsse. Dabei unterhielten sie sich über To'xie und das bevorstehende Abendessen. Ayré erinnerte sich daran, wie sie einmal ein junges Krokodil gefangen und heimlich hinter den sitzenden Frauen freigelassen hatte. Ihre Stellung im Dorf hatte der Streich nicht verbessert.

Eine Frau – Hanica – sprang auf, machte einige Schritte auf sie zu und wedelte mit den Händen. »Du hast hier nichts zu suchen!«

Ayré trat ein wenig zurück, streckte sich jedoch und funkelte Hanica wütend an. Endlich kam Cocina und Hanica kehrte brummelnd zu ihrem Platz zurück.

»Sie übertreibt«, sagte Ayré. »Als würde ich gleich fünfzig böse Geister hier hineinschicken.«

»Wem sagst du das! Ich muss es schließlich jeden Tag mit ihr aushalten.« Cocina seufzte. »Manchmal beneide ich dich, Ayré.«

»Wieso das denn?«

»Na ja, du kannst kommen und gehen, wann du willst, und bist niemandem etwas schuldig.«

»Dafür hocke ich jede Nacht allein in meiner Hütte.« Zumindest war das früher so gewesen. Ayré lächelte.

Cocina warf ihre hüftlange Haarpracht zurück. »Ich weiß. Das, was man nicht hat, hat einen besonders verführerischen Duft. Aber du bist doch nicht gekommen, damit wir jetzt klug daherschwätzen wie zwei alte Großmütter? Was gibt's?«

»Ich brauche Kakao. Kannst du mir welchen geben?«

Das war nämlich die Kehrseite ihrer Unabhängigkeit. Sie musste auf Kakao verzichten. Weil niemand ihr etwas so Kostbares gab.

»Ich dachte, so etwas kriegst du in der Siedlung?«

»Kein Sticheln jetzt, Cocina, ich habe keine Zeit.«

»Ich stichele doch nicht!« Cocinas Seufzen klang geradezu verzweifelt. »Aber Zaé wird mir die Haare büschelweise ausreißen, wenn sie das mitkriegt. Wofür brauchst du den Kakao?«

»Für Hardo.«

Cocinas Augen blitzten. Was war das, was Ayré in ihnen las? Doch nicht etwa Eifersucht?

»Warte, ich schaue, was ich tun kann.« Cocina verschwand im Frauenhaus und kam mit einem Becher zurück.

»Danke.« Ayré nahm das Gefäß und wollte gehen, doch sie zögerte. »Sag mal … stört es dich, dass Hardo … und ich …«

Cocina legte den Kopf schräg. »Was meinst du?«

»Nun, du hättest es doch lieber, wenn ich mit Nyaci die Hütte teilen würde.«

»Ach, Ayré.« Cocina seufzte wieder und in ihrem Blick lag eine Sehnsucht, die Ayré nicht an ihr kannte. »Du kannst dich glücklich schätzen, dass zwei Männer dich so begehren. Weißt du, Hardo ist auch so etwas, um das ich dich beneide.«

»Was sagst du da?«

»Nicht so, wie du jetzt denkst. Ich meine, ich beneide deinen Mut, mit ihm zusammen zu sein. Jetzt geh schon, bevor Zaé mir noch in den Rücken springt.« Sie gab Ayré einen Schubs, und die machte, dass sie davonkam.

Als sie ihre Hütte betrat, lag Hardo in seiner Hängematte, so wie sie ihn zurückgelassen hatte. Er war völlig verschwitzt. Benommen hob er den Kopf, als sie eintrat.

Sie schlüpfte unter das Moskitonetz, das sie eigens für ihn besorgt hatte. To'mo hockte neben Hardo und glotzte ihm ins Gesicht.

»To'mo! Das ist unhöflich.« Sie gab dem Äffchen einen sanften Schubs, sodass es schimpfend von der Matte sprang. Kopfüber am Dach hängend schaukelte es hin und her und glotzte weiter.

»Er mag mich nicht«, brummte Hardo. »Kann ich ihm nicht verdenken. Ich muss einen ziemlich großen und merkwürdigen Rivalen für ihn darstellen. Aber bis jetzt hat er mir noch nicht auf den Kopf gepinkelt.«

Sie kauerte sich neben ihn und berührte seine Stirn. »Du hast wieder Fieber.«

»Das ist nichts gegen die Tortur mit dem Pulver, die ich durchgemacht habe. Wobei diese wiederum nicht mit den Tagen im Dschungel mithalten kann. Ich schließe daraus, dass sich mein Leben schrittweise verbessert.«

Sie grinste. »Solange du so redest, kann es dir nicht schlecht gehen.«

Hardo war in einen Fiebertraum gesunken, kaum dass

er das Echsengift in die Nase gesogen hatte. Er hatte sich auf der Matte gewälzt, Laute ausgestoßen, die Hände zu Fäusten geballt. Upiramé hatte verlangt, dass sie seine Worte übersetzte, doch er hatte deutsch gesprochen, eine ihr unverständliche Sprache. Danach hatte er einen halben Tag in ihrer Hütte geschlafen.

»Hast du wirklich nichts gesehen?«, fragte sie.

»Na ja, geträumt schon.« Er hustete. »Ziemlich wirr. Aber nicht von Botos. Mir ist schon wieder schlecht.«

Gierig trank er von dem Wasservorrat. Dann schnupperte er an dem Becher.

»Das ist Kakao«, erklärte sie.

»Oh, das kenne ich!« Erfreut nippte er daran und krauste die Stirn. »Bei uns daheim trinkt man das allerdings mit viel Zucker. Das hier sieht genauso aus, ist aber recht bitter.«

»Es stärkt dich.«

»Danke.« Er war erschöpft, dennoch strich er ihr eine Strähne aus dem Gesicht und lächelte sie an. Es rührte sie zutiefst. Sie hauchte einen Kuss auf seine Lippen.

»Was ist?«

Er war zurückgezuckt. »Ich kann doch nicht gerade nach Kölnischwasser duften. Oder?«

»Hm.«

»Frag mich, was ich mir wünsche.«

»Was wünschst du dir?«

»Ein Bad!«

Sie half ihm, aufzustehen und aus der Hütte zu treten. Er blinzelte gegen die Helligkeit an und sah sich wachsam um. Es war kein Tag wie jeder andere im Stamm der Ojanimete. Bunt bemalt und über und über mit Blüten und Federn geschmückt, hockte To'xie in der Mitte des Dorfplatzes, wo die Frauen gewöhnlich ihre Arbeiten verrichteten und Kochfeuer unterhielten. Fast alle Frauen umschwirrten To'xie, reichten ihr Brettchen mit fetten Raupen und glänzenden Früchten, fächelten ihr Luft zu und überboten sich mit Geschwätz. To'xie winkte Ayré und Hardo freundlich zu.

Ayré spürte, dass etwas anders war: Ihre Stellung im Dorf hatte sich verändert, seit Hardo hier war. Er war wichtig, auch wenn niemand so recht wusste, inwiefern.

Da bemerkte sie aus den Augenwinkeln eine Gestalt am Waldrand. Als sie genauer hinsah, war die Erscheinung verschwunden. Ayré war, als sei es Nyaci gewesen. Sicher war sie nur, dass derjenige einen bitterbösen Blick herübergesandt hatte. Zu ihr? Oder zu Hardo?

Ich werde töten.

Das hatte der Blick gesagt.

30.

Hardo trank das schale Wasser und schaufelte es sich über den erhitzten Kopf. Dann watete er in den Bach. Irgendwelche Gefahren in der Nähe? Wäre es so, hätte Ayré ihn schon gewarnt. Ihm war es auch fast egal. Der Länge nach glitt er ins Wasser. Um ihn trübes Grün. Partikel schwebten, fingen das Sonnenlicht ein. Irgendwo weiter unten glitzerte etwas. Ayré würde denken, es sei Encante.

Er tauchte unter. Auch er schwebte. Die Übelkeit fiel ab. Er dachte an seinen vom Echsengift hervorgerufenen Traum, in dem ihn dieses Wasser ebenfalls umschlossen hatte. In der Ferne hatte er kleine Wesen gesehen – Meerjungfrauen wie aus dem Traum eines Matrosen? Sie hatten ihm zugewinkt, und eine war näher gekommen; ihr schwebendes Haar hatte ihr freundliches Gesicht eingerahmt. *Da bist du ja endlich*, hatte sie gesagt. *Wir warten alle schon so lange. Wir sind hier, weißt du? Hier …*

Er hatte Musik gehört, äußerst fremdartige Musik.

Ob es Stimmen oder Instrumente waren, hätte er nicht sagen können. Aber eins hatte er gewusst: Die Wesen waren ihm nicht feindlich gesinnt.

Anders als Nyaci. Er hatte ihn seit dem Kampf nicht mehr gesehen. Und doch wurde er das Gefühl nicht los, dass er sich vor diesem Kerl in Acht nehmen musste.

Hardo spürte Grund unter den Füßen Er stieß den malträtierten Kopf außer Wasser und richtete sich wieder auf. Ayré hockte am Rand. Er stakste zu ihr.

»Kann ich dich etwas fragen, Ayré?«

»Natürlich.«

»Warum hat Nyaci hier so viel zu sagen? Wenn er doch gar nicht zu euch gehört?« Wurde sie etwa rot? Auf jeden Fall hielt sie den Blick auffällig gesenkt. »Ayré?«

»Er wollte mich in seine Hütte holen.«

Tatsächlich? Ein fieser kleiner Stachel bohrte sich in seinen Magen, während Ayré ihm stockend die ganze Geschichte erzählte. Von einem Gespräch in Upiramés Hütte, wo Nyaci zum ersten Mal aufgetaucht war. Nyaci, der ihr am Fluss aufgelauert hatte. Der sie zur Baustelle geschickt hatte, um ihn, Hardo, beim Kämpfen zu beobachten. Hardo ballte die Hände zur Faust.

Ayré schwieg und sah ihn endlich an. »Ich will ihn nicht. Ich will nur dich.«

Der Stachel zog sich zurück. Er hatte keinen Grund,

eifersüchtig zu sein. Und er musste Nyaci auch nicht zum Duell fordern. Ayré war kein hilfloses Mädchen, das einen Beschützer brauchte. Sie konnte auf sich selbst aufpassen. Hoffentlich sah Nyaci das genauso.

Hardo lächelte. »Komm, lass uns zurück in die Hütte gehen.«

Es war mitten in der Nacht, als Ayré ihn leise weckte.

»Jemand schleicht um die Hütte«, flüsterte sie. Während er noch mit der Hängematte kämpfte, sah er sie als dunklen Schemen vor dem Eingang stehen.

Er tastete nach ihrem Speer. Verflixt, wo hatte sie das Ding abgestellt? Von draußen vernahm er nichts, jedenfalls nichts anderes als das, was der Dschungel nachts von sich gab. Aber ihr Gehör war zweifellos besser geschult. Geduckt näherte sie sich dem Bastvorhang.

»Wer ist da?«, rief sie halblaut.

Hardo war mit geballten Fäusten hinter ihr. Er sah einen großen Schatten, und das Mondlicht ließ kurz einen metallenen Gegenstand aufleuchten. Es war der Lauf einer Feuerwaffe. Hardo packte Ayrés Schulter und warf sie mit sich zu Boden. Im Fallen trat er nach dem Mann und traf ihn am Knie. Der stolperte einige Schritte zurück.

Wer immer es war, er rannte fort. Hardo schnappte sich die fallen gelassene Waffe und zog Ayré zurück in die

Hütte. Erst hier wagte er es, zu atmen. Ayré holte Glut aus einem Topf und entzündete einen Holzspan.

»Das ist eine Pistole«, sagte sie erstaunt.

»Nein, ein Revolver.« Er starrte auf den »Peacemaker«-Colt in seiner Hand. »Es ist meiner. Natürlich, man hatte ihn mir abgenommen.« Er klappte die Trommel auf. »Leer wie vorher schon. Anscheinend wusste der Kerl nicht, dass man zum Töten eine Kugel braucht.«

Er blickte in Ayrés besorgtes Gesicht. Mit spitzen Fingern nahm sie ihm die Waffe aus der Hand und steckte sie in einen Tontopf. »Lass uns wieder in die Hängematten gehen«, sagte sie.

An Einschlafen war jedoch nicht mehr zu denken. Er lauschte seinem Herzschlag. Und ihrem angespannten Atem, der verriet, dass auch sie kein Auge zutat.

Hier auf dem Felsen am See kamen ihr die Ereignisse der vergangenen Nacht wie ein böser Traum vor. Es war schön, in seiner Nähe zu sein und ihn so entspannt zu sehen. Er lag auf dem Rücken und hatte eine Hand im Nacken. Die andere ruhte auf ihrer Schulter. Sie hatte einen Arm über seine Brust gelegt und betrachtete diesen schönen, fremdartigen Mann. Jener Kolibri dort, würde er jetzt vor ihrer Nase herumflattern, hätte nicht faszinierender sein können.

»Harmlos?« Er zeigte ihr ein längliches Blatt, das er neben sich ausgerissen hatte.

»Harmlos.«

Er steckte es sich in den Mund und begann darauf herumzukauen.

»Denkst du nach?«, fragte sie.

»Ich versuch's. Und du?«

Seufzend legte sie die Wange an seine Brust. »Ich versuche es mal zur Abwechslung nicht.«

Der Nachthimmel war tiefschwarz. Nur die Sterne funkelten wie die Augen Abertausender, in der Dunkelheit verborgener Spinnen. Sie verdichteten sich zum hellen Körper der Himmelsanakonda. Würde Ayré sich aufrichten, so könnte sie den glitzernden Ta-ri-tupa dort unter sich sehen, ebenso milchig wie die Sterne. Irgendwo setzte ein Affe zu einem Gesang an. Neben Ayrés Ohr summte es, und sie hörte ein Klatschen, als Hardos Hand nach der lästigen Mücke auf seiner Brust suchte. *Tausend Mückenstiche*, dachte sie, *jeder steht für den Frieden des Waldes. Dafür, dass wir hier sein dürfen. Dafür, dass alles andere weit fort ist*. Hier oben auf dem Felsen gab es nur sie und Hardo. Die Natur umhüllte sie wie einen schützenden Kokon. Dort unten gab es nur Probleme. *Keine Lust, dran zu denken …*

Natürlich gingen die Gedanken trotzdem auf Wanderschaft. Wie konnte es sein, dass sie sich einem *Anderen* so viel näher fühlte als je einem Menschen zuvor? Weil sie so isoliert gewesen war? Oder weil er ein Boto war, der sein Zaubernetz nach ihr auswarf?

Brauchte es eine Erklärung? Er war hier und sie liebte ihn. Genügte das nicht? Ihre Finger ertasteten seine feuchte Haut, sein Schlüsselbein, die Stoppeln auf dem Kinn und den Wangen. Auf Ava-Art – mit zwei gespannten Grashalmen – hatte er vergeblich versucht, sich zu rasieren. Sie berührte seine rauen Lippen und fuhr dann mit ihren Fingerspitzen über seine geschlossenen Lider. Er brummte vor Genuss.

Plötzlich war seine Hand auf ihrer; er führte sie zurück zu seinem Mund. Seine Lippen erzeugten einen prickelnden Schauer auf ihrer Haut, der ihren ganzen Körper erfasste. Seine Hand glitt ihren Arm entlang, fand ihre Schulter und zog sie sanft näher. Sein Atem strich über ihr Gesicht, brachte jedes einzelne so winzige Härchen zum Schwingen. Hinter den Geräuschen des Waldes meinte sie eine leise Trommel zu hören. War das ihr Herz? Oder war es … tiefer?

Die Antwort erklang, als seine Zunge zwischen ihre Zähne schlüpfte und die ihre sanft liebkoste. Ihre Finger suchten Halt, fanden ihn in seinem Haar.

»Ayré … bist du …«, er sprach tief und rau, »dir sicher?«

»Ja, Hardo.« Sie war sich dessen sicher, was er meinte, und was ihr Herz und ihr Körper wollten. So viele Gefahren um sie herum – wenn nicht jetzt, wann dann?

Seine Antwort war ein noch festerer Druck, ein noch tieferes Atmen. Ein noch intensiveres Gefühl der Glückseligkeit. Das Trommeln erfasste sie ganz. Sie vergrub die Finger tiefer in seinem Haar und schlang ein Bein um seine Hüfte. Intuitiv wusste sie, wie sie ihm noch näher sein konnte. Sie staunte über ihr Wissen, das so tief in ihr verwurzelt war wie die Bäume in der Erde des Dschungels.

31.

Er hielt ein Mädchen im Arm, das ihm Zugang zu einer Welt gewährt hatte, die ihm so bisher verborgen geblieben war. Er lauschte ihren schläfrigen Atemzügen und vergrub seine Nase in ihrem duftenden Haar.

Alles war anders. Das hatte er auch vorher gewusst, doch jetzt war es besiegelt. Schwarz auf weiß, Tinte auf Papier, ein Zeugnis, auf dem stand: *Dein altes Leben taugte nichts, sieh es ein. Jetzt hast du ein neues. Behandle es gut.*

In Gedanken sprach er mit seinem Vater. *Vater, ich bin gekommen, um dir Lebewohl zu sagen. Ich bleibe bei Ayré.*

Konnte er das? Für immer in diesem Land leben? Noch vor Kurzem war ihm dieser Gedanke völlig abartig erschienen. *Vater, es war unnötig, dass ich dir und mir solche Schwierigkeiten gemacht habe. Es war falsch, Blankwitz wegen Charlotte zu schlagen …*

Das würde er gerne sagen.

Vater, es tut mir leid.

Ja. Das tat es.

Aber es kam alles, wie es kommen musste. Er spürte eine neuartige Gelassenheit. Er hatte Ayré gewonnen, sie war sein. Der Zauber dieses Augenblicks, hier oben auf dem Felsen, war unbeschreiblich. Über ihnen funkelte die Himmelsanakonda, wie man hier die Milchstraße nannte. Ayré schlief erschöpft in seinem Arm. Er schloss die Augen. Er dachte an den toten Indio. Einen ihm fremden Mann, den er auf dem Gewissen hatte. Er sah Nyaci und To'xie streiten, sah Ayré in ihrer Hütte, sah sich selbst in der Grube hocken und zwischen Delfinen schwimmen … Er ließ sich weiter fallen und wusste, dass er den Grund erreicht hatte, als er die Verlorenen Frauen sah.

»Das hier musst du unbedingt probieren. Es kann dich zu den Göttern tragen.«

»Mag sein, aber es ist mir viel zu scharf.«

»Dann dieses? Es ist milder, sorgt aber für einen hübschen Rausch.«

»Das Leben ist mir Rausch genug.«

»Und dies? Es bringt alte Säfte zum Kochen.«

»Und wer soll die meinen ablöschen, alter Mann?«

Upiramé und To'xie schaukelten Seite an Seite. Sie

wirkten wie ein verheiratetes Paar, und Ayré dachte, dass To'xie dem Dorf gut zu Gesicht stand. Upiramé war zu sehr von seinen Drogen und seinen Frauen berauscht.

»Sag mal, To'xie, was hältst du von Nyaci?«

»Da hast du einen goldhaarigen Gefangenen, einen *Anderen*, und fragst mich, wie ich Nyaci finde? Frag mich doch stattdessen nach Hardo.«

»Von mir aus. Wie findest du Hardo?«

»Also, wäre ich noch eine junge Frau … Oh, da ist ja Ayré.«

Ayré hatte sich schon gefragt, wann die beiden ihre Anwesenheit bemerken würden.

»Wärst du eine junge Frau, würde der *Andere* dich trotzdem keines Blickes würdigen, weil er seine blauen Augen auf Ayré geworfen hat«, ergänzte Upiramé. Er winkte Ayré heran, und sie kniete sich vor den beiden auf die Matte. »Was möchtest du, Ayré?«

»Hardo …«

»Haha, hatten wir's nicht gerade von ihm?«

»Hardo …«

»Von Männern im Allgemeinen und einigen besonderen.« To'xie nickte. Sie hatte eine Schale mit in Honig eingelegten Obststücken auf dem Schoß. Finger und Gesicht waren verschmiert wie die eines glücklichen Kindes.

»Hardo …«

»Ja? So rede doch, Ayré!«

»Er bittet um seine Freiheit«, sagte Ayré.

Für einen kurzen Augenblick war selbst To'xie zu verblüfft, um zu sprechen. Upiramé stoppte die Schaukelei mit dem Fuß und neigte sich neugierig vor. »Wie kommt er dazu?«

»Er hat einen Verdacht, wo die Verlorenen Frauen sein könnten. Er bittet dich, ihn von dem Schwur zu entbinden.«

»Will er denn danach wiederkommen?«

»Ja.«

Ungnädig verzog Upiramé das faltige Gesicht. »Eine so lange Zeit sind sie nun fort. Der Gelbhaarige ist erst seit Kurzem in diesem Land; es ist ihm fremd. Wie kann er das wissen?«

To'xie schwieg noch immer. Upiramé warf ihr einen fragenden Blick zu. »Lass ihn gehen«, sagte sie.

»Nein.«

Ayré fuhr herum. Nyaci. Wieso mischte er sich ein? Was tat er hier?

»Du darfst den Fremden nicht gehen lassen, Kazike.« Selbstbewusst trat er näher heran. Er roch nach Wasser. Frisch, ein wenig erdig, würzig – als habe er im See gebadet. »Du solltest ihn wieder wegsperren. Sofern du dich nicht zu dem durchringen kannst, was das Beste wäre.«

»Du meinst, ihn zu töten?«, fauchte Ayré.

»Er selbst hat getötet. Jäger töten und werden getötet.«

»Er bleibt am Leben«, erklärte Upiramé.

»Er ist ein Weißer! Einer der *Anderen*!« Nyaci ballte die Fäuste. »Ihr dürft ihm nicht vertrauen, er wird euch alle vernichten.«

»Unsinn!« To'xie fuchtelte empört mit ihren fleischigen Armen. »Du bist eifersüchtig auf ihn! Was bildest du dir ein? Du bist doch selbst ein Fremder ...«

»Du gehörst genauso wenig hierher wie ich.«

»*Du* jedenfalls bildest dir viel zu viel ein, Nyaci!«, schrie Ayré. »Ich werde niemals deine Frau! Nicht einmal dann, wenn du mich raubst!«

»Ich würde dich niemals rauben, Ayré«, sagte er ruhig. »Der Weiße plant längst, weiterzutöten«, wandte er sich erneut an Upiramé. »Wenn du mir nicht glaubst: Geh in Ayrés Hütte und such nach seiner Waffe.«

»Was?« Ayré schluckte. Der Zorn schnürte ihr die Kehle zu. Woher wusste er ... Er war derjenige gewesen, der um ihre Hütte geschlichen war! »Du darfst ihm nicht glauben, Kazike!«

Upiramé aber winkte bereits nach einem der Krieger und erklärte ihm, wonach er in Ayrés Hütte suchen sollte. Huakehue nickte und trabte los. In Ayré arbeitete es. Es war überhaupt nichts dabei, eine Waffe zu haben. Selbst wenn es eine so fremdartige war. Hatte Hardo nicht gesagt, dass sie gar nicht zu gebrauchen sei?

Huakehue kam zurück. Er hatte einen Stecken durch die runde Öse unterhalb des Revolvers geschoben, um ihn nicht anfassen zu müssen.

Upiramé beugte den Kopf darüber. »Man kann das Böse darin förmlich spüren …«

»Ich habe noch nie eine Waffe gesehen, die so harmlos wirkt«, widersprach To'xie.

»Sie ist weitaus gefährlicher als ein Speer oder ein Messer«, sagte Nyaci in seiner ruhigen Art, die Ayré inzwischen zur Weißglut brachte.

»Kazike! Die Waffe war nur in meiner Hütte, weil …«

»Schweig! Auf dich zu hören bringt uns nur weiter in Schwierigkeiten.«

»Aber die Verlorenen Frauen!«

»Schweig, Ayré.«

Statt auf sie wollte er lieber auf einen Fremden hören. Sie war eben immer noch Ayré, die Verstoßene, die seltsame Dinge tat und ein seltsames Leben führte.

»Huakehue, sorge dafür, dass Hardo zurück in den Käfig gesperrt wird. Und jetzt geht! Mein Backenzahn macht mir zu schaffen.«

»Den zieh ich dir, keine Sorge!« To'xie schnaubte zornig wie ein Jaguar. Ayré machte, dass sie hinauskam.

32.

Ayré kramte in ihren Schalen. Wann hatte sie dieses Blasrohr zuletzt benutzt? Es war eine Waffe, deren Gebrauch sie nicht allzu gut beherrschte. Sie entschied sich dagegen und nahm ihren Bogen von der Wand. Aus dem Köcher holte sie zwei Pfeile und aus einem Topf einen gut verschlossenen Tiegel. Sie kratzte das Wachs ab und hob den Deckel. Die eingedickte, milchige Flüssigkeit darin war kein tödliches Pfeilgift. Es betäubte nur, allerdings mit der Schnelligkeit einer Schlange. Ayré tauchte die Pfeilspitzen hinein.

Rasch band sie ihr Haar zurück und tarnte Gesicht und Körper mit Ruß. Dann schob sie sich die beiden Pfeile zwischen die Zähne, schnappte sich den Bogen und schlich aus der Hütte.

Es war finstere Nacht. Der Mondgott verbarg sich, doch die Himmelsanakonda schlängelte sich über das Firmament. Der Geruch nach angebranntem Essen und vergorenem Guavensaft hing in der Luft. Vertraut war das Schnarchen, das ringsum aus den Hütten drang. Vertraut waren das Glimmen der Glut auf dem Dorfplatz und das der Glühwürmchen am Waldrand. Ebenso das leise Grunzen der Schweine und Ziegen. So friedlich, und doch – es fühlte sich anders an. Als trete sie aus einem Bild heraus, einem großen Schnitzwerk, hinein in ein anderes, ein anderes Dasein.

Dann sah Ayré sie: zwei hochaufragende Schemen. Wachende Krieger. Sie standen ganz in der Nähe des Käfigs. Ayré konnte nicht erkennen, ob sie ihr oder dem Wald zugewandt waren. Sie schlich sich möglichst nah heran. Sie glaubte, Huakehue und Puya zu erkennen. Beide waren stark und flink. Das Betäubungsgift wirkte zwar schnell, sie jedoch wäre in jedem Falle zu langsam. Sobald der eine getroffen war, würde der andere Alarm schlagen, noch bevor sie den zweiten Pfeil abgeschossen hatte.

Hinter einem Hütteneck, von einem Maniokstrauch verborgen, legte sie den ersten Pfeil an. Der Überraschungseffekt würde ihr in jedem Fall zugutekommen. *Großer Tupan, mächtige Yacurona, bitte helft mir. Großer Gott der Weißen, bitte hilf Hardo. Helft uns. Lasst uns zueinanderfinden.* Mit gespanntem Bogen richtete sie sich auf. Im Schatten verborgen, war sie dreißig lange Schritte von Huakehue entfernt. Der Gedanke, sie könne ihn verfehlen, war ihr noch nicht gekommen. Erst jetzt! Ihre Hände begannen zu zittern.

Schnell, du musst, du musst …

Heute waren es Zikaden, die ihm vergebens ein Schlaflied zu singen versuchten. Sollte er noch einmal einen Ausbruchsversuch wagen? Der vorige hatte ihm deutlich gezeigt, wie aussichtslos das war. Und danach bekäme er bei Upiramé niemals mehr einen Stein ins Brett. Nein, er würde warten. Hoffen, dass der Häuptling sich morgen eines anderen besann.

Seit Stunden hockte er grübelnd im Käfig. Kaum etwas ersehnte er mehr als die Morgendämmerung. Nur Ayrés Erscheinen. Er malte sich inbrünstig aus, dass sie ihn herausholte und sie beide ans Ende der Welt flohen. *Meinetwegen nach Encante*, dachte er.

Was war *das*?

Ein schmerzerfülltes Keuchen. Schritte. Jemand zischte: »*Baixo!* Leise!«

Keller?!

Stille.

Hardo presste das Gesicht ans Geflecht. Bestimmt hatte er sich dieses Zischen nur eingebildet. Lange geschah nichts. Minuten vergingen. Dann ruckte das Seil. Jemand kletterte herauf, stieg auf den Käfig und machte sich an den Knoten zu schaffen. Leises Fluchen auf Portugiesisch und Deutsch folgte. Plötzlich hob sich knarrend die Öffnung.

»Raus mit Ihnen, Dornheim.«

Völlig verblüfft gehorchte Hardo. Kurz darauf sprang Keller neben ihm herab auf die Erde.

Die beiden indianischen Wächter lagen am Boden. Fünf, sechs Männer, *weiße* Männer, schwärmten mit ihren Flinten im Anschlag aus. Wie hatten sie die indianischen Posten klammheimlich umbringen können? Der widerliche João gab die Antwort, indem er sich neben die Toten kniete, zwei Wurfmesser aus ihren Nacken zog, das Blut an ihren Schurzen abwischte und die Klingen in seinen Gürtel steckte.

Noch schlief das Dorf. Doch ein Schuss nur …

Keller klopfte Hardo auf die Schulter. »Sie Früchtchen. Waren ja ganz schön umtriebig, hm? Wie hat's geklappt mit meinem Auftrag?«

»Was war der noch gleich?«

»Das Land lieben zu lernen. Schätze, da haben Ihnen die Indios einen Strich durch die Rechnung gemacht.«

Hardo ging zu den Toten. Diese Männer waren seine Wächter gewesen, seine Feinde. Aber sie waren Menschen mit einem eigenen Schicksal. »Um Gottes willen, Keller, lassen Sie das Dorf in Ruhe! Sie dürfen diesen Menschen nichts tun.«

Trotz der Düsternis sah er Kellers Augen ärgerlich aufblitzen. »Mir liegt nichts am Töten. Wir sind hier, um Sie herauszuholen, Mann! Da war das«, er nickte zu den Leichen, »leider unvermeidbar. Ich war mir eigentlich sicher, Sie hätten sich davongemacht. Stattdessen hängen Sie da oben wie ein Regenwurm am Angelhaken.«

»Ich will nicht, dass noch mehr Menschen sterben. Es hat sowieso schon viel zu viele Tote gegeben.«

»Sie könnten sich ein bisschen dankbarer zeigen. Heute Nacht kam ein Indio in die Siedlung und sagte, er würde uns dorthin führen, wo Sie gefangen gehalten werden. Wir haben uns sofort auf den Weg gemacht.« Mit seinem beeindruckenden Kinnbart wies Keller auf einen Mann, der weiter abseits stand. »Der da war's.«

Nah am Wald wartete jemand, der auf diese Entfernung schwer zu erkennen war. Hardo musste sich anstrengen. An der stattlichen Gestalt erkannte er schließlich den größten Indio, den er bisher gesehen hatte, von dem Moxo, Joãos Kettenhund, einmal abgesehen. Nyaci. Nyaci wollte Hardo loswerden. Er wollte Ayré für sich. Der weiße Rivale sollte verschwinden. Selbst um den Preis, das Dorf zu gefährden.

Der alte Zorn brandete Hardos Kehle hoch. »Eine so … *billige* Lösung hätte ich nicht einmal dir zugetraut, Nyaci«, presste er zwischen den Zähnen hervor. Am liebsten hätte er es quer über den Dorfplatz gebrüllt. Aber für Zorn war keine Zeit. Noch einmal rüttelte er Keller an der Schulter. »Pfeifen Sie Ihre Leute zurück und lassen Sie uns verschwinden. Bevor die alles *noch* schlimmer machen.«

Ruhig ließ Keller den Blick über das Dorf schweifen, doch auch er war sichtlich angespannt. »Für Dummheiten sind doch wohl Sie zuständig, Dornheim.« Er winkte seine Leute heran. »João, Rodrigo, Luis! Wir verschwinden.«

»Ich komme nach«, sagte Hardo.

»Sind Sie verrückt, Mann?!«

»Ich muss noch etwas klären.«

»Dornheim! Sie gottverdammter Idiot!«

Das war er, aber was half es? Er musste zurück zu Ayré. Er musste sie wecken, sie holen, sie vor Nyaci warnen – und er musste vor allem eines: jetzt bei ihr sein. Vielleicht gab es keinen Grund zur Furcht, denn sie wusste sich Nyaci gegenüber zu behaupten. Er nahm an, dass Nyaci ihn beobachtete. An Ayrés Tür drehte sich Hardo um. Den Indio hatte er aus den Augen verloren – schlich der sich gerade von hinten an? Dafür sah er, dass zwei von

Kellers Leuten dessen Befehl ignorierten. Neugierig huschten sie über den Platz, erhofften sich wohl Beute. Ein Wunder, dass immer noch keiner der Oja-nimete erwacht war.

Eine Frau schrie. Ein Schuss knallte. Hardo stürzte in Ayrés Hütte. Sie war leer.

Draußen brüllte Keller auf Portugiesisch, dass niemand mehr schießen solle. Upiramés schläfrige Stimme ertönte. Dazu die wütende, äußerst wache von To'xie. Wo war Ayré? Hardo rannte ins Freie. Er sah die schwarzen Schemen hin und her hastender Indianer. Keller schoss in den Himmel; das Mündungsfeuer erhellte wie ein Blitz die Szenerie. »Aufhören! Männer! Aufhören! Ich lasse jeden am nächsten Baum aufknüpfen, der noch einmal schießt und nicht *sofort* herkommt, bei Gott, ich schwöre es!«

Ein Mann lag am Boden. Ein Indio. Hardo stürzte zu ihm und fiel an seiner Seite auf die Knie.

Unverkennbar, selbst im Dunkeln. Nyacis helle Zähne schienen ein Lächeln anzudeuten, als er den Kopf in Hardos Richtung drehte. Die Hände hatte er über dem Unterleib ineinandergekrallt.

»Diese Schweine.« Hardo staunte, denn das Krächzen kam aus *seiner* Kehle. »Stirb nicht, hörst du? Die haben es nicht verdient, dass du stirbst.« *Nicht einmal du*, fügte er in Gedanken hinzu.

»Ich … sterbe nicht.« Nyacis Stimme war nur ein Hauch. »Jedenfalls nicht … so … schnell.«

»Wo ist Ayré?« Hardo stütze Nyacis Kopf.

»Ich … weiß es nicht. Fort.« Nyaci keuchte. Das Reden schien ihn anzustrengen. »Keller versprach mir, nur dich zu holen und … niemanden zu töten. Und dann … lass mich sagen, dass … ich es war, der euch … angegriffen hat … im See.«

»Du meinst …« Nein, das konnte Nyaci nicht meinen. Der Angriff im See? Das war ein Delfin gewesen! Hardo erwiderte Nyacis Blick, und plötzlich sah er die kalten Augen des Botos vor sich.

Nyaci stöhnte vor Schmerzen. Hardo lehnte sich vor, um seinem Atem zu lauschen. Eine Schusswunde im Bauch … So etwas überlebte man selten, erst recht nicht im Dschungel.

In seinem Kopf wirbelten die Gedanken durcheinander, einer verworrener und absurder als der andere. Konnte es wahr sein …? Erst als er eine Hand auf der Schulter spürte, entsann er sich wieder dessen, was um ihn herum geschehen war. Es war heller geworden. War das etwa schon die Tropendämmerung, die den Morgen erhellte? Nein, irgendwo hatte jemand eine Fackel entzündet. Der Mann, der über ihm stand, war nicht Keller. Der hatte seine Männer um sich versammelt und hielt die Flinte schussbereit, doch mit dem Lauf zum Boden.

Es war Upiramé, der jetzt langsam neben ihm in die Knie ging und schließlich – Hardo glaubte die Knochen knarren zu hören – niedersackte. Er sprach einige Worte, die Hardo natürlich nicht verstand.

To'xie trat leise neben ihn. »Er sagt, Ayré ist verschwunden. Sie wurde mit einem weißen Mann gesehen.« Sie warf Upiramé einen Blick zu. »Er entbindet dich von deinem Schwur und fleht dich an, ihr zu helfen. Bring sie zurück, Hardo. Sonst ist auch sie verloren.«

IV.

Wassermond. Sie heißt Wassermond – der Mond, der sich auf dem Wasser spiegelt. Seine Lippen formen ihren Namen. Sie kann nichts erwidern, denn die Tränen machen ihre Stimme zittrig. Mit einer Hand schöpft sie Wasser, benetzt seine trockene Haut und gibt ihm zu trinken. Seine letzte Kraft hat er in sie verströmt, und sie ahnt, dass dieses Kind sie ewig an ihn erinnern wird. Auch wenn sie weiß, dass sie es später nicht bei sich behalten kann. Denn es wurde auf menschliche Art gezeugt. Eines Tages werden sie wieder zueinanderfinden.

Jetzt muss sie sich von ihrem Geliebten verabschieden. Sie nimmt seinen Kopf in beide Hände und küsst ihn.

Einst habt ihr uns geraubt, wispert sie. Mich und die anderen Frauen. Erst habe ich dich gehasst dafür, doch wie schnell war ich fasziniert von dir und deiner Welt ... Könnten wir diese Zeit doch noch einmal erleben! Sie war so kostbar.

Lärm erhebt sich über ihr. Noch ein Erdbeben? Es hört sich anders an. Verhaltener. Es dauert Stunden.

Tage.

Ihre Hände spüren seinen letzten Atemzug. Ihre Augen sehen einen Lichtstrahl.

Menschen. Sie räumen beiseite, was sie angerichtet haben.

Ich liebe dich, mein Goldener.

Sie lässt ihn allein. Springt auf, läuft zum Wasser und nimmt ihre wahre Gestalt an. Sie stürzt sich an den Menschen vorbei in die Tiefen des Flusses.

Hinab nach Encante.

33.

Das Wiederauftauchen von Kellers Schützling war keine große Sache in der Siedlung. Keller und seine Meute hatten Hardo dort abgeliefert und sich in Richtung Baustelle davongemacht. »Heute bleiben Sie mal schön hier, ruhen sich aus und stärken sich«, hatte ein aufgeräumter Keller zum Abschied gesagt, »und zwar ohne mir noch einmal Kummer zu machen.«

Hardo waren Kellers Worte völlig gleichgültig.

Ayré zählte. Nur Ayré.

Er ging hinüber ins Waschhaus. Es erschien ihm selbstverständlich, dass sie hier sein müsse – aber sie war es nicht. Ebenso wenig würde sie in Kellers Haus sein, um dort aufzuräumen; trotzdem wollte er nachsehen. Niemand war hier. Alles war unverändert, sogar die zahmen Aras turnten wie stets auf der Veranda herum. Er betrat seine winzige Kammer. Über seinem Seesack hatte eine giftig aussehende Spinne ein Netz gewoben. Im Moskitonetz, das Ayré für ihn befestigt hatte, hingen etliche tote Mücken, und die Brühe in den Zinkeimern, in denen die Beine seiner Pritsche standen, stank. Er dachte daran, wie er Ayré hier mit seinem Spiegel und dem Rasiermesser überrascht hatte. Wie sie sich durch das winzige Fenster gequetscht hatte, um vor ihm zu flüchten. Wie lange war das her? Seinem Zeitgefühl nach einige Monate, aber er wusste, dass er die Tage an zwei Händen würde abzählen können.

Aus dem Seesack zerrte er frische Kleidung. Als er zurück auf die Straße trat, setzte der Regen ein. Dicke Tropfen wirbelten den Straßenstaub auf. Vor dem Teehaus holte Zózimo die Korbstühle herein – sogar für den englischen Besuch war das Wetter wohl zu nass. Zum ersten Mal betrat Hardo das Innere des Teehauses. Es war düster und klamm. Tische gab es hier nicht, dafür aber eine Theke. Auf einer Seemannskiste stapelte sich das gebrauchte Geschirr vom Vortag.

Der Junge verneigte sich. »Guten Tag, Sir. Ich hab gehört, dass Sie bei den Indianern waren. Geht es Ihnen gut?«

Hardo klopfte ihm auf die Schulter. »Wusste gar nicht, dass du so fleißig reden kannst.«

Zózimo grinste und zeigte seine ebenmäßigen Zähne.

»Dann sage mir: Gibt es hier außer Tee auch etwas zu essen? Mir hängt der Magen in den Kniekehlen.«

»Sandwiches«, ertönte es hinter ihm. Hardo fuhr herum. Anthony Reed betrat die Hütte, schüttelte den Regen von seinem nassen Stetson und hängte ihn an einen Haken. »Aber genauso gut könnten Sie zwei Schuhsohlen übereinanderlegen, dazwischen ein Stück gut abgehangene Lianenrinde, obendrauf eine Kakerlake. Stimmt's, Zózimo?«

Der Boy antwortete mit einem Diener. »Tee, Sir?« Ohne die Antwort abzuwarten, huschte er hinter die Theke.

»Wie war's im Busch?« Aus seiner Jackentasche fingerte Reed eine Zigarre. Er biss das Ende ab und steckte sie sich in den Mundwinkel. »Well, man hört ja so einiges. Ist es wahr, dass man Sie lebendig über einem Feuer garen wollte?«

Hardo zuckte mit den Schultern. »Macht einen nicht gerade knusprig, aber zart, hieß es.«

Reed fluchte, als er vergebens versuchte, ein Streichholz an der Stiefelsohle zu entzünden. »Elende Feuchtigkeit«, knurrte er. »Young hat einen Tapir erlegt. Haben Sie schon mal Tapir gegessen? Das Vieh sieht aus wie der Albtraum eines Wildschweins, aber das Fleisch ist äußerst schmackhaft. Wenn Ihr Magen es bis heute Abend so um neun Uhr aushält ...?«

Perfektes Stichwort, Mr Reed. »Ich fürchte, nein. Vielmehr könnte ich einen Drink gebrauchen ...«

»Hab Sie noch nie trinken sehen.«

»Mangels Gelegenheit. Wie sieht's aus, was hat Santo Antônio in der Hinsicht zu bieten? Keller will mich sowieso dort auf der Baustelle sehen.« Eine Lüge, die Reed nur durchschaute, sollte Keller mit ihm darüber gesprochen haben. Womit nicht zu rechnen war. »Nach so viel Wildnis brauche ich etwas, ähm … Zivilisation.«

Reed lachte, dass ihm die kalte Zigarre fast aus dem Mund fiel. »Zivilisation! Good one! Aber ein Bursche wie Sie, der's in den Fäusten hat, kann sich da immerhin austoben.« Er schlug Hardo auf die Schulter. »Es gibt dort ein Kaffeehaus, eine Art Pub. Und gleich dabei ist ein kleines Bordell.«

»Ach, das ist ja interessant.« Hardo bemühte sich um einen gelassenen Tonfall. Jetzt hätte er gerne ebenfalls eine Zigarre, die ihm geholfen hätte, seine Nervosität zu verbergen. »Wie sind denn die Öffnungszeiten? Ich meine, von dem Pub.«

»Von mittags um zwölf bis Mitternacht. Aber erwarten Sie keine deutsche Pünktlichkeit.«

Zózimo brachte zwei Tassen Tee, dazu Schiffszwieback und Zucker. Reed brummte tadelnd, als er nippte. Offenbar hatte sich die Qualität des Tees nicht verbessert.

»Und was gibt's hier so Neues?«, fragte Hardo beiläufig. Die – dem Gefühl nach lange – Zeit im Busch wollte ihn glauben machen, dass hier Ungeheuerliches vor sich gegangen war. Etwa, dass man die Eisenbahnlinie aufgab, sämtliche Zelte abbrach und ihn in die Freiheit entließ.

»Hier? Läuft alles bestens. Der brasilianische Kaiser Dom Pedro hat weitere vierhunderttausend Pfund für das Projekt lockergemacht. Mit dem Brief traf ein Modell der Eisenbahn ein. Keller hatte es bestellt, um den Arbeitern zu verdeutlichen, wie wichtig ihr Einsatz ist.«

»Klingt, als sei ich tatsächlich lange fort gewesen.«

»Fühlt sich bestimmt auch so an, was?«

Hardo rieb sich über die Oberschenkel. Bisher war es ihm gelungen, seine Angst um Ayré im Zaum zu halten; jetzt, da Reed schwieg und Tee trank, sprang sie ihn an wie ein Raubtier. Er wollte, er *musste* jetzt das Thema auf die Verlorenen Frauen lenken. Nur wie?

»Reed.« Er schlug die flache Hand auf den Tisch. »Ich muss Sie etwas fragen.«

»Nicht zu übersehen, dass Ihnen etwas auf der Seele brennt.«

»Dieses Bordell in Santo Antônio … Was sind das für Frauen dort? Indianerinnen?«

»Na, Sie haben's aber jetzt eilig, was?« Reed nahm einen weiteren Schluck Tee und seufzte genüsslich. »Ja, sicher, Indiomädchen. Aber auch Brasilianerinnen. Insgesamt sieben oder acht derzeit.«

»Die sind doch nicht freiwillig dort?« Hardo entging

nicht, dass sich Reeds Miene verhärtete. Der Brite trank seine Tasse in einem Zug aus und widmete sich abermals dem Versuch, seine Zigarre anzuzünden.

»Vor etwa achtzehn Jahren verschwanden sechs Indianerinnen aus einem Dorf …«, versuchte es Hardo anders. Bei Gott, er hatte keine Ahnung, wie er dieses heikle Thema angehen sollte. Am liebsten hätte er Reed die Pistole auf die Brust gesetzt.

»Achtzehn Jahre?«, sagte Reed gedehnt. »Na, *die* sind bestimmt nicht mehr in Santo Antônio.«

»Haben Sie je etwas über diese Frauen gehört?«

»Zum Teufel, von Dornheim!« Plötzlich war Reeds speckiges Gesicht vor Wut gerötet. »Gehen Sie zu Schmidt, der hat's vielleicht in den Büchern stehen. Aber lassen Sie mich damit in Ruhe!«

»Ich hab Ayré nicht gesehen. Sie ist weg? Verschwunden?« Gotthilf Schmidt rieb sich über das stoppelbärtige Kinn. »Bestimmt ist sie bloß weggelaufen, wie ihre Freundin, die sie neulich zum Arbeiten mitbrachte. Doch sicher nicht wegen mir. Ich war streng mit ihr, aber sie hat es mir ganz sicher nicht übel genommen.«

»Sicher nicht«, Hardo winkte ab, damit der Mann Ruhe gab. »Haben Sie jetzt Bücher von diesem Kaffeehaus oder nicht?«

»Jaja, natürlich hab ich die. Es muss doch alles seine Ordnung haben. Was das betrifft, geht's hier richtig preußisch zu. Wie lange, sagen Sie, ist das her?«

»Achtzehn Jahre. Circa.«

»Das war die Zeit, als die Mission des Heiligen Antônio zerfiel. Hier, schauen Sie sich das mal an.« Schmidt zog aus seinem Regal ein zerfleddertes Buch und blätterte darin herum, bis er eine Zeichnung fand, auf der ein zerlumpter Mann abgebildet war, der über einem Feuer aus erhitzten Kautschukfäden einen Klumpen drehte. »Wenn einem die Arbeiter draußen auf der Baustelle leidtun, muss man nur an die armen Schweine denken, die den Kautschuk sammeln. Ein paar von denen habe ich im Laufe der Jahre kennengelernt. Das sind Tiere, der Busch macht sie dazu; nur auf diese Art können sie dort draußen überleben. Wissen Sie, welche Freuden so einem noch bleiben? Der Suff und die Frauen, und das haben sie damals schon in Santo Antônio gekriegt. Aber sie sind dann weiter nach Westen gezogen. Teufel auch! Die Frauen, die *jetzt* im Dorf arbeiten, haben es hundertmal besser. Weil sie es heute mit Männern zu tun haben, nicht mit Tieren.«

Hardo durchfuhr ein Zittern des Ekels. Reed wollte mit den Zuständen nichts zu tun haben, Schmidt spielte sie herunter. Beides war eine erbärmliche Methode, das Gewissen nicht allzu sehr zu beflecken. Und er, Hardo – er war ahnungslos gewesen, obwohl er es früher hätte erkennen können. Wenn er nur ein bisschen nachgedacht hätte. *Aber ich war ja damit beschäftigt, mein eigenes Schicksal zu beklagen.*

»Hier sind alte Aufzeichnungen.« Schmidt bückte sich und zerrte eine Truhe unter dem untersten Regalbrett hervor. Sie war aus verrottetem Holz, mit vollkommen verrosteten Eisenbeschlägen. Das ebenso marode Vorhängeschloss leistete keinen Widerstand, als er es abriss und den Deckel hob. »Ich habe hier noch nie reingeschaut …«

Hardo sah dicke Kladden mit modrigem Einband. Schmidt nahm eine der obersten heraus und schlug sie auf.

Unter seinen Händen zerbröselte bräunliches Papier.

»Schätze, Herr von Dornheim, dass man das nur noch verbrennen kann.«

Hardo nahm einen der Fetzen. Nichts war zu entziffern. »Jetzt kann ich niemanden mehr fragen … außer Keller vielleicht.«

»Fragen Sie Herrn Young. Frauen sind doch dessen Geschäft.«

Hardo wischte sich die staubige Hand an der Hose ab. »Ich dachte, Schmetterlinge wären sein Geschäft.«

»Durchaus. *Menschliche* Schmetterlinge. Wenn Sie verstehen, was ich meine.«

34.

Sie war ein Falke, und sie flog so schnell sie konnte. Der dunkle Horizont sah nach heftigem Regen aus. Nur noch ein kurzes Stück am großen Fluss entlang … Was war das?

Das sah nicht aus, als gehörte es hierher.

Sie schwebte über dem Wald. Endloses Grün, unterbrochen von schlangengleichen Wasserläufen, die mal das Blau des Himmels spiegelten, mal das Braun der Erde wiedergaben. Eine Welt für die Ewigkeit gemacht. Aber dort, diese Wunde – dieser gewaltige Schnitt.

Sie hörte den Wald klagen. Irgendwo in der Ferne hörte sie den sonst so starken Chullachaqui weinen. Die Menschen unter ihr eilten wie Ameisen umher. Ava, deren Seelen verstorben waren. Weiße, deren Seelen starben.

Wassermond stieß einen zornigen Schrei aus. Unten hoben sie verwirrt die Köpfe.

Ayré hatte geglaubt, die Kirche sei das größte Haus in Santo Antônio. Doch *dieses* Haus hier besaß einen Raum über dem Raum, so etwas hatte sie noch nie gesehen. Sie erinnerte sich an Geschichten, in denen *drüben* Häuser sogar fünf Räume übereinander haben konnten. Das hatte sie nicht geglaubt und vergessen, jetzt fiel es ihr wieder ein. Der Raum hier oben war mit einer geflochtenen Wand unterteilt. Hinter aufgespannten Laken schnarchten und flüsterten Frauen.

Sie selbst hockte auf dem aus Brettern grob gefertigten Boden. Die Männer, die sie hergebracht hatten, hatten auf eine zusammengerollte Matte gezeigt und gesagt, diese sei jetzt ihre. Man hatte ihr ein fadenscheiniges Kleid in die Hand gedrückt und sie allein gelassen. Man werde ihr bald zu essen geben, hieß es. Ihr Magen knurrte, doch niemals hätte sie etwas herunterbekommen.

Durch die Ritzen der Bodenbretter drang Zigarrenqualm herauf. Die Luft war durchsetzt von vielerlei Gerüchen, süßen und bitteren. Ayré konnte kaum atmen. In ihrem Magen ballte sich eine Mischung aus Ohnmacht und Angst.

Eine der Decken wurde ein Stück beiseitegeschoben. Ein Kopf erschien. Die Frau hatte ihre Haare blauschwarz gefärbt und streng zurückgebunden. Ein metallener Ring steckte in ihrer Nase, wo vermutlich einst eine Knochennadel gewesen war. Mehr sah Ayré von ihr nicht. Nur ein mitleidiges Lächeln.

»*Oi!* Ein Neuzugang? Wie heißt du?«

»Ayré.«

»Ayré«, wiederholte die Ava-Frau. »Was heißt das?«

»Aus welchem Stamm kommst du, dass du das nicht weißt?«

»Hier sprechen wir nur portugiesisch. Eine von uns kann sogar deutsch. Deshalb nennen wir sie Ilse.«

Keine Antwort auf Ayrés Frage. Die Frau schien ihre Herkunft ignorieren zu wollen.

»Wir könnten dich Ana nennen. Was hältst du davon?«

»Lass sie doch in Ruhe«, sagte eine andere Frau. Ayré wollte fragen, weshalb die Frauen nicht einfach weggingen. Da erschien eine andere Hand, und energisch wurde der Vorhang wieder zugezogen.

Warum Ayré hier war, konnte sie sich denken. Sie musste erst gar nicht fragen. Sie wünschte sich so sehr fort von hier, sehnte sich so sehr nach Hardo, dass ihr die Brust wehtat. Wenigstens um ihn musste sie sich nicht sorgen. Er war jetzt frei.

Er hatte nicht gesehen, dass die Männer sie gepackt, ihr den Bogen entrissen und den Mund geknebelt hatten. Er konnte ihr jetzt nicht helfen.

Ein Brett im Boden war der Länge nach geborsten;

eine Hälfte ließ sich herausheben. Bäuchlings legte sich Ayré hin und spähte durch die Lücke. Der untere Raum war geradezu riesig. Sie zählte acht Tische. Darum Hocker, Stühle, Bänke, aus den unterschiedlichsten Materialien zusammengenagelt. Der Qualm kam von fünf Zigarren und von einer riesigen Pfanne, in der irgendeine Pampe brutzelte. Ein schwarzer Junge rührte sie um.

Bei den Männern handelte es sich um solche, wie Ayré sie auf der Baustelle hatte schuften sehen. Sie tranken aus zerbeulten Bechern und blinden Gläsern, löffelten aus Schalen und Blechdosen, spuckten auf den mit Stroh bedeckten Boden. Die Erschöpfung ließ fast alle schweigen. Einer blickte zufällig hoch und sah sie. Er winkte. Er machte einen freundlichen Eindruck. Doch der Gedanke, dass er vielleicht heraufkommen würde … Sie musste würgen.

In einer Ecke stand eine lebensgroße Puppe. Ein Gestell aus Ästen, das eine Art Kleidung aus verrostetem Eisen und Leder trug. Der Anblick erinnerte Ayré an etwas … Eine Rauchwolke stieg in ihr Gesicht. Sie wich vor dem Geist zurück, der darin verborgen war. Das ganze Haus schien voller Geister zu sein. Die Geister von verlorenen Frauen und verlorenen Männern …

Tupan, Yacurona, steht uns bei.

Sie war klein, so klein, wie sie noch nie gewesen war. Eine Zikade. Sie hockte auf einem der Querbalken, die das Strohdach hielten, und betrachtete die Frauen unter ihr. Vor den beiden kleinen Fenstern hatten die Anderen *Gittergeflechte befestigt. Die waren nicht sehr widerstandsfähig; sie ließen sich sicher beseitigen. Doch sie waren wie ein niedriges Gatter, über das eine gefangene Ziege irgendwann nicht mehr springen wollte.*

Ayré aber war noch ein wildes Tier.

Eine zweite Zikade ließ sich an ihrer Seite nieder: Yacurona, die mächtige Yacurona, Göttin allen Wassers.

»Wer sind diese Frauen, Yacurona?«

Yacuronas Stimme klang traurig. »Paqu-wiqa hat man gesagt, man werde ihren Mann töten, wenn sie sich nicht fügt. Er arbeitete auf der Baustelle und ist längst tot, aber das weiß sie nicht. Tenehua hat einen gebrochenen Fuß, der nicht heilen will; sie käme im Wald nicht mehr zurecht, denn ihr Stamm ist längst weitergezogen. Xi'mateci ist dem Alkohol verfallen. Willst du noch mehr hören?«

Wassermond hatte vor Entsetzen den Atem angehalten. »Warum bin ich hier? Wie kann ich Ayré helfen?«

»Hör auf dein Herz.« Die Stimme der Göttin wurde leiser, als sie sich sirrend erhob und fortsprang. »Trau dich, Wassermond. Flieg.«

Knarrende Schritte näherten sich, wurden lauter. Verwirrt blickte sie um sich. Ein Arm erschien, drückte ein Bodenbrett hoch. Ayré sprang zurück, kauerte sich nieder wie zum Sprung. Hätte sie doch nur eine Waffe!

Als sie erkannte, wer es war, stieß sie erleichtert den Atem aus. »Senhor Young! Sie müssen mir helfen!«

Er ging vor ihr in die Hocke und stellte ein Tablett ab. Ein Blechteller, gefüllt mit Brei aus der Pfanne. »Du musst Hunger haben.«

Die rotbraunen Spitzen seines Schnurrbarts zuckten, als er lächelte. Seine Augen lagen im Schatten seines Hutes verborgen, doch Ayré konnte seinen Blick auch so deuten. Er würde ihr nicht helfen.

Aus seiner Weste zog er ein sauberes Taschentuch. »Hier, damit kannst du dir die Hände nachher sauber machen. Ich werde dafür sorgen, dass du eine Matratze bekommst. Eine ordentliche, ohne Flecken …« Mit seinem Taschentuch rieb er sich die eigenen Finger, obwohl diese nicht dreckig waren. Er kaute auf der Unterlippe. »Du musst entschuldigen, Ayré, aber … nun ja. Es ist jetzt so gekommen. Es war nie meine Absicht, dich, die Perle der Siedlung gewissermaßen, hierher zu bringen. Eigentlich war das Ganze ein Missverständnis meiner Jäger. Sie sollten sich an Kellers Fersen heften, um ein, zwei Frauen aus deinem Dorf herzubringen.«

Er räusperte sich und schwieg. Sie begriff.

»Wir sind jetzt in einer etwas unangenehmen Lage«, fuhr er fort. »Was willst du tun?«

Es war eine Falle. Er wollte nur wissen, wie gefügig sie war. Sie musste Zeit gewinnen, um all das zu begreifen und den nächsten Schritt genau zu überdenken. »Was … was ist das hier eigentlich?«

Eine der Frauen lugte hinter dem Vorhang hervor; eine herrische Geste Youngs zwang sie wieder in ihre Unsichtbarkeit zurück. »Ein Gasthaus. Es hat keinen richtigen Namen, man nennt es das Kaffeehaus, weil die Leute hier viel Kaffee trinken. Der weckt ihre Lebensgeister.«

Geister. Natürlich, sie hatte es geahnt. Alles hier war voll böser Geister. Der Vantu lauerte in allen Winkeln. Und die *Anderen* hatten stets behauptet, keine zu haben. Sie blickte sich um.

»Die Arbeiter haben keine großen Ansprüche ans Dasein. Kaffee, Drinks, Frauen. Für die Getränke sorgt Sebastián, der Wirt. Für die Frauen sorge ich. Mein Vorgänger hat sich irgendwann in den Norden abgesetzt, ins aufstrebende Manaus, soviel ich weiß.« Nachdenklich rieb er sich das Kinn. »Hat eine Menge verdient … He, was ist?«

Ayré war aufgesprungen. Sie stürzte zum Vorhang, der die anderen Frauen verbarg, und riss ihn beiseite.

»Mutter?«, rief sie.

Sie kannte Ygaré-passna nicht. Doch sie hätte sie erkannt, ganz, ganz sicher.

Die drei Frauen glotzten nur. Ayré rannte zu der aufgespannten Decke auf der anderen Seite des Raumes. Hier schliefen weitere drei Frauen Seite an Seite, nur eine hob schläfrig ihren Kopf.

»Ayré!« Young zog sie zurück. »Wir haben hier auch zwei reifere Frauen; das ist nötig, sonst ist das junge Gemüse völlig kopflos. Aber dass deine Mutter unter ihnen ist, sollte mich doch sehr wundern.«

Ihr Herz hatte es ihr doch so deutlich gesagt …

»Jetzt vergiss deine Mutter! Sie ist nicht hier. Beantworte meine Frage: Was willst du jetzt tun?«

Dich töten, dachte sie.

»Ich weiß es nicht, Senhor Young.«

»Well, ich schätze, du wirst ein Unruheherd sein. Du wirst Keller in den Ohren liegen, sobald der hier auftaucht. Du wirst nicht nachgeben. Nicht wahr?«

Mit hängenden Schultern und gesenktem Kopf stand sie da. Sie weigerte sich, Young anzusehen.

Ihr Blick fiel auf das Messer auf dem Tablett.

»Dein Schweigen gibt mir Recht.« Er seufzte schwer.

Im Dorf hatte man sie misstrauisch beäugt, als man erfuhr, dass sie in der Siedlung der *Anderen* putzte. Upiramé träfe der Blitz, wenn er wüsste, an welch einem Ort sie jetzt war. Was hier geschah, ließe sich niemals mehr abwaschen; sie würde bis an ihr Lebensende schmutzig bleiben.

»Ich werde fliehen«, wisperte sie.

Young blieb ruhig und freundlich. »Das wirst du nicht tun. Denn dann werde ich andere Frauen aus deinem Stamm holen. Zwei für dich – willst du das, Ayré?« Er hob eine Hand und schien ihr Handgelenk umschließen zu wollen, damit sie sich endlich setzte. Stattdessen schlug er nach einem Moskito auf seiner Wange. »Du bist ein vernünftiges Mädchen und ein wahrhaft hübscher Schmetterling. Es wird dir hier gut gehen. Hier musst du keine Kleider waschen und Räume putzen. Und ein bisschen Geld verdienst du auch. Du magst doch Münzen?« Zwei seiner Finger verschwanden in seiner Westentasche und kamen mit einem Real wieder hervor. Den legte er auf das Tablett.

Er lächelte ihr zu, schob seine Beine in das Bodenloch und kletterte hinunter.

Lange war Ayré wie erstarrt. Schließlich nahm sie das Brotmesser und schob es in den Gürtel des Kleides.

Sie lauschte in sich hinein, hörte ihren wilden Herzschlag. Und da war noch etwas. Eine Stimme … Sie schwebte im Raum wie ein Nebelfaden über dem Wasser des Flusses. Wie ein kleiner Lichtblitz auf einem Tautropfen. Schnell, vage, kaum wahrnehmbar.

Dagegen war das singende Geräusch, das die Zikade machte, sehr wirklich. Es dröhnte geradezu in ihren Ohren. Ayré entdeckte das Insekt auf ihrer Schulter. Behutsam strich sie es herunter. Doch es war hartnäckig und sprang in ihr Haar. Sollte es dort halt sitzen; sie hatte jetzt andere Sorgen.

Sie starrte auf das Messer in ihrer Hand.

Senhor Young hätte es nicht liegen lassen, hätte es eine andere Bezeichnung als *armselig* verdient.

Hörstdumich?Dubisteinevonuns.

Wieder dieser Stimmenhauch.

Dukannstmichhörenwennduwillst.

»Was passiert hier?« Sie flüsterte es, damit die anderen Frauen sie nicht hörten.

Diese lästige Zikade! Ayré zupfte in ihrem Haar herum, bis sie das Insekt zu fassen bekam. Doch es entwand sich ihren Fingern und hüpfte zurück auf ihre Schulter.

»Wer bist du? Oder bin ich schon verrückt vor Angst und höre Stimmen, die es nicht gibt?«

Du bist eine von uns. Geh hinaus. Noch kannst du es!

Ganz deutlich hatte sie diese Worte gehört.

Ich liebe dich. Hör auf dein Herz …

Stille.

Mit dem Messer in der Faust eilte Ayré zu einem der zwei Fenster. Sie waren so winzig wie jenes in Hardos Kammer, durch das sie einst geflüchtet war. Vor beiden war ein aus Lianen geknotetes Geflecht festgemacht. Es sah nicht sehr widerstandsfähig aus. Die Knoten wirkten übertrieben kunstvoll. Sicherlich hatten die *Anderen* sie gemacht, um die Frauen glauben zu machen, böse Geister hockten darin. Vielleicht hatten sich ja wirklich welche anlocken lassen, um die Knotenrätsel zu lösen.

Doch böse Geister machten ihr jetzt keine Angst.

Sie umklammerte den Messergriff. Starke Lianen gegen eine schlechte Klinge. Es würde nicht leicht werden.

Ich bin kein Schmetterling. Ich bin eine Kriegerin, und ich werde kämpfen.

35.

Hardo sprang aus dem Kanu und band es fest. Er klemmte sich den Konquistadorenhelm unter den Arm und marschierte die Böschung hinauf. *Gott, lass mich nicht João und Alfonso begegnen*, flehte er im Stillen. Den Schmierlappen und seinen Zerberus würde er liebend gerne aus dem Anzug stoßen. Nur nicht heute.

Ein dicker Tropfen zerplatzte auf seinem Kopf. Tatsächlich, der Himmel war dunkel. Schwarz. Und dabei hatte er kaum ein Lüftchen gespürt. Zwei Herzschläge später prasselte der Regen herab, so heftig, dass er fast nichts mehr sehen konnte. Augenblicklich verwandelte sich der kahle Platz vor dem Dorf in eine Schlammwüste. Er hörte die Arbeiter drüben am Wald fluchen. Sie würden unter Segelplanen Schutz suchen. Einige sah er den Hütten von Santo Antônio zustreben, verfolgt von den Stimmen der Aufseher, die sie ermahnten, bald wieder an die Arbeit zurückzukehren. Hardo hastete über den Platz, rutschte mehrmals aus, holte sich pfundweise den Dreck auf die Hose und gelangte endlich ans Ziel: das Kaffeehaus.

Hier unter dem Verandadach versuchten einige Männer vergebens, sich Zigaretten anzuzünden. »Hast'n da?«, fragte einer und wies auf den Helm. Er schien keine Antwort zu erwarten. Hardo blickte sich um.

Das Kaffeehaus stand an der äußersten Spitze Santo Antônios, nah am Rio Madeira. Man konnte trotz des Regens das Rauschen der Stromschnellen hören. Mannshohes Gestrüpp behinderte die Sicht auf den Fluss. Sein Geruch drang umso deutlicher in die Nase. Der Fluss roch schwer und modrig. Und nach Freiheit.

Hardo stieß die Schwingtür auf. Menschliches Elend saß an den Tischen. Mit raschem Blick nahm er alles in sich auf. Acht Männer glotzten wie betäubt und jeder für sich in ihre Becher. Fast alle qualmten grausiges Zeug. Die Wand rechter Hand nahmen ein schnapsgefülltes Regal und ein Tresen aus leuchtend rotem Tropenholz ein. Im Eck führte eine schmale Treppe zu einer Bodenluke. Daneben ein weiteres Regal, darin stand Kellers Eisenbahnmodell. Zwischen mattenverhangenen Fenstern warben rostige Schilder für Gin, Whisky und Schnaps.

Und diese Hütte nannte sich, Teufel auch, *Kaffeehaus*?!

Behutsam schritt er über den mit feuchtem Stroh bedeckten Boden. Fast wäre er über einen Spucknapf gestolpert, von denen ein halbes Dutzend herumstand.

»Ah, der Blonde.« Der bärtige Barkeeper grinste ihn an. »Schön, Sie mal in meinem Etablissement zu sehen.«

»Etablissement? Räuberhöhle trifft's wohl eher.«

Sebastián lachte. »Was haben Sie da unterm Arm?«

Hardo legte den Helm auf den Tresen und deutete mit dem Daumen zu der Rüstung neben dem Eingang. »Schmidt erwähnte, dass dem Konquistador ein Helm fehlt. Da dachte ich, ich bringe das gute Stück mal her und schaue, was ich dafür kriege.«

»Wo haben Sie den denn gefunden?« Sebastián nahm ihn in beide Pranken und drehte ihn hin und her.

»Hinter Kellers Haus im Bach.«

»Nicht zu fassen«, der Wirt lachte. »Sieht fast so aus, als gehörten die Teile zusammen. Den da«, er nickte zu dem Konquistador, »hat man vor Jahren in der Erde gefunden. Was wollen Sie dafür haben?«

»Fünf Réis.«

»Fünf? Hab ich da fünf gehört? Zwei!«

»Vier. Und einen Kaffee.«

Schließlich ging das Ding für drei Münzen über die Theke. »Der Kaffee kommt sofort!« Sebastiáns Augen leuchteten, während er den Helm sorgsam unter dem Tresen verstaute. »Nehmen Sie Platz, Senhor Dornheim.«

Hardo suchte sich einen einsamen Tisch in der hintersten Ecke. Misstrauisch starrten die Männer ihn an, ließen ihn aber in Ruhe. Den Helm hatte er nur als kleinen Vorwand für seinen Besuch mitgenommen. Die Rüstung war eine Enttäuschung, stellte er fest. Ein löchriges Lederwams, davor baumelte der Rest eines Brustharnischs. Eine Lederhose in besserem Zustand, vermutlich jüngeren Datums, ebenso die Stulpenstiefel. Das klapprige Gestell erschien ihm wie ein Sinnbild. Einst waren stolze Männer gekommen, die – so hatte er gelesen – in ihren Heimatländern nichts galten. Francisco Pizarro war ein Schweinehirt gewesen. Hier hatten sie ihr Glück machen wollen: vergebens.

»Wie war's im Busch?«, fragte ein Arbeiter und hob zum Gruß sein Glas.

»Nicht weiter aufregend.«

»Nicht weiter aufregend. Zum Kotzen isser, der Busch.« Der Mann zielte auf den nächsten Spucknapf, und Hardo blickte rasch zur Seite.

»Bitte sehr, Senhor.« Ein schwarzer Junge brachte eine Tasse und eine Flasche Whisky. Anscheinend war es hier üblich, dem Kaffee mit Alkohol eine besondere Note zu verleihen.

Während er trank, lauschte er auf Geräusche aus dem oberen Stockwerk. Nichts war zu hören; das Schmatzen und Kauen der Männer und der prasselnde Regen waren zu laut. Zwei Arbeiter, die beisammensaßen, unterhielten sich über ihre Kameraden. Wer an einem Fieber litt, wer sich Knochenbrüche geholt hatte, wer vom bösen Vantu verflucht war. Über das, was sie eigentlich hier wollten, sprachen sie nicht. Gemächlich erhob sich Hardo und schlenderte zu dem hinteren Regal. Das Eisenbahnmodell bestand lediglich aus einer Lokomotive mitsamt Tender, darunter ein Gleis. Flüchtig dachte er, dass das Trassenprojekt niemals gelingen würde; nichts mehr würde davon bleiben als dieses Modell.

Mit einem Auge beobachtete er die Treppe. Was, wenn er einfach hinaufging? Da öffnete sich die Klappe und eine Frau kam herunter. Sie war alt, aber nicht alt genug, um eine der Verlorenen Frauen zu sein, und von zermürbtem Aussehen. Dennoch hübsch. Es versetzte ihm einen Stich, dass ihr Kleid dem Blütenkleid Ayrés so ähnlich war.

Sein Haar erregte ihre Neugier. Sie musterte ihn vom Kopf bis zu den schlammverkrusteten Stiefeln. Und ging vorbei. Hardo schien ihr nicht geheuer zu sein. Wusste sie, wer er war? Auf ihren Oberarm war ein Schmetterling tätowiert. Vom Tresen schnappte sie sich eine Ginflasche, nippte daran und schlenderte zu einem der Männer. Der strahlte sie glückselig an. Aus dem Hemd fischte er ein paar Münzen, die er ihr in den Ausschnitt steckte.

Ebenso gemächlich schlenderte Hardo zum Tresen. »War gut, der Kaffee«, sagte er.

»Oh, das freut mich«, erwiderte der Wirt. »Ihr Deutschen seid da ja nur schwer zufriedenzustellen. Genauso wie die Briten mit dem Tee. Daher hab ich's aufgegeben, Tee brauen zu wollen.«

Zum Gruß klopfte Hardo auf den Tresen, dann stieß er die Schwingtür auf und trat auf die Veranda. Der Regen hatte nachgelassen. Ein paar Gestalten hockten unter den Vordächern ihrer Hütten und stierten vor sich hin. Er stiefelte die Treppe hinunter. Wohin ging man hier, wenn man das, was man im Kaffeehaus zu sich genommen hatte, wieder loswerden wollte? Am besten der Nase nach. Er ging breitbeinig, die Hand am Gürtel, als triebe ihn dieses Problem hinters Haus.

Er blickte hinauf. Oben gab es zwei winzige Fensterchen. Sie waren mit Geflechten verrammelt, deren Struktur ihn frappierend an den Käfig im Dorf erinnerte. Eines war intakt, das andere ein klein wenig aufgebogen. Konnte er hinaufklettern? Die hölzerne Fassade war nicht glatt, aber er bliebe gewiss nicht unbemerkt.

Hinter der schmalen Öffnung sah er ein Gesicht.

»Ayré?«, rief er mit unterdrückter Stimme hinauf.

Ein Mädchengesicht zuckte zurück. Und kam wieder näher. Es war voller Angst und Staunen.

»Bitte sag mir, wo Ayré ist, wenn du es weißt.«

Sie streckte einen Arm heraus und deutete über ihn hinweg in den Wald.

36.

Dies war nicht die Richtung, die sie nehmen musste, wollte sie zurück zu ihrem Stamm. Ganz sicher war er sich jedoch nicht; er hatte sich schon einmal ganz in der Nähe der Siedlung hoffnungslos verirrt. Das Mädchen hatte auf den schmalen Waldstreifen zwischen dem Madeira und der gehauenen Schneise gedeutet. Tatsächlich entdeckte er einen Pfad, der sich wenige Meter parallel des Flusses durchs Unterholz schlängelte.

Ayré? Ayré!

Er wagte nur, sie im Gedächtnis zu rufen. Um seine Stimme über den Urwald und das Rauschen des Flusses zu erheben, würde er brüllen müssen. Die Stromschnellen waren nur noch wenige Dutzend Meter entfernt. Eine Wolke aus Gischt trübte den Himmel.

Wenn du mich doch spüren könntest …

Vielleicht konnte sie das ja.

Schemen huschten durch die Baumkronen. Möglich,

dass sie irgendwo dort oben Schutz gesucht hatte. Aber er sah nur Affen, keine menschliche Gestalt.

Der Gestank, der ihn ohne Vorwarnung traf, passte nicht in den Dschungel. Als er bleiche Haut zwischen den Blättern hindurchblitzen sah, begann er zu ahnen, weshalb. Ein nackter Hintern schwebte dicht über der Erde.

Der Pfad führte zu einer Latrine.

Und diese haarige Kehrseite gehörte niemand anderem als …

»Young!«

John Nicolas Young, der nach dickfleischigen Blättern gefingert hatte, fuhr hoch. Im Herumspringen zerrte er sich die Hose hoch. In diesem Augenblick ging ein Schlag auf Hardo nieder. Es fühlte sich an, als zerschmetterte ein gefällter Baum seine Schulter. Eine riesige Hand riss ihn herum.

Vor ihm stand João, der seine schief gewachsenen Zähne zu einem schauerlichen Grinsen entblößte. Die Hand, die schwer auf Hardos Schulter lag, gehörte dem Zerberus.

»Ich glaube nicht, dass Senhor Keller dir weitere freie Zeit gewährt hat, Affenheimer«, João zwirbelte sich genüsslich den eingefetteten Schnurrbart. »Also, was treibst du dich hier herum?«

Hardo sparte sich die Antwort. Alfonsos Hand packte ihn am Nacken, sodass die Rückennaht seines Hemdes aufriss. Inzwischen war Young herangestapft. Der Brite war noch dabei, die Winchester und seinen Tropenhelm zurechtzurücken.

»Was machen Sie denn hier, Mr Dornheim?«

»Eventuell das Gleiche wie Sie?«, antwortete Hardo schnippisch.

»Er hat hinter Ihnen hergeschnüffelt, Senhor Young!«

»Well, da hat er aber nichts Gutes in die Nase bekommen, fürchte ich.«

»Sie stinken von Kopf bis Fuß, Young«, knurrte Hardo.

Dessen Augen wurden schmal. Langsam schritt er um Hardo herum, als wolle er seinen Gegner von allen Seiten mustern. Hardo spannte die Muskeln an.

»Sie wissen also Bescheid, Dornheim«, sagte Young hinter ihm.

»Ja, ich weiß Bescheid. Ihre Arbeit bei der Company lastet Sie nicht aus, wie Sie mir selbst einmal sagten. Also haben Sie sich eine lukrative Nebenbeschäftigung gesucht.« *Und ich war blind*, dachte er. Er hatte geglaubt, die beiden Briten, insbesondere Young, wären einfach bloß spleenig. Eine perfekte Tarnung. Falls Young das überhaupt beabsichtigt hatte. Vielleicht war er ja wirklich so –

gepaart mit übelster Gewissenlosigkeit. Hardo entsann sich einer Bemerkung Reeds, der sich an Schmetterlingen nicht die Finger schmutzig machen wollte.

Ihre Flügel stauben.

»Gesucht? Oh no. Sie war vakant und fiel mir sozusagen in die Hände.«

Schweiß brannte in Hardos Augen; er musste blinzeln. Jede Regung wäre wie ein Eingeständnis von Unsicherheit gewesen.

Verdammt, was sollte er jetzt tun? Young in ein Gespräch verwickeln? *Was wissen Sie über die Verlorenen Frauen?* Diese Frage konnte er sich schenken – Young war vor zwei Jahren hergekommen. Falls etwas über diese Frauen in den Büchern gestanden hatte, so war es längst zu Staub zerfallen.

»Alfonso, lass ihn los«, sagte Young. Und zu Hardo, dicht an seinem Ohr: »Lassen Sie uns reden ...«

»Ich habe Ihnen nichts zu sagen. Nur dies: Ich werde Ihnen ins Handwerk pfuschen, Young. Mag sein, dass Keller beide Augen zudrückt, aber Ihre Stellung bei der Company wird diese Affäre nicht überleben, dafür sorge ich. Ihr ... *mieses* Geschäft im Kaffeehaus dürfte den Verlust Ihres Lohns nicht aufwiegen.«

Er hörte Youngs ärgerliches Schnaufen. »Diese Mühe können Sie sich sparen.«

Der Brite umrundete ihn noch einmal und blieb vor ihm stehen. Fast schien es, als wolle Young in einer väterlichen Geste Hardos Arm tätscheln. Doch er ließ die Hand wieder sinken.

»Sie waren im Pub?«

»Ja.«

»Dann haben Sie ja die Spielzeuglok gesehen.«

»Ja. Und?«

»Mehr wird es hier wohl nicht geben. Schlechte Nachrichten wurden aus London nach Manaus gekabelt; heute früh trafen sie bei mir ein. Earlanger & Co verweigern weitere Kredite. Dorsey & Caldwell haben ihren Vertrag mit der Company gekündigt.«

»Weshalb?«

»Ich sagte doch, ich protokolliere, was hier geschieht. Und ich tue das gewissenhaft ...«

»Von welchem Gewissen reden Sie?«

»... und korrekt. Jedes Menschenleben, das hier ins Gras beißt, habe ich notiert und die Liste der Company geschickt; die hat sie intern veröffentlicht. Und den ersten Teilhabern wird sie allmählich zu lang ...«

»Die Liste«, echote Hardo.

»Die Totenliste. Indios, Mestizen, Neger, nicht zu vergessen die brasilianischen Techniker. Unfälle, Tropenfieber, tödliche Peitschenhiebe ... Sie haben ja am eigenen

Leib erfahren, wie es auf der Baustelle zugeht. Und dabei haben Sie eigentlich keine Ahnung. Die Zahl der Opfer ist inzwischen schwindelerregend.«

Das alles mochte stimmen; aber warum erzählte Young ihm das? Doch nur, um ihn einzulullen.

Young trat einen Schritt zurück und breitete die Arme aus. »Die Madeira-Mamoré-Railroad wird, wie's aussieht, nie gebaut werden, und dieser Ort wird sehr wahrscheinlich wieder allein den Seringueros überlassen werden.« Er klang darüber beinahe amüsiert. »Die Sammler werden den Kautschuk auf gewöhnliche Art transportieren, bis irgendwann der letzte Baum seine letzte Träne geweint hat.«

»Sie können ja richtig melodramatisch sein.«

»Ich kann auch freundlich sein. Lassen Sie uns ein Arrangement treffen, mit dem wir beide glücklich sind. Reed ist mit seinem Anteil sehr zufrieden …«

»Sie wollen mein Schweigen erkaufen? Vergessen Sie's. Ich werde mir nicht die Finger schmutzig machen.«

»Sie sollen sich nicht schmutzig machen«, demonstrativ glitt Youngs Blick zu Hardos verdreckten Hosen hinunter, »wenngleich Sie damit ja Erfahrung gewonnen haben, wie mir scheint. Sie sollen nur den Mund halten. Nichts weiter. Wir können uns doch in Ruhe darüber unterhalten, was mich das kosten wird …«

»Ich sagte, vergessen Sie's.«

»Goddamn, Dornheim, was ist denn mit Ihnen los? Keller sagte, Sie seien ein verwöhntes Großmaul, das nur an sich denkt! Und jetzt haben Sie Ihr Mitleid für die Indianer entdeckt, oder wie?«

»Er hat mich kennengelernt.« Ayré trat aus dem Schatten des Unterholzes hervor. In der erhobenen Hand hielt sie das Brotmesser. Keine gute Waffe, aber eine bessere hatte sie nicht.

Der Hemdstoff entglitt Alfonsos Fingern, als Hardo herumfuhr. Seine Augen weiteten sich – die Erleichterung, ja, Freude aufblitzen zu sehen, war wie ein Fest. Dann entdeckte er das Messer in ihrer Hand, und sein Blick verdüsterte sich.

»Ayré!«, rief Senhor Young schräg hinter ihm. »Was willst du denn mit dem blöden Brotmesser?«

»Es ist gut genug, um Sie damit in den Hals zu treffen.« Warum, bei Tupan, lief Hardo nicht weg? Traute er ihr nicht zu, ebenfalls zu entkommen?

»Alfonso.« Young deutete auf sie. »Schnapp sie dir.«

Der riesenhafte Mann machte einen Schritt in ihre Richtung. Im gleichen Augenblick wirbelte Hardo herum und rammte ihm die Faust in den Bauch.

»Lauf, Ayré!«, schrie er. Und stöhnte, als Alfonso ihm den Hieb vergalt. Beide Hände über dem Magen, krümmte er sich. Alfonso hob erneut die Faust.

Sie schleuderte das Messer auf Alfonsos Brust. Der riss einen Arm hoch; die Klinge streifte seinen Handrücken und hinterließ einen schmalen roten Streifen. So schlecht war das Messerchen nicht gewesen! Doch nun war alles zu spät. Der Riese stieß Hardo beiseite und rannte auf Ayré zu.

»Lauf!«, krächzte Hardo.

João krempelte seine Ärmel hoch. »Ich schulde dir noch etwas, du erinnerst dich, Affenhintern? Na, hast du Lust auf einen Kampf?«

»Da warten wir besser auf Alfonso«, warf Young ein.

»Pah! Mit dem da werde ich schon fertig.«

»Mund halten. Dornheim, geben Sie mir Ihre Hand!«

Vor Hardos Gesicht tauchte Youngs auffordernd ausgestreckte Handfläche auf. Hardo biss die Zähne zusammen, um den Schmerz in seinem Magen einzudämmen. Teufel, dieser Alfonso hatte eine Schlaghand zum Fürchten. »Ich … geb Ihnen … einen Dreck.«

Der Brite zog die Hand zurück. »Also gut, wie Sie wollen. Dann bleibt mir nur noch, dies zu tun.«

Im Zurücktreten nahm er schwungvoll sein Gewehr herunter. Er legte es an.

Hardo hatte immer noch Mühe, sich aufzurichten. »Ein Schuss fällt bei dem Krach hier nicht auf, was?«

»Nein. Selbst wenn – ich erklärte Ihnen soeben, dass hier reichlich gestorben wird. Kein Mensch wird Fragen stellen, jedenfalls keine, die ich nicht zu beantworten wüsste.« Der Lauf berührte Hardos Schläfe. »Aber ich will nicht schießen, wenn es sich vermeiden lässt. Alles, was ich will, ist, dass Sie fünf Schritte in diese Richtung gehen. Mit erhobenen Händen.«

Young nickte zu dem schmalen Streifen Grün, der an der Kante der Felsen wuchs. Dahinter fiel das Ufer nicht allzu tief ab, vielleicht vier, fünf Meter. Doch einen Sturz in die Stromschnellen würde man schwerlich überleben.

Ayré wusste, dass sie schneller laufen konnte. Doch der Gedanke, sich mit jedem Schritt weiter von Hardo zu entfernen, machte sie unwillkürlich langsam. Sie wollte nicht fliehen. Sie wollte ihm helfen! Dieser Wahnsinn musste ein Ende haben! *Ihr Götter, so helft doch!* Hinter sich hörte sie es krachen. Alfonso stürmte wie der wütende Chullachaqui durchs Unterholz. Er war nah, viel zu nah. Sie spürte einen heftigen Ruck, als sei sie mit den Haaren im Geäst hängen geblieben. Er hatte sie von hinten gepackt. Sie verlor das Gleichgewicht, stürzte zu Boden. Scharfkantiger schwarzer Fels schnitt ihre Knie auf. Mühelos drehte Alfonso sie auf den Rücken. Wie einer der Baumriesen ragte er über ihr auf.

»Warum tust du das?«, schrie sie. »Du bist doch ein Ava wie ich.«

»Ich bin keiner mehr.«

Er bückte sich und wollte sie packen.

Sie sah etwas schillernd Grünes fallen. Mit markerschütterndem Brüllen sprang er auf und schlug sich auf den Nacken. Schreiend drehte er sich um die eigene Achse; sie sah, was ihn tanzen ließ. Eine Surucucu hatte sich aus einem Baum fallen lassen und sich in seinem Genick verbissen. Er schaffte es, die Schlange am Schwanz zu packen. Doch es war zu spät. Alfonso stürzte zu Boden. Seine Fersen und Fäuste trommelten einen wilden Rhythmus, der die Farne ringsum erbeben ließ. Dann lag er still.

Es war leichter, zu gehorchen, als sich abknallen zu lassen. Auch wenn das Ergebnis das Gleiche sein würde. Jeder vorsichtige Schritt verschaffte ihm ein paar Sekunden.

Doch es war nicht zu verhindern gewesen, dass er nun an der Felskante stand. Die Stiefelspitzen ragten bereits darüber hinaus, und der Fels war hier nass und glitschig. Mit aller Klarheit sah er eine glänzende Fliege, die sich auf dem linken Fuß niederließ. Vom anderen platzte ein Erdklümpchen ab und fiel in die Tiefe. *Seltsam*, dachte er, *was für Dinge man wahrnimmt, wenn das Lebensende droht.*

Sekunden. Zeit. Nachdenken.

Denk nach!

Doch der einzig wirklich sinnvolle Gedanke, den er zu fassen bekam, war die Frage, ob Ayré es schaffen würde. War sie flinker als das trampelnde Monstrum? Sicherlich. Sie konnte klettern, Alfonso hingegen ... schwer vorstellbar.

Sie wird es schaffen.

Er jedoch ...

Er blickte hinunter in eine brodelnde weiße Hölle. Dazwischen glänzten schwarze Felsen, die sich an die zehn Meter hoch auftürmten. Nah am Ufer war eine Lücke, wie herausgebissen, dies musste die Stelle sein, wo man versucht hatte, die Felsen wegzusprengen. Eine zum Scheitern verurteilte Tat. Wie auch die Bahnlinie.

Gischt schoss weit hinauf. Dunkle Flecken – Dreck, Äste, anderes – wurde in den Himmel geschleudert. Dazwischen glitzerten Sterne: Sonnenlicht brach sich an den

Tropfen. Die Wolkendecke war aufgerissen. Über der weißen Hölle schwebte ein Regenbogen.

Er spürte das Sonnenlicht auf seinem feuchten Gesicht, den kalten Lauf der Winchester im Nacken.

»Young! Ich – ich habe es mir anders überlegt.«

»Zu spät, *Amigo*. Sie sind nicht zuverlässig genug. Und jetzt, da wir so weit gekommen sind, frage ich mich eh, weshalb ich ein einträgliches Geschäft mit einem Schnösel teilen sollte, der zu dämlich ist, drei Schritte durch den Dschungel zu laufen.«

»Das verstehe ich ja. Aber ich habe eine Idee. Es wundert mich fast, dass Sie noch nicht selbst darauf gekommen sind …«

»Worauf?«

Langsam drehte er sich um, die Hände erhoben. Um eine Winzigkeit ließ Young die Flinte sinken. Fünf Schritte hinter ihm stand ein entspannt wirkender João, der sich Kautschuk aus den Zähnen pulte. Young hingegen schien nervös zu sein.

»Was ist das für eine Idee?«

»Diese!«

Mit der linken Hand stieß Hardo den Lauf zur Seite, die Rechte landete einen Uppercut gegen Youngs Kinn. Mit einem Rückhandhieb fällte er den Briten. Der ließ mit einem heiseren Aufschrei die Waffe in den kniehohen

Wust von Farnen fallen. Hardo bückte sich nach der Winchester, doch der Lauf hatte sich in den Wurzeln verfangen. Egal. Was brauchte er jetzt eine Waffe? Durch seine Adern pumpte die Lust auf den Sieg. Ein heiserer Schrei ließ ihn herumfahren. Zunächst sah er nur zwei Hände, die sich an den Fels klammerten. Er machte einen vorsichtigen Schritt vorwärts. Unter ihm hing Young an der Wand. Seine gebräunte Gesichtshaut war weiß wie die Wellen unter ihm. Seine Unterlippe war geschwollen und aufgeplatzt; Blut klebte im Fuchsrot seines Schnauzbarts.

»Dornheim!« Das Tosen schluckte seine Worte, doch sie standen klar und deutlich auf seinen Lippen. »Um Gottes willen, nein ...«

Hardo beugte ein Knie und streckte die Hand vor. »Ich helfe Ihnen!« Er musste gegen den Lärm anschreien. »Wenn Sie mir jetzt in die Hand schwören, Ihr mieses Geschäft aufzugeben!«

»Ja. Ja!«

Er neigte sich vor, fast hatte er Youngs Hände erreicht. Da spürte er einen Schlag im Rücken. Er warf sich herum, sah João, der die Winchester wie einen Schlagstock erhoben hatte. Er wich dem zweiten Hieb aus, sprang auf die Füße – und glitt aus.

Er ruderte mit Armen und Beinen, suchte Halt. Unter seinen splitternden Nägeln spürte er den Felsen und wie er abrutschte. Scharfkantiges Gestein schien seinen ganzen Körper aufzuschlitzen. Die Wand bestand aus zahllosen schrägen Felsvorsprüngen, die seinen Fall aufhielten. Gerade groß genug, dass er mit Fingerkuppen und äußersten Stiefelspitzen Halt fand. Doch wofür? Dass João ihn von oben abknallte?

37.

Ayré hörte einen Schuss. Sie sah João an der Felskante stehen und nach unten zielen. Er versuchte es noch einmal – aber es kam kein Schuss mehr. Fluchend schleuderte er die Waffe hinter sich ins Gebüsch. Im Laufen hob sie einen Stein auf, im Springen stieß sie ihn gegen Joãos Schläfe. Der Aufseher taumelte einige Schritte beiseite und sackte ohnmächtig zu Boden. Ayré ging in die Knie: Unter ihr hing Hardo im Fels. Wo war Senhor Young? Von ihm war nichts zu sehen. Bäuchlings warf sie sich hin, griff nach Hardos Handgelenken. *Vorsichtig*, ermahnte sie sich. »Kannst du stehen?«

»Irgendwie schon.« Er blies sich eine Strähne aus dem bleichen Gesicht. »Aber …«

»Ich ziehe dich hoch.«

»Das … schaffst du … nicht.«

»Hardo!«

»Ayré.«

Er schien nur noch an den Fingernägeln zu hängen. Seine Finger rutschten ab; mit beiden Händen griff sie zu. Er war viel zu schwer. Sie spürte seine Hände durch ihre gleiten.

Und sie konnte nichts dagegen tun.

Er war fort. Er war fort! So schnell war er in den Fluten verschwunden, dass sie … dass sie … *Nein, es darf nicht sein! Nein, nein! Ich kann das nicht zulassen. Hardo!*

Hardo!

Ihr war, als risse der Vantu ihren Leib der Länge nach auf, stülpte ihn nach außen und legte die grauenvolle, nicht mehr zu stillende Sehnsucht in ihr frei.

Du kannst ihn retten.

Wer sagte das?

Spring, Ayré.

Tu es.

Du kannst es. Denn du bist …

Anders.

Sie sprang.

Er ertrank in Träumen. Schwärze. Das Leuchten. Eine Gestalt schwamm zu ihm herauf. Ein Boto? Das Tier verwandelte sich in eine Frau. Sie näherte sich, bis ihr Gesicht vor seinem schwebte.

Da bist du ja. Du kennst mich noch?

Es war die Frau vom See. Sie strich ihm über die Wange.

Immer musst du dich in Gefahr begeben ... Wenn du so mutig bist, dann komm zu uns.

Er wollte sie fragen, ob Mut dazugehörte. Aus seinem Mund kam kein Laut. Wie auch?

Nein, weniger Mut denn Entdeckerlust. Ein Botoweibchen hat einen Blick auf dich geworfen. Du kannst ohnehin nicht mehr entkommen.

Sie lachte fröhlich und kehrte in die Tiefe zurück.

Delfine. Dutzende. Weit, weit unten. In einer Tiefe, die der Fluss gar nicht besaß. Ein Leuchten. Weit, weit unten.

Schau uns an. Weißt du, wer wir sind?

Die Encantados. Die Verzauberten.

Wir haben auf dich gewartet, Ayré.

Wassermond wartet immer noch.

Die Stille wich, und Hardo wurde bewusst, dass er erwacht war. Er fand sich auf einem Felsen wieder. Einem Felsen inmitten des Flusses?! Erschrocken fuhr er hoch. Tatsächlich, er hockte zwischen den Stromschnellen. Zu beiden Seiten schossen die Wellen an ihm vorbei. Das Atmen fiel ihm schwer, da die Luft vom Wasser getränkt war. Alles wirkte neblig von der Gischt, und in seinen Ohren dröhnte der Krach. Aber er lebte.

Die Gewalt des Wassers hatte ihm das Hemd vom Leib gezerrt. Seine Hose trug er noch, aber die Stiefel waren fort. Verwirrt betastete er Gesicht und Arme. Überall hatte ihm der Felsen Schrammen verpasst. Er blickte an der aufragenden Felswand hoch. Dort oben hatte er gehangen. Ebenso Young – der es vermutlich nicht geschafft hatte.

Er, Hardo, lebte, weil ihm jemand geholfen hatte. So war es doch gewesen, oder? Benommen rieb er sich die nassen Haare. Es war kühl hier unten; er begann zu frösteln. Hatte er Ayré wirklich gesehen? Hatte sie seine Hände wirklich berührt?

Ja, es war wirklich geschehen. Aber danach? Er war in der Dunkelheit versunken, und dann … hatte er Delfine gesehen. Weit, weit unten, tiefer als der Grund des Flusses. Er hatte ein Leuchten gesehen. Die Frau. Die Frau vom See. Sie war ein Boto.

Konnte das wahr sein? Stimmte alles, was Ayré ihm erzählt hatte?

Und wo war Ayré?

Ein Boto war gekommen, hatte seine Schnauze unter Hardos Achsel geschoben und ihn auf diesen Felsen gebracht. Daran erinnerte er sich ganz genau. Kein Traum wie der andere, sondern ganz und gar wirklich. Und dann …

… sah er ihn.

Ein grau-rosa gesprenkelter Kopf schob sich zu seinen Füßen aus dem Wasser. Die Schwanzflosse peitschte auf und nieder, damit sich der Boto in der Strömung halten konnte. Hardo sah seine Augen und wusste, wen er vor sich hatte. Vorsichtig streckte er die Hand aus. Die Haut fühlte sich stark und samtig zugleich an. Er streichelte die gewölbte Stirn, und ihm schien, als lächle das Tier.

Es war ganz einfach, die Hände auszustrecken. Was Flosse war, wurde Arm. Was Schnauze war, wurde Gesicht. Sie legte die Handflächen auf den Fels, und während sie sich hinaufstemmte, verwandelte sie sich zurück in Ayré. Sie schwang sich herum, sodass sie an seiner Seite zu sitzen kam. Fast ehrfürchtig starrte Hardo sie an. Sein Blick wanderte hinauf und hinab.

»Daran wirst du dich gewöhnen müssen«, sagte sie.

»Woran? Dass du ganz nackt bist?«

Sie lachte. »Ich glaube, ich meine etwas anderes.«

»Ah. Ja. Ich habe so eine Idee, was das sein könnte.« Hardo schüttelte den Kopf.

Seine Lust zu spotten verließ ihn selbst jetzt nicht. Das war ein gutes Zeichen. Er würde es schaffen, ihre Verwandlung ganz und gar zu begreifen.

»Was denn? Sprich's aus.« Ganz nah rückte sie an ihn heran. Er zuckte nicht zurück.

»Du weißt es doch.«

»Aber weißt du es?«

»Was denn?«

Sie sahen sich an. Schwarze Augenseen und hellblaue Augenhimmel. Gleich würden sie losprusten.

»Sag's schon.«

»Also gut. Du bist ein Boto. Ich, äh ... hab ich das gerade wirklich gesagt? Mein Gott, Ayré.« Behutsam strich er über ihren Schenkel. »Du fühlst dich an, wie sich ein Mädchen anfühlen muss. Habe ich mir das alles nicht vielleicht doch eingebildet?«

Zur Antwort hob sie die Füße aus dem Wasser. Es brauchte nur einen Gedanken – und sie wurden zur Schwanzflosse. Sie wedelte damit herum, sodass das Wasser spritzte. »Hast du nicht.«

»Woran soll ich mich gewöhnen, sagtest du?«, krächzte er. »Daran?«

Sie packte sein Gesicht mit beiden Händen und zwang es heran, sodass sie ihn küssen konnte. »Wirst du müssen, wenn du bei mir bleiben willst.«

»Ich will.« Heftig umarmte er sie. »Natürlich will ich. Meine Güte, Ayré! Ich hab's doch immer gespürt, dass du irgendwie … anders bist.«

»Ach ja? *So* anders? Das hast du mir nie gesagt.«

»So nicht. Ach Ayré, du warst so überzeugt davon, dass ich ein Boto bin, der seine wahre Gestalt noch nicht gefunden hat …«

»… und dabei habe ich, ohne es zu wissen, die ganze Zeit von mir geredet.« Sie lachte. »Wie dem auch sei, wir müssen hier herunter; hier sind wir nicht sicher. Nimm mein Haar.«

Er schlang ihr Haar um sein Handgelenk. »Warum?«

»Es wird sich in meine Rückenfinne verwandeln. Du musst aufpassen, denn sie ist schmal. Wir werden springen. Halt dich gut fest!« Sie machte Anstalten, vom Felsen zu rutschen.

»O Gott, Ayré, was tust du mit mir?«, schrie Hardo. In seiner Stimme vibrierte die Lust auf dieses neue Abenteuer.

Sie sprang.

Es fühlte sich so selbstverständlich an. Sollte sie nicht völlig eingeschüchtert und verzweifelt sein? Sie war ein Boto! Ein Wesen, das sich in einen Delfin und zurück verwandeln konnte! Es war unglaublich.

Und trotzdem hatte sie sich noch nie so vollständig gefühlt. Sie *war* ein Boto.

Sie war jetzt frei.

38.

Er war ein Boto. So wie sie. Jetzt, da sie ihr wahres Wesen erkannt hatte, konnte er auch das seine nicht mehr vor ihr verstecken.

Gewissermaßen gehörten sie beide zu einer großen Familie. Einer Delfinschule; so nannte man es doch? Sie kniete an seiner Seite. Schob die Hand unter seinen Nacken und half ihm, den Kopf ein wenig zu heben. Gerade so, dass es ihm keine Mühe machte, sie anzusehen.

»Ayré«, flüsterte Nyaci. »Ich glaube, ich habe alles falsch gemacht, was ich falsch machen konnte. Aber ich wusste nicht so recht, wie ich vorgehen sollte. Wie ich den Wunsch deiner Mutter erfüllen sollte.«

Mit der freien Hand nahm sie ein Tuch und tupfte ihm den Schweiß von der Stirn und den Wangen. »Ach, ist schon gut.«

Sie musste schlucken. So viel war an diesem Tag geschehen, dass in ihrem Kopf kein Platz mehr war. Und ihr

Herz war erst recht übervoll. Sie hatte das Elend der Frauen in Santo Antônio gesehen. Sie hatte beinahe Hardo verloren. Sie hatte ihre zweite Gestalt kennengelernt.

»Nein, das ist es nicht. Nicht ganz … Du wirst deine Mutter endlich sehen. Sie wird dir alles erzählen. Aber ich … ich möchte nicht gehen, ohne dass du es aus meinem Mund gehört hast. Ich will, dass du mir verzeihen kannst.«

»Ich verzeihe dir auch so.«

»Nein, das ist nicht dasselbe. Lass mich reden. Lass mich dich dabei ansehen. Und deine Nähe spüren. Denn ich … habe wirklich etwas … für dich empfunden.«

Die Worte kamen schleppend, seine Augen flatterten und schlossen sich. Sein von der Schusswunde gebeutelter Körper sehnte sich nach Schlaf. Hier und da meinte sie, rosafarbene und graue Flecken auf seiner Haut zu sehen. Da, ein flamingofarbener! Sie kamen und verschwanden wieder, als wisse er im Sterben nicht mehr, wer er sein wollte. Bestimmt kostete es ihn Kraft.

Der Vorhang wurde beiseitegeschoben. Geduckt betrat Hardo die Hütte, in der die Oja-nimete Nyaci zum Sterben gebettet hatten. Er hielt inne, blickte Ayré fragend an.

Nyaci erlaubte Hardo mit einem schwachen Wink, sich zu nähern. »Du sollst es auch hören.«

Hardo nickte. Am Fußende des mit Fellen gepolsterten Lagers kauerte er sich nieder, die Hände auf die Schenkel gelegt. Mit ihrer Schere hatte er seine zerlumpte Hose über den Knien gekürzt. Sein Oberkörper glänzte von dem Honig und den Salben, mit denen Ayré seine Kratzer behandelt hatte, damit sie sich nicht entzündeten. Der Schnitt, den er sich bei dem Zweikampf mit Nyaci zugefügt hatte, war bereits zu einer Narbe verheilt.

Dafür, dass er Nacktheit eigentlich als Schande empfand, bewegte er sich inzwischen recht entspannt. Was sollte ihn das noch schrecken? Nach allem, was er heute erlebt und gesehen hatte …

Die Geburt eines Botos.

Und jetzt – den Tod eines Botos.

Noch klammerte sich Nyaci ans Leben. Er hob eine Hand; Ayré ließ das Tuch fallen, ergriff sie und drückte sie an sich.

»Du kennst ja die Legenden von den Botos, die sich in Menschen verwandeln und andere Menschen anlocken, die wiederum zu Botos werden. So war es bei deiner Mutter und jenen Frauen, die ihr die Verlorenen nennt. Sechs Frauen. Drei wanderten mit ihren Geliebten in den großen Fluss im Norden und brachten dort Kinder zur Welt. Zwei starben, getötet von Harpunen.«

Hardo hat sich geirrt, dachte Ayré. *Die Frauen waren*

niemals in Santo Antônio. Erleichterung durchflutete sie. Und Bitterkeit, weil trotzdem so viele andere Frauen dort litten.

»Eines Tages versuchten die *Anderen*, die Stromschnellen zu sprengen, mithilfe eines bösen Geistes namens Nitro…«

»Nitroglyzerin?«, warf Hardo ein.

Nyaci nickte. »Deine Mutter und Katarebo, der dein Vater werden sollte, gerieten dazwischen. Später erzählte sie mir, dass dadurch eine Höhle entstand, in der sie gefangen waren. Dein Vater starb an seinen Verletzungen. Deine Mutter kehrte in dein Dorf zurück, brachte dich dort zur Welt. Sie hoffte, im alten Leben Trost und Vergessen zu finden. Das war ein Irrtum. Sie konnte so nicht mehr leben, denn alles in ihr sehnte sich nach der Tiefe. Sie blieb noch eine Weile hier, weil sie es auch nicht ertragen konnte, dich zurückzulassen. Aber sie musste es, denn du warst als ein Mensch geboren. Und ein Mensch muss erst den Ruf des Herzens hören, bevor er in die andere Welt hinabsteigen kann.«

Mir sagte man, sie sei verrückt gewesen, unterbrach Ayré ihn in Gedanken.

»Sie war nicht verrückt, sie war zerrissen. Oft, sagte sie, habe sie dich von Weitem beobachtet.«

»Warum hat sie sich mir nie zu erkennen gegeben?«

Ayré schrie es fast. Mit aller Macht kämpfte sie die Tränen zurück.

»Das durfte sie nicht. Es ist Yacuronas Gesetz. Du musstest die Wahrheit selbst herausfinden und annehmen.«

»Ich hätte zu ihr gehen können.«

»Hättest du nicht. Nur ein Geliebter kann dir die Botogestalt geben. Und dir war ein besonderes Schicksal vorherbestimmt, Ayré von den Oja-nimete.«

Ein besonderes Schicksal. Wenn sie ihrer Mutter gefolgt wäre, hätte sie Hardo niemals getroffen …

Ein Beben durchfuhr Nyaci, und für einen Augenblick glaubte sie fast, einen Delfin vor sich zu sehen. Aber er blieb menschlich. Sie warf Hardo einen Blick zu: Er war zurückgezuckt, also hatte er es auch bemerkt. Nyacis Brust hob und senkte sich in schweren Stößen. Seine Finger krampften sich um ihre.

»Niemand kann nach Encante, es sei denn, man folgt dem Geliebten. Ygaré-passna bat mich, in die Welt der Menschen zu gehen, damit ich um dich werbe. Ich … ich wusste nicht recht, wie ich das anstellen sollte. Ich habe ihr gesagt, dass ich nicht der Richtige dafür sei, aber sie vertraute mir. Ich glaube, ich … war … mit meinen Lügen … sehr … ungeschickt.«

Sie musste lächeln. »Du hast es auch mit Zauberei versucht. Ich habe dich meinen Namen rufen hören.«

»O ja.« Nachdenklich blickte er in Fernen, die nur er sehen konnte. »Aber Legenden sind vielschichtig und formbar, sie lassen sich auf unterschiedliche Weisen erzählen, ohne dass sie an Wahrheit verlieren. Denn du hast dich verwandelt, obwohl kein Boto dich mitgenommen hat. Vielleicht konntest du das, weil Katarebo dein Vater war – ich weiß es nicht.«

Sie dachte, dass Hardos Sturz in den Fluss die Verwandlung ausgelöst hatte. Letztlich war auch sie dem Geliebten in die Tiefe gefolgt …

»Stattdessen war es ein Mensch, in den du dich verliebt hast, Ayré«, fuhr Nyaci fort. »Ich mag ihn immer noch nicht, muss ich zugeben, denn er ist ein gefährlicher *Anderer*. Aber wenn die Götter es so wollen, mag er jetzt ein Boto werden … durch dich.«

Sie hörte Hardo einen tiefen, erschrockenen Atemzug tun.

»Und nun, Ayré? Verzeihst du mir immer noch?« Nyaci war kaum noch zu verstehen. Sie neigte sich dicht über sein Gesicht.

»Ja, Nyaci.«

»Ich danke dir.«

Eine Träne rollte über seine Wange.

Draußen blendete sie Helligkeit. Das Dorf lag in Schweigen, denn es hatte eigene Tote zu beklagen. Upiramé saß bei seinen Frauen und schmauchte eine Pfeife, von der er wohl hoffte, dass sie ihn zu seinem Totemgeist tragen würde. Mit To'mo auf der Schulter und Hardo an der Hand war Ayré ins Freie getreten. Tief atmete sie durch. Sie seufzte, Hardo seufzte. Und zugleich drückten sie ihre Hände. Es war, als sei sie ein Teil von ihm und er von ihr. Sie beide in Encante? Vorstellen konnte sie sich das noch nicht. Aber was hätte sie sich vor zwei Wochen schon vorstellen können? Damals, als er sie in seiner Kammer überrascht hatte, mit seinem Spiegel und dem Rasiermesser in den Händen …

To'xie kam auf sie zu. Sie wolle abreisen, hatte sie vorhin gesagt. Ayré legte ihr etwas in die Hand.

»Ich werde sie seinem Stamm, den Caripuna, bringen«, sagte To'xie.

Die Knochennadeln aus Nyacis Ohr.

Der Abschied war herzlich und kurz. Irgendwann würde To'xie wieder auftauchen, so unverhofft, wie sie gekommen war. Nur würde Ayré dann sehr wahrscheinlich nicht da sein …

Hand in Hand schlenderte sie mit Hardo hinter ihre Hütte zum Bach. Ihrem Bach. Sie konnte es kaum erwarten, hinabzutauchen. Andererseits war es so überwältigend schön, hier neben Hardo zu stehen und zu spüren, wie ihre Finger ineinander verwoben waren.

Sie blickte hinab auf das glitzernde Wasser. Sie streckte eine Hand aus und wollte sich selbst zusehen, wie sie sich verwandelte. Da sprang eine Zikade auf ihre Handfläche. Sofort wusste Ayré, dass es jene Zikade war, die ihr in Santo Antônio ins Ohr geflüstert hatte.

Das stimmt, ich war dort.

Die Stimme war nun ganz deutlich.

»Wer bist du?« Ayré warf einen Seitenblick zu Hardo. Gespannt beobachtete er das Insekt.

Ahnst du es nicht? Vertraue deiner inneren Stimme …

Ayré schluckte. Sie hörte Hardo aufkeuchen, noch bevor sie begriff, dass die Zikade plötzlich ins Wasser gesprungen war und sich noch im Flug in einen Delfin verwandelt hatte.

Folge mir, meine Tochter. Folge mir nach Encante.

Yacurona saß auf dem Felsen, dort, wo es geschehen war – wo Ayré ihre wahre Gestalt gefunden hatte. Sie hatte die Knie angezogen; nachdenklich hielt sie das Kinn auf die Hand gestützt. Der Wind strich über ihre Menschenhaut, die Gischt prickelte im Gesicht. Nicht weit von hier, nur wenige Schritte entfernt, war der Goldene, Ygaré-passnas Geliebter, gestorben. Er war der, den die Ava Katarebo nannten, der Herrscher Encantes. Die Weißen hatten ihm und seiner Stadt einen anderen Namen gegeben: Eldorado.

Sie hatten getötet, was sie am meisten begehrten. Würden sie das je begreifen?

Sie erhob sich, streckte die Glieder. Die menschliche Haut fühlte sich angenehm an. Der Mensch war eine so großartige Schöpfung. Der Delfin aber auch.

Yacurona breitete die Arme aus und sprang in den Fluss.

Epilog

… von meinen zwei Jahren sind bereits vier Wochen vergangen, und es ist viel geschehen in dieser Zeit. So vieles, dass ich dir, lieber Vater, mit vollkommener Gewissheit sagen kann: Ich bleibe hier.

Der Grund ist ein Mädchen. Sie heißt Ayré. Ja, sie ist eine Indianerin. Sie ist das prächtigste und ungewöhnlichste Wesen, das man sich nur vorstellen kann. Bitte sei jetzt nicht schockiert, dazu besteht kein Grund. Ihre Welt ist zwar ganz anders, aber wenn man sie kennenlernt, sieht man, dass sie von großartiger Schönheit ist. Nicht so wie in den Völkerschauen oder in den Büchern. Diese Welt ist es wert, bewahrt zu werden.

Von Anfang an habe ich gewusst, was hier los ist. Dass die Indios ausgebeutet, ihre Bräuche missachtet und die Menschen mit der gleichen Gefühllosigkeit getötet werden, wie man einen Baum fällt, der im Weg ist. Aber ich war ja ein weißer Herr. Habe mich für besser, klüger, kultivierter gehalten. Gott, das Leben, hat mir die Chance gegeben, es anders zu sehen. Ayré hat mir die Chance gegeben.

Auch deshalb bleibe ich hier. Du hast mich Herrn Keller-Leuzinger überstellt, du hattest Vertrauen in ihn. Ich werde nicht auf seinen Spuren wandeln. Ich werde es besser machen.

Ich möchte dir danken. Du hast unwillentlich genau das Richtige getan, als du mich hierher geschickt hast. Ich bin ein anderer – und sicherlich auch der Mann, den du gerne sähest.

Jetzt aber zum Kern des Briefes: Ich möchte dich inständig um Verzeihung bitten. Ich gäbe viel darum, meine Tat ungeschehen machen zu können. Ich hoffe, der Tag wird kommen, an dem wir uns gegenüberstehen und in den Arm nehmen können.

Es grüßen dich mit herzlichsten Segenswünschen
dein Sohn Hardo
und
Ayré

(Ich bringe ihr gerade erst das Lesen und Schreiben bei, daher sieht ihre Unterschrift noch etwas ungelenk aus.)

Nachwort

Mitte des 19. Jahrhunderts entdeckte Charles Goodyear wie man Kautschuk dauerhafte Flexibilität verlieh: Der Gummi, wie man ihn heute kennt, war erfunden, und schlagartig explodierte die Nachfrage nach dem neuen Material. Wer damit handelte, wurde steinreich – das Sinnbild des Milliardärs, der sich seine Zigarre mit einem Geldschein anzündet, entstand in diesem Zusammenhang. Da Kautschuk damals fast ausschließlich im tiefsten Brasilien wuchs, ersannen die sogenannten Kautschukbarone, die grundsätzlich auf verrückte Ideen kamen – wie etwa die Zähne ihrer Gattinnen mit Diamanten zu verzieren oder ihre Pferde mit Champagner zu tränken –, eine Eisenbahnstrecke mitten im Dschungel.

Die Madeira-Mamoré-Eisenbahn (MME) sollte über annähernd 400 Kilometer von Bolivien bis nah an den Amazonas verlaufen. 1872 wurde mit der Arbeit begonnen – und einige Jahre später war noch kein Gleismeter verlegt, zu widrig waren die Umstände. Ein paar Jahrzehnte später nahm man die Arbeiten wieder auf, und 1907 wurde die Strecke eröffnet. Doch da man Kautschuk mittlerweile in Südostasien anbauen konnte, sank die Nachfrage nach brasilianischem Kautschuk rapide. Kaum in Betrieb, stellte man die MME wieder ein.

6000 Todesopfer kostete das sinnlose Unternehmen. Die Dunkelziffer bei der in Mitleidenschaft gezogenen indigenen Bevölkerung ist nicht bekannt. Auf jede Bahnschwelle kam ein Toter, hieß es. Man nannte die Strecke daher auch »Des Teufels Eisenbahn«.

Mein herzlicher Dank gilt den Lektorinnen des Ravensburger Buchverlags, die dem Roman mit Rat und Tat und Können zu seiner endgültigen Form verhalfen: Kathrin Becker, Nirit Cordes, Iris Praël, Maria Schmidt. Ebenso Natalja Schmidt für die Vermittlung des Manuskripts. Es war eine Freude, wieder in den brasilianischen Dschungel zurückzukehren – wenn auch nur in der Fantasie!

Isabel Beto, Oktober 2015